# 零點風暴

刘飞 著

作家出版社

一只蝴蝶，当它在南美洲轻轻扇动翅膀，就会在这里引起一场风暴……

——摘自《蝴蝶理论》

# 目录

# 楔　子

这座城市，人口超过两千万。大街小巷的交通不分时段保持着拥堵，每天几百万辆的机动车在二环到六环之间制造着尾气，不期而遇的小雨或小雪就足以让这座无比巨大的城市陷入严重的交通恐慌。轨道交通虽然可以保证通勤族的时间，但早晚高峰没有尊严的拥挤足以让人窒息。每个人都想逃离这里，却又舍不得这里的机会和繁华。人们似乎没有幸福感，每个人都在紧张焦虑的雾霾中度过每一天。

生活就是这样。

这条酒吧街被一个十字路口分为南北两条巷子。白天空荡荡的，所有店面上午基本不营业，不熟悉的人路过这里甚至以为生意萧条，根本无法想象它夜晚的繁华。每当夜幕降临，霓虹灯点亮，工作了一天的年轻人纷纷从四面八方汇入这条最热闹的酒吧街来放松、狂欢，放纵和挥霍自己的青春。

傍晚七点，天刚擦黑，成串的游商把来自祖国各地特别是新疆或云南的手工艺品和装饰品放在黄黄的绒布上招揽生意。绿松石、蜜蜡、红珊瑚、蓝色的孔雀石、白色的贝壳、漂亮的羽毛搭配成各式各样的手链、项链、耳环。巨幅唐卡、红红的石榴籽肚兜、花花绿绿的荷包、挂毯充满民族风情，让路人忍不住驻足流连。新疆的小伙子坐在三轮车上一边等着生意，一边悠闲地看着街景。酒吧街的老板也使出浑身解数，要么打开门窗让充满节奏的音乐震翻整个街道，要么找来年轻的帅哥把刚下出租车的女孩直接引到店里。铁板烧、油炸臭豆腐、烤羊肉串、麻辣烫、凉皮、冰糖雪梨的老板忙得不可开交。正是他们无声无息的加入，让从南到北的巷子每晚好像重庆火锅一样翻滚着热辣而丰富的气息。快到十二点，酒店的领位送走了第一波客人的同时，又揉着眼迎来第二波客人。时不时有哈雷摩托车闪着发亮的银光轰鸣着飞过巷子还用卷起的尘土来证明他们的存在。整条巷子好像又变成了豪车、美女、酥胸、长腿的展览。的确，这是一条纸醉金迷的巷子。熟悉了这一切，人也就神经麻木了，似乎听着故事也没有了知觉，甚至不会感觉听到的故事有什么特别。

这个故事是一个四十多岁的男人讲给我的。他叫高庆生，看上去很普通，普通得放到这座城的繁华中就再也认不出来。所以，他讲的故事也很普通。但他向我保证，这故事绝对是他亲身经历的。我看着他一脸真诚的神情，相信他的话是真的。

……

# 第一章
# 夜游神恍惚间撞灵车

先说说我是怎么认识高庆生的。

我应该算是一个资深广告设计师。当年大学毕业后，先是在国内广告公司做，后来经人介绍混进4A，摸爬滚打几年后，与朋友合伙开了一家不大的广告公司。这个行业竞争激烈，传统的广告被互联网广告挤压得几乎寸步难行。客户就是我们的上帝，各种各样的客户提出的千奇百怪的要求把我折磨得无所适从。加班，熬夜，从早到晚的工作让我神经衰弱。每到夜晚加班结束，我总喜欢在公司附近的这条七弯八拐的酒吧街上寻找一家夜店，喝一杯酒来缓解我这紧张了一天的脆弱神经。

这条街里每一间酒吧，甚至每一间酒吧里的每一个位子我都很熟悉。有一家叫乡遥的酒吧因为把一棵大树封在店里而闻名。店里的每个座位都环绕着大树的枝丫。虽然酒吧的皮沙发都已磨得斑斑秃秃，但是每当我坐在这个皮沙发里，耳边听着舒缓的音乐，还是让我的每根神经都无比的放松。或许是因为职业的关系，哪怕是橱窗的一点细微变化我都能迅速察觉。我喜欢坐在靠窗的位子，坐在窗边看着川流不息的车流和来来往往的人群，也是我一天中最放松的时刻。我想就是这样，让高庆生注意到了我……

在这个大雪纷飞的早上，我因为要开周例会，不得不头重脚轻地从温暖的被窝中爬出来，摇摇晃晃地走在去公司的路上。一辆徐徐开来的汽车从我身边驶过，一片白色的纸钱从车窗飘出来，与天空飘下的白色雪花混在一起。我一边重重地吐出昨晚混浊的酒气一边嘟囔了一句脏话。突然脚下一滑，一屁股坐到地上。我从雪地里爬起来的瞬间瞥了一眼坐在车窗前的那个男人，这个男人突然冲我点点头，又掏出一把纸钱向外面的空中抛撒出去。

我瞬间打一个激灵，精神了。

这一上午，我都在恍惚中度过。我想，难道是因为我撞上了早晨的灵车？或者是撞到的这辆灵车有邪？还是因为……灵车里的那个陌生男人对我莫名其妙地点头？我眼前一直闪现着那个男人的脸。那辆车行驶着，稳得不能再稳。车子里空荡荡的，几乎感觉不到它在移动，就像是一条船静静地漂浮在街上。车厢里不时亮一下，又亮一下，驶过宽阔的路口。如果不是因为在街上狠狠地摔了一跤，我的屁股还在隐约酸痛，我甚至以为自己还在梦中。

这个男人，我好像在哪里见过，却又一时想不起来……

紧张的一天让我无暇再去想这个男人。我再次抬头，窗外的雪已经停了，树杈上堆满厚厚的积雪。我看一看表，已经接近夜里十一点。这时我已完全酒醒了，只觉得胃里空空的。

走在回家的路上，我再次想起早上遇到的那个男人。猛然间，我发现，我居然快要走到这条酒吧街的巷口。我无数次走过这条黑暗的小路，但今天可能是下雪的缘故，让我感觉一阵阵头皮发麻。我走到街边的烟摊前，刚要说话，烟摊老板看到我却一怔。

是的，他竟然是早晨灵车里的那个男人。

他淡淡地笑了一下，问我，早上摔得厉害吗？

我说，还好。

老板欲言又止。

我笑笑说：你认识我？

老板点点头说，我在这条街上很久了，经常看到你很晚回家，你工作一定很辛苦。我尴尬地笑笑说，是啊，工作忙。我迟疑了一下，突然鬼使神差地说，你如果没事……我们去喝一杯吧。他居然爽快地答应了，点点头喃喃地说，我也正想喝一杯呢。

我们走在漆黑的小路上。

他告诉我，他叫高庆生。

我们并没有去酒吧街，而是走进旁边的一个小巷。已是深夜，很多夜店都已打烊了，只有一家小面馆里还三三两两坐着几个客人。我们走进来，每人要了一碗清汤牛肉面。高庆生又要了一瓶五十二度的牛栏山二锅头。一碗热腾腾的牛肉面吃下去，我们都有了些精神。男人的话题总是离不开女人。我笑笑说，你应该是一个有故事的人。

他自言自语地说，是啊，可是……从哪里讲起呢？

他又想了一下，就从……今天早晨讲起吧。

# 第二章
# 接通地狱的电话

高庆生说，他坐在徐徐向前开着的灵车上，将一把一把的纸钱向外面的空中抛撒出去。纸钱是用薄薄的白纸剪的，很圆，中间方孔像旧时的铜钱。他不知道这种纸钱在另一个世界是否真能流通，也许……这只是人们的一种愿望。但他还是宁愿相信这愿望是真实的。

车窗外面洒落着白花花的阳光，雪花突然就纷纷扬扬地飘下来，在地上厚厚地堆积起来，看上去很松软。白色的纸钱掺杂着雪花飘落到地上，像花瓣一样散开，好像立刻被阳光融化了，有的随着一阵微风滚出很远。高庆生说，这是他家乡的一种风俗。他们那里的人坚信，在这种有车辆来往的繁忙路口往往会聚集着一些孤魂野鬼，它们无处可去，又无事可做，就在这里徘徊游荡，每当有拉运尸体的丧礼车从这里经过，这些孤魂野鬼就会蜂拥而上，拦截新的鬼魂纠缠不放。因此，车上送行的人经过这里总要抛撒一些纸钱，意思是趁这些鬼魂去争抢纸钱时让丧礼车顺利通过。

按惯例，抛撒这种纸钱应该是死者亲人的事情。但郗媛没有亲人。她只是孤零零地躺在这口冰冷的金属棺内，身边只有高庆生。所以，这些事情就只能由高庆生来做。当然，高庆生也愿意为她做这件事，尽管这是一件令人心碎的事情。

高庆生告诉我，不要误会，他下面要讲的并不是一个爱情故事。

他说，对于他和郗媛来说，爱情已经是一件太奢侈的事情。

高庆生在这个早晨看着车窗外面纷纷扬扬飘在半空的纸钱。那些纸钱和雪花搅在一起，似乎磨擦出轻微的沙沙声。突然，汽车不知轧在一个什么东西上，车身剧烈一摇，金属棺也随之晃动了一下。高庆生连忙将它扶住了。高庆生没有将这口金属棺装进下面的车舱，而是特意放到车厢里，似乎只有这样，他才可以离郗媛近一些。

此时，他想着躺在棺内的郗媛。就在刚才，他为她擦净身体，换上她平时最爱穿的那身淡粉色的羊绒连衣裙，套上浅灰色的薄呢外套时，他突然发现，她脸上的表情竟然是那样的安详和平静，苍白中似乎还有一丝浅浅的红晕没有褪尽。有一刻他甚至怀疑，她是不是还没有死？但是，他已经感觉到了，她身上的体温正在渐渐远去，微微上翘的嘴角也已经松弛地垂下来。他鼓起勇气用手轻轻地碰了一下她的脸蛋，只感觉到冰凉冰凉的没有一丝温度。他终于确信，郗媛的确死了，她是真的死了。

这时，高庆生用手抚摸着这口冰冷的金属棺，突然萌生出一个奇怪的念头。这念头就像一块酵母在他的头脑中迅速膨胀，很快将他完全控制住了。他想，如果他这时拨一下郗媛的手机会发生什么事情？这个想法显然有些荒唐，会发生什么样的事情自然可想而知：关机，或不在服务区内。郗媛现在所去的那个地方当然不会在手机的服务区内，无论“移动”还是“联通”，就是信号功率再强大也无法到达。但高庆生还是想尝试一下。这个想法很快就变成了一种强烈的欲望，让他无论如何都无法克制。

于是，他掏出手机，试着拨通了郗媛的号码。郗媛的手机号码好像印在他脑子里面，根本不用想就直接拨号了。

听筒里先是沉默片刻，这时高庆生的心脏竟然紧张得怦怦跳。接着，郗媛的手机号竟然嘟的一声接通了，然后就传来一阵悠扬的彩铃声。他听得很清楚，是周杰伦的《七里香》：

雨下整夜　我的爱溢出就像雨水
窗台蝴蝶　像诗里纷飞的美丽章节
我接着写　把永远爱你写进诗的结尾
你是我唯一想要的了解

雨下整夜　我的爱溢出就像雨水
院子落叶　跟我的思念厚厚一叠

几句是非　也无法将我的热情冷却
你出现在我诗的每一页
……

周杰伦的声音很真实，似乎还带着一些回响。这让高庆生大感意外。他的呼吸立刻急促起来，心也随着这旋律不停地乱跳。他突然有了一种莫名其妙的预感，似乎要发生什么特别的事情。果然，音乐突然停下来，电话里停顿了一下，传来一个女人的声音：

喂，请问哪位？

高庆生简直不敢相信自己的耳朵，这正是郗媛平时接电话的习惯口吻。

他竭力将自己的声音放平稳，然后问，你……是谁？

电话里的声音稍稍沉了一下，然后反问，你要找谁？

你……究竟是谁？

你拨通我的电话，反而问我是谁吗？

好……好吧。

高庆生喘一口气，终于妥协了。

我要……要找……郗媛。

我就是。

你就是？你是……郗媛？

高庆生立刻惊住了。她是郗媛！她竟然说她是郗媛！他只觉浑身一紧，手里的电话险些掉到地上。他迅速朝面前的这口银灰色的金属棺看了一眼。他甚至还能听到，郗媛已经僵硬的身体正在里面与棺壁碰出的咚咚声响。他竭力让自己的情绪平静一些。

然后，小心地问，你说……你是郗媛？

当然，有什么不对吗？

你……怎么可能是郗媛呢？

奇怪，我为什么不能是郗媛？

可是……可是……

高庆生一时不知该说什么了。

这时，对方反问，你是谁？

高庆生说，你听一听我是谁。

高庆生故意没有说出自己是谁。他想，如果对方真是郗媛，应该立刻能听出自己的声音。对方显然有些犹豫了。她迟疑了一阵，说，对不起，我……真的听不出来。但高庆生已经听出来了，电话里分明就是郗媛的声音。郗媛的声音有一个特点，说话时尾音很清晰，似乎有些沙哑，因此即使在众多的声音里，他也一下就能分辨出来。此时，她似乎离得很遥远，电话里甚至还有一些空旷的回音，仿佛这声音真的是来自另一个世界。

高庆生的心酸楚了一下，眼泪也随之止不住地流下来。

他试探地问她，你现在……在哪儿？

对方迟疑一下，好像急着要挂电话了。

她问，你……究竟有什么事情？

高庆生哽咽了一下说，你……先不要挂电话。

对方好像轻轻地叹息了一声。

他又说，我……就想听一听……

电话里没了声音，信号已经中断了。

高庆生拿着手机，半天没有回过神来。

高庆生对我说，他曾经与无数的死人打过交道，也听到别人说起过很多无法解释的灵异现象，但他从不相信。人死如灯灭，他相信这句无可奈何的俗语是千真万确的。但是，他这时看着面前的这口金属棺，再想一想刚才电话里的声音，却又觉得实在无法解释。

他流着泪想，难道自己真把电话打到另一个世界去了吗?

# 第三章
# 洒满阳光的太平间

高庆生讲述的这个故事从一开始听起来就有些奇异。但我宁愿相信，因为他对我的讲述很真诚，绝不是故弄玄虚。我看着高庆生那认真的样子，心想，我真的宁愿相信他对郗媛是真爱的。男女之间的感情很多时候太难界定，到底是爱还是激情，到底是真爱还是彼此的依恋。真的，往往很难说清楚。

高庆生告诉我，他在这个早晨一直在想，郗媛在那个世界真的还能接听电话吗？

高庆生说，那天的车厢里有一股淡淡的若有若无的芳香。这种芳香的气味很奇怪，好像不太自然，因此闻上去也就有些可疑。他在想，是不是郗媛身上那种特殊的香水味道，还是自己产生了幻觉？他觉得郗媛还在身边，长长的发丝依旧散发着淡淡的香气。他当然知道，那种芳香的气味是故意做出来的，它不过是一种防腐剂的气味。

高庆生没有想到，这次送郗媛上路的竟然又是这辆“通用 GL8”殡葬车。他对这辆车很熟悉，它的车牌号是“1414”，曾经有一个死者的家属把它读成是“已死已死”，不知是巧合还是冥冥之中注定的。这两年，高庆生曾跟随这辆通用殡葬车拉运过很多尸体，这些死者的身份各不相同，有高有低，有贵有贱，有贫有富，有尊有卑，但最终的目的地却都是同一个——西华河火化场，伴随着哀乐被推进火化车间，最后化成一缕深棕色的浓烟。

高庆生还记得，当初送郗媛的父亲去火化场时，好像用的也是这辆车。

那时的郗媛还在唐朝夜总会里做事。高庆生跟她认识，也就是从那一次开始的。

高庆生淡淡一笑，对我说，他讲到这里，我应该已经明白了。

对，他说，我是做殡葬业的，同时也为天鹅湖医院看太平间。

他说，他还清楚记得，当初他和郗媛第一次见面就是在天鹅湖医院的殡葬服务处。那时他已开始看太平间，但刚刚接触殡葬服务。严格地讲，看太平间和做殡葬服务是有很大区别的，看太平间只是一种值守工作，每当有死者送来，为死者家属登一下记，办理一下存放尸体的手续也就可以了。但殡葬业却是一系列具体的服务性工作，包括为死者整理遗容、办理火化手续、定好殡葬车以及一系列火化过程中的细节问题。

当然，至于火化就是火化场那边的事了。但火化之前的几乎所有事情一般都要在殡葬服务处这里办理。

天鹅湖医院是这个城市里一家规模相当大的医院，因此民政局就将殡葬服务处的一个业务办事机构也设在这里。

高庆生起初只是为医院看守太平间，后来殡葬服务处这边业务很忙，缺乏人手，就叫他过来帮着做一些事，渐渐地也就有一半时间为这边工作。当然，尽管这样累一些，高庆生也很愿意，一来可以多学一些这方面的专业技能，二来也能增加一点收入。

做殡葬业在普通人看来似乎很难接受，总有一种毛骨悚然的感觉，况且人都是好端端地活着，为什么整天去跟死人打交道呢？其实并不然。做这一行待遇很好，哪怕是一个年轻人每月的收入也相当可观，所以要想正式进入殡葬业也绝非易事。当然，高庆生说，这并不包括他。他在这里只是一个临时的打工者，收入自然微不足道。此外还有一点，只有干了这一行的人才会真正体味到，在这个世界上，最轻松也最令人踏实的工作就是这种职业了。虽然这里的工作也是跟人打交道，却比活人少一口气。但是，只差这一口气就省去了很多麻烦。你不必担心对他们说的哪句话是否得体，做的哪件事对方是否满意，更不用担心哪个被服务者将来有一天会去什么地方投诉你。

但是，高庆生说，也正因为如此，他在做事时反而更加认真。

高庆生告诉我，他在工作中曾出过一次小小的失误。

那是在一个春节前夕。每年的春节前都是一个死亡高峰，尤其是老人和危重病人，好像都想赶在这个时候去另一个世界过春节。当时由于死者太多，高庆生连续忙了一天一夜，最后临下班时就已经累得筋疲力尽。

也就在这时他接了一个六十多岁的老年死者。据说这是一个中学老师，身边没有一个亲人，送他遗体过来的只是他当年的几个学生，这些学生都是从外地赶来的，还要急着回去。他们为老师办理完所有的火化手续，最后一个二十多岁的年轻女孩将一条暗红色的丝巾交给高庆生，说这是老师年轻时，他的女朋友送给他的，后来他们由于各种原因没有走到一起，于是老师就再也没有结婚。

这个女孩对高庆生说，老师一直将这条丝巾珍藏在身边，这些年从没有舍得戴过，现在他们还要赶回去，不能送老师去火化场了，所以拜托他在将老师的遗体送去火化时，一定给他围在脖颈上。当时高庆生也为这个老师的感情所感动，接过丝巾让他们放心，说他一定会想着这件事。但是，他在那两天实在太忙了，也太累了，结果一下就忘记了。直到第二天上午将死者遗体送去火化场回来的路上，才突然想起这条丝巾的事。这时再补救显然已经来不及，他只好将这条丝巾带回来。尽管他在那天晚上，特意找了一个很大的路口为那个中学老师将丝巾烧掉了，并特意为他烧了一些纸钱，但后来他每当想起这件事，心里还总会感到一丝歉疚。高庆生说，就从那次以后，他在工作时更加小心。他说做这种事怎么能不小心呢，每个人来到这世界上活一辈子都很不容易，他们奔波了一生，忙碌了一生，最后要离开这个世界了，当然应该很认真地再为他们最后服务一下，这是这一行起码应该做到的。当然，高庆生又对我说，像他这样四十大几身上又有残疾的外来打工者，也只能做这种职业。

高庆生说到这里时，我已经注意到了，他确实有一些残疾。他的一条腿似乎做过断肢再植手术，明显比另一条腿短一些。他的脸上还有一条很骇人的伤疤。这条伤疤是从他的左眼角到右嘴角斜着贯通下来的，看上去就像一条很长的水蛭。高庆生说，像他这样一个外来打工者要想挣一点钱，不做这一行还有什么更合适的就业呢?

高庆生显然是一个北方人。他说话时，尾音总是咬得很重。

他告诉我，他当初刚来到这座城市时还并不是这个样子。那时的他年轻力壮，身体也很好。他曾经在一家专门生产汽车的韩资企业工作，而且是一个技术很全面的工人。但是，他无奈地摇头苦笑一下说，他那几年历尽坎坷，经历的事情是一般人很难想象的。

## 第四章

# 和头牌小姐的第一次会面

高庆生喝了些酒，思路更清晰了。我一直没有打扰他，只希望他把心里的事都说出来，我就是这样。我经常工作一天，来到南街东拐西拐的巷子随便找一个酒吧喝几杯酒来放松自己。很多时候喝了酒好像思路也更加清晰，很多平时想不出或暂时断了的思绪都会自己跑出来。在广告公司无非是满足客户的种种需求，其实真正工作没有太多事情，客户需求很多时候又都充斥着人情世故，各种错综复杂的关系、各种利益的纠缠让所有的事情都从清晰的线条变成了拥堵的症结。所以，对我而言，酒精的确有力量让所有的一切都变得顺畅。我看得出高庆生也是一样。我感觉到他已经开始慢慢放松，情绪也变得慢慢稳定下来。

高庆生举起酒杯一下子把酒都喝干了。

然后，他继续说，他来天鹅湖医院看太平间，也是经人介绍。

高庆生有一个房东，六十多岁，是一个极好的人，街上的人都叫他财叔。财叔曾在天鹅湖医院看太平间，也做殡葬服务。财叔看高庆生为人老实，生活又总不稳定，就介绍他来了这里。但是，让高庆生自己也没有想到的是，他竟然一干就喜欢上了这一行。他觉得看太平间真是一个很不错的工作，正如财叔所说，死人是最老实的，你不必担心他们不听话，更不用担心哪一天会不小心跑掉一个，所以，只要在太平间的外面照看一下也就行了。

高庆生每天只上夜班，或者说只管守夜。由于这种工作的性质，夜班自然没人愿意干，但人在死时是不挑选时间的，尤其夜里——特别是前半夜，往往是死亡高峰，因此夜班也就尤为重要。不过对于高庆生来说倒也无所谓。夜里只要没有尸体送来，他反而觉得更自由自在。他可以听一听半导体收音机。现在的广播电台彻夜都有节目，大概就是为他这种守夜人准备的。他还可以随心所欲地在太平间的门前随便走一走，偶尔来了兴致，也进到太平间里，撩起布单端详一下每具尸体的面孔。

这些面孔神态各异。高庆生每到这时就会想，很多人都爱说，人死了之后很安详，就像睡熟了一样，其实这纯属无稽之谈。死人的神态是其生前最后一刻心情的凝固，心情不同，神态自然也各不相同，而且，跟熟睡也是有着本质区别的。

后来高庆生就开始跟着财叔学一些简单的为死者整理遗容的技术，比如合眼，闭嘴，往脸上涂抹一些油彩或穿一穿衣服等等。要知道，为死人穿衣服看似简单，其实也是一件很复杂的事情，尸体在穿衣服时是不会配合的，而且往往已经僵硬，这样穿衣服就需要一些技巧，有时还不得不把衣服的一些关键部位用剪刀剪开。当然，那些因出车祸或别的意外死亡的尸体他是不管的，不是害怕，而是弄不了，那需要有更专业的整容技术。据财叔说，高庆生在为死者整容方面确实有一些天赋。财叔曾看过几具被他整理出来的遗体，真的栩栩如生。

财叔说，当然，做这一行的人首先要心地善良。

高庆生看看我。他似乎已经感到，我对他说的那些为尸体整容的事情并不感兴趣，于是自己倒了一杯酒，又给我倒了一杯，然后缓缓地说，给你讲一讲和郗媛第一次见面时的情形吧。他说着摇头笑一笑，然后叹息一声，至今想起来，还记忆犹新啊！

那是一个晚上。当时他刚接班，就见一辆超豪华的别克 GL8 殡葬车停在殡葬服务处的门外。他知道，一定是又来了什么身份特殊的人物。这种通用殡葬车的租价很昂贵，一动就要很多钱，能被这种车送来的尸体一般都不会是普通人，所以也就往往会前呼后拥地跟来很多人。但让高庆生没有想到的是，这辆车在门外停稳，从上面下来的却只有一个年轻女孩。

这女孩看上去身材高挑、打扮入时，一身全黑的装扮。瀑布一般的黑色直发披在肩头，合身的黑色短皮衣将她的身材紧紧包裹着，皮衣的领子滚着黑色的长毛边，过膝长靴显出她修长的大腿，皮短裙又紧紧裹住她翘翘的臀部，但这些既时尚又有些潮的装束并没有让她显得妖艳，看上去似乎还带着一丝文气。在这样的地方突然出现这样一个女孩，自然有些扎眼。她进来并没有说太多的话，只是给高庆生看了一下手续。她送来的是一具男尸，姓名盖建国，年龄五十八岁，死于心脏病猝发。高庆生问她，跟死者是什么关系。

她说，父女，死者是她父亲。

她又说，她父亲是死在另一家医院。

高庆生立刻告诉她，按规定，不是死在天鹅湖医院的患者是不能在这里的太平间存放的。女孩立刻说，她不是要存放在太平间，而是需要殡葬服务处的冷柜，她已经办好相关手续。然后又向高庆生解释，正因为天鹅湖医院这边有殡葬服务的营业处，所以她才决定拉来这里，待办好一应火化手续，再从这里将她的父亲送走。她说话咬字很清晰，也很有条理，看得出，应该是一个头脑很清楚的女孩。这时，高庆生只看了她一眼，立刻就大致判断出她的职业。当然，这也是他的职业决定的。他这里就像是这世界的一个出口，无论是什么角色的人，都要经由这里去往另一个世界。因此，他几乎每天都要接触形形色色各种各样的人。

这时他在心里猜测，她应该是夜总会里的那种女孩或者是被大款包养的二奶。

他之所以这样想，是因为这女孩出手很大方，在为她父亲办理火化手续时一切都要最好的，连骨灰盒也是挑选全玉镶红木的。

这种全玉镶红木的骨灰盒是用一整块岫玉雕凿而成，中间镶有一些形状各异的红木块，外面还有一个很精致的水晶罩，要一万九千九百九十元一具。一万九千九百九啊，高庆生一边为她办着手续想，这真是一笔很大的数目；其次，这女孩虽然出手这样大，却又并不像那种所谓的“白领”，看举止也不像是太有身份的样子。况且这样一个女孩，又这样有钱，怎么会是一个人来送她的父亲呢？此外还有更明显的一点，她化妆很浓，穿着虽然入时，却透出一股说不出的习气。而且，高庆生在为她办理手续时发现，她的食指和中指间已被熏得焦黄，那显然是经常吸烟的缘故。

高庆生也闻到，她的身上散发出一股浓腻香水和女士香烟交杂的气味。

高庆生说，后来的事实证明，他果然没有猜错。

郗媛的确是做那种职业的女孩，而且还是唐朝夜总会里的一个红牌小姐。事后她告诉高庆生，她的父亲，就是因为无意间知道了这件事，盛怒之下才突发心脏病死的。她父亲是一个很正直的人，本分了一辈子，他知道了自己女儿的事情，无论如何都无法接受这个现实。他对她说，一个人可以穷死、饿死，可是怎么能去做这种事情呢。

当然，在那个晚上，高庆生并没有因为猜到郗媛的职业就看轻她，更没有因此在殡葬服务上打丝毫折扣。相反，他似乎还有一点同病相怜的感觉。尽管她花了一万九千九百九十元为她父亲买了一具那样昂贵的全玉镶红木骨灰盒，尽管她为她父亲选择了最豪华的音乐焚化炉，尽管她付了最高标准的整容费，让高庆生为她父亲的遗容做最好的处理，但高庆生也知道，她的钱来之不易。当时，他看着她，忽然有一种很奇怪的感觉，似乎她越有钱反而越让人同情。

所以，高庆生在为她提供一系列殡葬服务时也就尽心尽意。

# 第五章
# 陪夜总会小姐去火化场

说完这些话，高庆生重重叹了一口气，端起桌子上的酒杯自己一口气喝下去。我看他这么难受的样子，只好把头扭向窗外。不知什么时候，外面又无声无息地飘起雪花，马路上很冷清，偶尔有一辆车经过，开得飞快。高庆生看了我一眼，继续讲。

他说，不知为什么，他一见这个郗媛就有些同情。所以，他凭着以往的经验竭力为她着想，并在一些容易忽略或想不到的细节上及时提出建议。比如他告诉她，既然这些钱都已经花了，是不是再为她父亲换一下铺在身下的和盖在身上的，按民间习俗，亡者身下的褥子应该是黄色的，而盖在身上的布单则是白色的，布单上还绣有五只蝙蝠和一个团花寿字，取“五蝠（福）捧寿”的谐音，而下黄上白则叫“铺金盖银”。再有就是头脚。垫在头脚底下的都应该是莲花枕。还有手里握的和嘴里含的，也都有一些讲究。

郗媛听着，没有一点表情。

但他立刻又告诉她，当然，也有人是不讲究这些的，不讲究也没关系，这不过是活人的一点心意，死去的人当然是不会知道的。郗媛显然很清楚，他向她提这些建议，对于他个人来说是没有任何好处的，他不会从中得到一分钱的利润提成，相反，他只会因此而更加费事，因为所有的这一切都要由他亲手来做。

所以，她只是轻轻地对他说，谢谢，一切就都听你的吧。

高庆生认为，他这一次并没有对郗媛有任何额外的照顾。他在医院太平间这种地方每天不知要接待多少死者，而对于这些死者，不管他们是干什么的，也无论他们是什么身份，他都会提供同样尽心尽意的服务。所以，他觉得为郗媛的父亲做这些事并不过分。

在那个晚上，直到郗媛最后在手续上签字时高庆生才知道，她的名字叫郗媛。

郗媛父亲的后事办得很顺利。由于高庆生事先将每一个细节都替她想到了，因此没遇到任何问题。在火化的前一天晚上，郗媛又来到殡葬服务处。她见到高庆生没有立刻说话，似乎面有难色。高庆生看看她问，还有什么事需要帮忙吗？

她张了张嘴，却欲言又止。

高庆生说，你如果还有什么要求只管提出来。

郗媛慢慢抬起头，看看他，仍然没有说话。

于是，高庆生又耐下心来对她说，他会尽力为她提供服务的，她这一次花了这样多的钱，在他们这里也算是一笔很大的业务，所以，无论从哪个角度讲都应该对她有一些额外的优惠，更何况为死者和家属提供周到满意的服务，也是殡葬服务的职责。

郗媛又迟疑了一下，才说，其实也没有别的了，一切都很好，也很满意。她说，她真应该替她的父亲表示感谢。只是，只是……她说了两个只是，忽然又停住口。

然后，迟疑了一下才问，你明天早晨……上什么班？

高庆生说，我每天都上夜班，早晨应该是下夜班。

郗媛又问，下班以后……还有什么事吗？

高庆生笑了，没事，下班以后只是睡觉。

郗媛这时才说，明天早晨，能不能陪她一起去火化场。她说因为只有她一个人，去到那里还要办各种手续，恐怕忙不过来。高庆生听了，立刻爽快地答应下来，他说在规定的殡葬服务项目中也包括这个内容，如果死者家属有要求，可以跟随去火化场安排各种事宜。

郗媛连忙说，当然，应该出多少费用，她都会照付的。

高庆生笑笑说，这倒不是钱的事。

郗媛听了，很认真地看看他。

高庆生说，那种地方，你们毕竟不太熟悉。

于是，第二天上午，高庆生就跟随郗媛父亲的殡葬车一起去了火化场。

高庆生这次幸好一起去了。他发现，郗媛真的是一个有些奇怪的女孩。她父亲的遗体从车上抬下来时，她看上去非常的悲伤，甚至连路都不能走了，却始终没掉一滴眼泪。

高庆生依稀记得郗媛当天的装扮，她依旧是一身的黑色，别在胸前的那朵白色的小花衬托得脸色越发苍白，甚至没有一丝血色，黑色的长发整齐地盘在脑后，给高庆生的感觉她走路轻飘飘的好像随时都会被风吹走。

她将所有的手续都交给高庆生，轻声对他说，我……实在不行了。然后就晕倒在高庆生的怀里，高庆生一下子手足无措，只得一把抱起郗媛迅速来到休息室的椅子上坐下，高庆生只记得当时郗媛的手是冰冷的，甚至没有一点温度。几分钟后，郗媛慢慢醒过来，缓缓地张开眼望着高庆生。高庆生看看她，关切地问，是不是哪里不舒服。

她说不是，只感觉恍惚，两腿没有一点力气，已经什么事都不能做了。

高庆生立刻说好吧，你先在休息室坐一下吧，别的事我去办。

郗媛抬起头，有气无力地看看他。

他这时才发现，她的眼里竟然深不见底。

高庆生替郗媛办好一应手续。又替她做主，在向遗体告别时要了一个乐队演奏哀乐。按火化场的惯例，在向死者告别的仪式上，奏哀乐有两种形式，一是播放录音，另一种就是由乐队在现场演奏。当然，不言而喻，乐队演奏的效果会更强烈一些，也更能烘托悲痛的气氛。

郗嫒孤零零地一个人站在遗体跟前，低着头听着哀乐在她身边轰轰地奏响。虽然高庆生是做这一行的，曾经见过各种各样类似的场面，但在这时，他的心里还是禁不住有些难过。

哀乐停下来时，郗嫒慢慢回过头，看见了高庆生。

她苍白的嘴唇抖了抖，轻轻地说，谢……谢谢你。

# 第六章
# 突然驶来的出租车

高庆生说着这些，眼睛里面已泛着泪花。他猛地一下将杯子里面所有的白酒都喝干。或许是喝得太快，他开始不停地干咳。我想他内心一定充满了对郗媛的惋惜和思念。

我轻轻拍了拍他的肩膀，说，老兄，人死不能复生……

高庆生接着对我说，他在为郗媛的父亲办理后事时并没想到后来还会发生什么事情。当时在他看来，郗媛不过是一个很普通的死者家属，是殡葬服务处的一个顾客，而他为她提供的也只是殡葬服务处应该提供的一些很正常的服务。因此，他并不指望她会感谢什么。

从这一点说，他们两人之间后来发生的一切应该都只是一种缘分。

高庆生说，他的心里很清楚，真正让他和郗媛走到一起的，是因为他对她说了一些关于自己的事情。一个男人，在对一个女人说起自己的身世时，无论他是有意还是无意，往往会产生一种意识不到的效果。这是郗媛事后才告诉他的。她的话让他大感意外。

郗媛的父亲火化那天，高庆生从火化场出来时已是将近中午。刺眼的阳光照射下来，四周白茫茫的一片。当时高庆生有一种很奇怪的感觉，似乎落到地上的阳光像翻卷起来的泡沫，不仅滚烫，也白得耀眼，四周的一切都变成了一种颜色，看上去很荒凉。他由于每天只上夜班，渐渐昼夜颠倒，已养成了昼伏夜出的生活习惯，所以这时，他觉得自己已不能适应这样的阳光。他站住犹豫了一下，想回火化场去找个地方睡一觉，等晚上再直接去天鹅湖医院上班。火化场跟殡葬服务处是一个系统，所以，他跟这里的人都很熟。

就在这时，突然开来一辆出租车，停在他的面前。

车门推开，是郗媛坐在里面。她脸色苍白，一脸的疲惫，头发凌乱地散在羽绒服的帽子里里外外，似乎整个人要垮掉了。

她轻轻拢了拢耳边的碎发对高庆生说，上车吧。

高庆生看看她，有些迟疑。

她叹口气，又催促道，快上来。

高庆生看了一眼她，只好低头钻进车里。

车里没有阳光，他感觉舒服了一点。郗媛一路上始终没有说话，只是把头深深地埋在黑色羽绒服的帽子里面。高庆生能感觉到她轻轻地抽泣。

后来出租车驶进城里，她让司机在一家饭馆的门前停下来，然后一边付着车钱回头说，你先进去吧。

高庆生愣了一下，没听懂她的意思。

她又朝那家饭馆指了指，说那里。

这时她已从车上下来，对高庆生笑了笑说，今天，我请你吃午饭。

高庆生连忙说不用了，不要这样客气。

他这样说罢就要转身告辞。

干殡葬服务这一行是有着严格规定的，不准向死者家属收受任何礼品，也不能吃请。当然，有的死者家属为了托付或表示谢意，偶尔塞一些小费或红包也是有的，上面对这种事也只是睁一只眼闭一只眼。但请客吃饭高庆生一般是不去的。而且不知为什么，他也不想让郗媛再多花钱。但郗媛却走过来，不由分说将他拉进了饭馆。

高庆生说，他在这个中午一走进这家餐厅就闻到一股陌生的气息。这是一家很豪华的餐厅，高阔的厅堂用飘垂着各色巨幅的轻纱，划出一些若有若无的间隔。红棕色的餐桌旁一堆一堆的人，在空阔的厅堂的映衬下显得非常渺小，却发出一股股相互碰撞的嘹亮说笑声。高庆生迟疑地站在入口处，很多等位的人。他平时极少进这种地方，他和他前妻每月的那点生活费恐怕还不够这里一顿饭的消费。郗媛显然是这里的常客，跟服务员都很熟稔。她带他来到一个靠窗的桌前坐下，点了菜，又要了一瓶白酒。她特意告诉高庆生，这瓶白酒是特意为他要的。

她说，你今天一定要多喝一点。

高庆生问为什么。

她只是笑一笑。

高庆生立刻明白了，她的意思是在说他的职业。做殡葬这一行每天都要接触尸体，所以阴气太重，喝一点酒可以补一补阳气。高庆生的心里顿时感到温暖了一下。他发现，这个女孩对人的关心是不动声色的。菜很快就端上来。他立刻对她说，咱们还是……把菜分开吧。

她抬起头看看他，好像有些诧异。高庆生第一次这么近距离地观察郗媛，发现郗媛的头发剪得非常时髦，眉目修剪得十分整齐，淡灰的眼影、灰黑色的眼线，将两只眼睛重点勾画出来。郗媛眼睛不大，却非常有神，若迎着光，简直让人觉得那瞳仁像燃着的两点火苗。她穿着黑色紧身裤，黑色的紧身皮衣将身材恰如其分地勾勒，让胸前长坠项链的红色宝石显得特别突出。后来高庆生发现，那几乎是郗媛从不离身的饰物，每每见到她，他都会多看两眼。

郗媛看他一眼。高庆生意识到自己不该直愣愣地看着她。

他立刻说，咱们……各吃各的比较好。

她仍然没有明白他的意思。

高庆生这才向她解释，说这也是为她着想。过去他和他的前妻一起吃饭时就是这样，他的前妻曾经说过，她一看见他这双整天摆弄死人的手就感到恶心。郗媛立刻明白了他的意思，淡淡一笑说，她什么事都经历过，所以不在乎这些。

她一边这样说着就和高庆生对着喝起酒来。

郗媛的酒量竟然很大，一杯一杯的白酒喝下去似乎若无其事。当然，高庆生也很能喝酒。他的酒量是过去在工厂时练出来的，那时候，他的酒量和他的技术一样，在全厂都是出了名的。这时，他看着坐在自己对面的郗媛，与她一杯接一杯地对酌，忽然有一种很愉快的感觉。

他很想告诉她，已经几年了，这种愉快的感觉对他来说已经有些陌生了。

郗媛歪着头忽然问，你刚才说，你经历过很多事？

他答非所问地说，我来这个城市时，还不到三十岁。

不到三十岁？郗媛在心里算着，哦，那应该十几年了。

他点点头说是啊，算起来已经十几年了。

郗媛问，这十几年，你一直干殡葬吗？

他想了想，一时不知该怎样回答她。他突然觉得，喉咙里有些发涩。

高庆生对我说，他直到今天仍然想不明白，在那个中午，他和郗媛还并不太熟悉，或者说只是萍水相逢，可是面对这样一个不熟悉的女孩怎么会说起自己过去的经历？也许是因为他太想找个人说一说了，或者他的经历实在太坎坷了。

我同意高庆生这样说。一个人的坎坷经历往往只有说出来才会让人感到坎坷。所以，凡是有过坎坷经历的人都有一种倾诉的欲望。高庆生应该也是如此。但他却从来没有倾诉对象，也不会有人对他的倾诉感兴趣。

高庆生对我说到这里，就已经泪流满面，脸上的那道伤疤也变得红紫起来。

第七章

# 自己被世界遗忘了

我看着高庆生的神情，心里也有一种莫名其妙的惋惜。就像高庆生说一个人在找不到人说话时，那种感觉是令人难以想象的，比忍饥挨饿还要痛苦。他告诉我，他每到夜里独自徘徊在太平间的门口时，就会有一种感觉，自己似乎已被这个世界遗忘了。

其实每个人都是一样的，心情不好的时候，真的觉得自己一无是处，所有的一切似乎都与自己无关，恨不得一下子死掉算了。

高庆生自己端起酒杯，一口喝干了满满一杯酒。看着他的神情，我知道，也能理解他的苦衷。他说，他有时实在抑制不住想说的欲望，就去太平间里对那些尸体说一说。那些尸体都是很忠实的听众，他们只是静静地躺在那里，从不显出不耐烦，也不插嘴打断他，当然，也没有丝毫的反应。有时他说到伤心处就会蹲在那里号啕大哭一阵。他觉得在这些尸体的面前这样放声大哭并不丢脸，反而是一件很痛快的事情，也非常的酣畅淋漓，他不必担心他们会耻笑他，他可以一边哭着一边向他们诉说这些年来积压在自己心头的种种愤懑和郁闷。

而在那个中午，他终于有了郗媛这样一个倾诉对象，而且，她对他所说的话也表示出浓厚的兴趣。这就极大地鼓舞了他。也正因如此，他才当即决定，要把自己这些年来经历的所有事情都讲给她听。尽管他还吃不准，她对他所说的这些话是真的感兴趣还是仅仅出于礼貌。但这时他已经顾不了这样多了，他觉得自己已被一股强烈的讲述欲望激动起来。

在这个中午，他们一边喝着酒，一边聊天。他告诉郗媛，他再早的时候一直是在一家专门制造汽车的工厂打工，而且一干就是十年。他去那家工厂也是因为一件偶然的事情。那时他刚来这座城市，还没有找到工作，身上的钱就全被偷去了。这使他一下陷入了困境，连吃饭都成了问题。

一天下午他正漫无目的地走在街上，无意中看到路边的银行旁边有一个金属窗口。他知道那是自动提款机。这时正有一个四十来岁的中年男人在那里提款。他身后还有两个年轻人，看样子也是在等候取钱。但不知为什么，他突然觉得这两个年轻人有些不对。他们的神色飘忽不定，而且还在不时地交换一下眼神。果然，就在那个提款的中年男人转身的一瞬，这两个年轻人突然从两边扑上去。他们的动作极快，不仅娴熟，配合得也很默契，其中一个人伸出两臂死死抱住那个中年男人用力向下一按，另一个就冲上去抢夺他手里的钞票。那个被抢的中年男人一下被这突如其来的袭击弄懵了，他顾不上呼救，只是弯下腰去拼命护住自己手里的钱。于是三个人立刻就在那里扭成一团。

当时高庆生朝那边看着，心里突然有一股怒火腾地燃烧起来。他想起自己被人偷去的那些钱。事后他对办案的警察说，他就是想到这些才不顾一切地冲上去的。他在帮那个中年男人时并没有多想，更没意识到这是在打抱不平或见义勇为，他只是从心里痛恨这种平白无故就想把别人的钱财据为己有的人。他当时毫不犹豫地就朝那两个年轻人猛扑过去。他直到来到近前才看清楚，原来这两个年轻人的手里竟然还都拿着明晃晃的刀子。他连想也没想就挥手给了他们每人一拳。这两个年轻人一下被他打愣了，他们显然没料到他会突然出现，立刻都回过头来茫然地看着他，一时有些不知所措。他当时也不知是从哪里来的气力，抓住其中一个年轻人的胳膊用力朝上一撅就将他按倒在地上。这时那个被抢的中年男人也已缓过气来，反手将另一个也按住了。

事后他才知道，这个人就是那家汽车厂的一个部门经理。

于是就这样，他去了那家汽车厂做工。他终于有了这样一份工作，自然做得很卖力，每天晚睡早起，经常加班刻苦钻研技术，对生产车间的每一道工序也都详细地了解。几年以后，他就已称得上是一个技术全面而且非常出色的工人，车、钳、铣、刨几乎哪一样都拿得起。这个汽车厂是一家规模很大的韩资企业，生产的“大宇”牌汽车在海内外都享有很高的知名度。他原本以为自己会在这个企业一直干下去。

但后来，他没想到却突然发生了一场意外的事情。

## 第八章
# 被截掉了一段小腿

高庆生指指自己的小腿说，那场意外的事故，让他终身残疾。

我想，人的命运就是这样的无法预料。高庆生好像能洞察我的心思，默默地举起酒。我们对饮了一下，彼此都低下头想自己的心事。

高庆生又重重地叹了一口气说，那件事是发生在那一年的夏天。

当时他刚被调去锻造车间，负责操作一台新购进的冲床。一天上午，这台冲床突然出了问题，好像被什么东西卡住了。按当时工厂里的惯例，在生产过程中如果遇有机器出现故障，应该由专门的修理工来负责维修。但在这个上午，修理工都去忙别的事情了，暂时过不来。于是，高庆生为了不影响生产进度就做出一个大胆的决定。当时他还并没意识到，这其实是一个极其冒失甚至危险的决定。他准备自己动手来修这台冲床。

这台冲床的结构并不复杂，他经过一段时间的操作已对它的基本结构和工作原理了如指掌。他先是很认真地检查了一下机器，怀疑是后面的传动系统出了问题，于是就从冲床的工作面上爬进去，想看一看后面究竟发生了什么事。这台冲床很庞大，几乎有四米多高，如此一来他的上半截身体都扎到冲床后面，外边就只还露出两条腿。也就在这时，当时的车间主任朝这边走过来。这个车间主任姓赵，叫赵晓航，是这家工厂老板的大舅子。这家工厂的老板虽然是个五十来岁的韩国男人，却讨了一个只有二十多岁的安徽姑娘做妻子，这个赵晓航赵主任就是这安徽姑娘的哥哥，刚从家乡来这里不久。

其实赵主任并不太懂技术，对生产上的事也一窍不通，他甚至连车间里的一些主要设备都叫不出准确的名称，却又总以经验丰富的技术内行自居，整天在车间里指手画脚，动辄训斥工人。这个赵主任还有一个嗜好，他有一辆非常漂亮的电动自行车，平时没事就经常骑着它在厂区里东游西逛，遇到哪里有什么新鲜事就凑过去看一看热闹。在这个上午，赵主任大概刚从外面的什么地方回来。他将电动自行车放到一边走到这台冲床的跟前，见高庆生正趴在这里忙碌，就问出了什么事。当时高庆生也没有太在意，只是一边忙着手里的事告诉他，出了一点小故障，后面的一个齿轮被卡住了。

齿轮，什么齿轮？赵主任一边说着，就好奇地伸过头来。

高庆生说问题不大，马上就可以修好了。

但是，赵主任只嘟囔着说了一句，这是怎么搞的！然后就真像一个内行似的伸手去按冲床上的按钮。当时他这样做的用意很简单，是想试一试这台冲床的运行情况，似乎这台出了问题的冲床经他的手一操作故障就会自行排除掉。但他并没有意识到，高庆生这时还趴在冲床的工作面上，他这样贸然地接通电源是极其危险的。而更为严重的是，其实高庆生这时已经排除了机器故障，正在试图爬出来。因此，当赵主任按完了电钮，又伸出一只脚来踩底下的踏板时，冲床突然轰隆一响，然后就哐当一声冲下来。

这是一台上百吨的液压冲床，转动起来的动静可想而知。赵主任没料到那只巨大的冲锤竟然会这样落下来，再想喊高庆生躲闪已经来不及。就这样，那只冲锤猛一下就落到了高庆生的腿上。高庆生当时并没有感觉到疼痛。他只是有些奇怪，不知自己的左腿出了什么问题，好像一阵阵的发凉。与此同时，正在旁边操作另一台机床的一个同事目睹了这一切，他立刻吓得目瞪口呆，愣了一愣才猛一下冲过来将这台冲床的电源切断了。当时高庆生穿的是一身再生布工作服，因此从表面看去那条腿似乎伤得并不太严重，只是从里面洇出一些血迹。但是，在他被送去医院以后，当医生剪开他的裤子，当时在场的所有人看了都大吃一惊。只见他的左腿从膝盖以下，有一段已经被机器冲扁，皮肉和骨头被轧得像纸板一样薄，看上去就像是一截腿部的照片。医生面对一条伤得如此严重的腿没有任何办法，只好将这一段截掉，然后又将底下的小腿再重新植上去。

就这样，高庆生说，他的这条左腿从此就短了一截。

据说事情过去以后，赵主任曾经找到那个当时在场目睹了这一切的同事。那个同事姓张，车间里的人都叫他大张。赵主任不动声色地把大张找来，然后对他说，出这场事故时你就在旁边，你现在如实地告诉我，你在当时都底看到了什么？

这个大张的胆子一向很小，平时从不多说少道。

他对赵主任说，出事时他正埋头工作，所以没看到什么。

赵主任听了点一点头，又嗯一声，但似乎还有些不放心。

他又问，你的那台冲床就在旁边，你怎么会一点没看到呢？

大张说，他当时也正在检查自己的冲床，所以顾不上抬头。

赵主任眨眨眼问，听……也没听到什么吗？

大张说，只听到冲床轰隆一响。

然后呢？

大张说，然后就发现出事了。

赵主任这才舒出一口气，说是啊，你即使不埋头做事，就凭你那两只近视眼，也不会看清楚什么的，况且你当时离这边还有一段距离，你说对吗？

大张说对对，确实还有很长的一段距离。

接着，赵主任就召集全车间的工人开了一个大会。

他在会上先对高庆生的做法提出了严厉的批评，说高庆生出了这样一起事故完全是因为不按厂里的规章制度办事才造成的，如果他当时将这台冲床的故障报到车间，如果他等着修理工来修这台冲床，也就不会发生这件事了。可是，赵主任说，这个高庆生偏要逞能，偏要自己动手来修，结果在摆弄机器时一只脚无意中踢到了电钮开关，才酿成了这样一起严重的责任事故，既给自己带来痛苦，也为厂方造成了严重的损失。然后，赵主任就当众宣布了厂里对高庆生的处理决定，说这一次事故只能定性为一起严重的责任事故，不仅不算工伤，还要扣掉他这一个月的薪水。

# 第九章

# 中午的欲望

高庆生说到这里就沉默下来。我知道他内心一定很痛苦。他自己轻轻地抿了一口酒，又夹起一筷子海带丝送进嘴里。我想说点什么，又不知道该说些什么。他笑了笑对我说，当时郗媛的反应和我一样，只是看着他，半天没有说话。

他继续开始和我说郗媛的反应。

当时郗媛沉一下，才问，你……就这样下来了？

高庆生说是啊，就这样从那家工厂下来了。

高庆生看看郗媛，他知道，尽管这个女孩是在夜总会那种地方工作，应该说见多识广，但他所说的这些事她也应该闻所未闻。他让自己稍稍平静了一下，接着又说，他在医院时只听说厂里对他的处理决定，却还并不知道已将他辞退。后来他回到厂里，得知了这个消息立刻就去找赵主任。他恳求他还是把自己留下来。他对他说，他的妻子自从生孩子以后就没了工作，现在他的孩子又这样小，如果再让他从工厂下来，他家的生活就实在过不下去了。但是，赵主任对他所说的这些却无动于衷。他一边抽着烟说，工厂辞退工人是很常见的事情，谁也没向你保证过可以在这里做一辈子，别人都可以另谋生路，你为什么就不可以呢？高庆生说，如果在过去，他当然也可以另谋生路，可是他现在拖着这样一条残腿，每到阴天下雨疼得连路都不能走，还让他怎样去另谋生路呢？

赵主任一听他这样说，当即就变了脸，他说你拖着这样一条残腿，难道你这条残腿是工厂给你造成的吗，你自己搞出这样大的一起事故来，还把自己弄成了这个样子，你又能怨谁呢？他在和赵主任说这番话时，是站在车间的门口，而且正是吃午饭的时间，所以旁边就围了很多工人。但大家看着高庆生，却没有一个人吱声。当时高庆生看看周围的每一个人，又看了看赵主任，最后只说了一句话，他说，我这条腿究竟是怎样弄成这样的，我相信大家心里都很清楚，你赵主任的心里更清楚。

他这样说罢，就转身一瘸一拐地走了。

高庆生说到这里，深深地喘出一口气。他对郗媛说，他已经很久没有提过这段经历了，这些年，他甚至连想都不愿再去想这些事。那只冲锤落到他腿上时的感觉，真可以说刻骨铭心。那是一种沉重而又沉闷的感觉，好像有一股血流一下冲到头顶。直到过了很久，他每当回想起这种感觉仍会不寒而栗，他甚至在夜里睡觉时都经常被恶梦惊醒。但是，他说，让他没有想到的是，这时他对她说出了这些，心里竟然有了一种轻松的感觉，似乎如释重负。

郗媛一直在静静地看着他，很认真地听他说话。

她这种认真的样子很让他感动。

他说真的，他对她说出了这些，心里感觉痛快多了。

她忽然问，后来呢，你再也没去找过那个赵主任吗？

高庆生轻轻地摇摇头说再也没去过，就是去找他，又有什么用呢。

郗媛清了清嗓子说，可是这件事……不能就这样算完啊。

从她的声音里可以听出，她也开始有些激动。

她接着又说，这件事，工厂是应该负责任的。

高庆生摇摇头，轻轻叹息了一声。

他说负责任又能怎样，赔偿我？

郗媛说，可这件事，他们真是做得太过分了。

高庆生忽然微微一笑说，不过现在，也已经找不到那个赵主任了。

为什么？

他……死了。

死了？

死了。

高庆生告诉郗媛，这个赵主任死得很偶然，没有人想到他会出这样的事情。

这时高庆生已在工厂对面租下一间临街平房，将冲着街边的窗子扩大一些，又重新装上玻璃，搞成一个可以卖货的简易橱窗，就这样开起一爿专卖香烟食品的小杂货店。他的生活重又安定下来，每月的收入虽不太很多，但一家人吃饭总还可以。

事情是出在一天上午。在这个上午，赵主任突然来找高庆生。他对高庆生说，他的电动自行车出了一点问题，前轱辘好像总是拧不紧，让他帮他看一看。赵主任说，他当然不会白让他修，他可以付钱。赵主任又对他说，其实他完全可以去找别人的，他来这里也是为了照顾他的生意。但高庆生听了却并不想领他的情，他对他说，他现在只卖香烟小食品，不修自行车。

赵主任说不管干什么，还不都是为了挣钱。

高庆生说不，他不想挣他这份钱。

赵主任不解，眨眨眼问为什么。

高庆生说不为什么，他现在已不想再摆弄车了。他对赵主任说，工厂里有那么多的装配工，他随便去找哪一个都可以为他修车，而且还不用花钱，他为什么一定要来他这里呢。赵主任一听却笑了。他说我来让你修，自然有让你修的道理，你的技术在全厂是最出名的，哪个工人能比得上你呢。赵主任说，我今天就是让你修。

赵主任看着高庆生，有些骄横地说，你必须给我修。

高庆生说，我现在已不是你厂里的人了，我为什么一定要听你的？

赵主任听了高庆生的话，脸就一点一点地沉下来。

他说，你以为自己开了这爿小店，就了不起了？

高庆生说，他没觉得了不起，他只是不用再求人。

赵主任听了微微一笑，说你当然还要求人的，你想得太简单了。

高庆生听出赵主任的话里有话，立刻抬起头看着他。

赵主任又说，如果我让你这个小店开不成，你就开不成，你相信吗？

高庆生一听赵主任这样说，就立刻不再说话了。他相信赵主任什么事都干得出来。

赵主任说，你在这里开这个小店，影响我们工厂的整体形象，我可以去举报你。说罢，就转身推着那辆电动自行车走了。

# 第十章
# 因果报应

高庆生说，他起初并没当一回事。他觉得赵主任说的这些话不过是发一发狠。他开这爿小店从没有妨碍过任何人，更不可能影响对面工厂的什么整体形象。但他还是想错了。就在这天下午，小店里突然来了两个人。他们没有任何表情，也没说太多的话，只是问这爿小店办没办过什么手续。高庆生一下被问愣了，说开这样的小店还要办什么手续吗？这两个人似乎觉得他的问题有些奇怪，先是对视了一下，又很认真地看看他。然后，其中一个人就走过来，将一张纸递给他。另一个人说，你先仔细看一看吧。

这两个人说罢就转身走了。

这时高庆生才看清楚，这竟然是一张整改通知，通知上说他擅自将这间临街民房改变用途，违反了城市管理的有关规定，而且还私自拆改门窗，影响了市容市貌，因此限期将门窗恢复原状。当时高庆生看了这张整改通知一下愣住了。他没有想到赵主任竟然真会去举报自己。第二天上午，赵主任就又推着他的电动自行车来到小店。

高庆生没再说任何话，当即就为他修了这辆自行车。

高庆生这次为赵主任修车没收一分钱。他想让赵主任知道，即使是自己这样的人，也并不一定把钱看得很重。高庆生发现这辆电动自行车的问题并不是很大，只因为上一次修车的人没有经验，将车轴的螺扣拧滑脱了，这种问题很好解决，只要用锤子将螺丝刀在螺扣上砸出几个垂直的凹槽，再重新拧紧就可以了。高庆生将这辆电动自行车修好之后，又特意告诉赵主任，他的车闸不太好用，所以他也捎带着给修了一下。赵主任骑上车试了试，车闸果然灵敏了很多。于是，赵主任一回去就又放心大胆地骑上车在厂区里兜起风来。

也就在这个上午，赵主任出事了。

据说赵主任在这个上午很高兴，车子修好之后骑起来很痛快，车闸也灵敏了很多，所以就在厂区里骑得风快，还不时地突然捏一下手闸，让车子猛一下停下来，看上去就像是在玩车技。正在他风驰电掣般地到处乱窜时，不知不觉就已经来到了电镀车间的后面。也就在这时，突然从迎面开来一辆电瓶车。他一见躲闪不及就连忙去捏车闸。可是赵主任这一次的车速实在太快了，捏闸又太猛，所以车子突然咯噔一下停住，与此同时，巨大的惯性不知怎么竟让前轱辘突然脱落下来。就这样，赵主任的身体一下飞起来，在空中翻腾一周半，两腿又用力蹬了几蹬就一头栽进路边的一个水泥池子里。这个水泥池子是专门用来清洗准备电镀的金属元件的，里面装满腐蚀性极强的稀硫酸。

其实它平时一直是盖着盖子的，但不知为什么，在这个下午却就这样敞开着。

赵主任飞过来就像个跳水运动员似的一头扎进去，后果也就可想而知。据说他当时的样子非常骇人，下半截身体还好好地搭在池子边上，看上去似乎没什么异常，但是，当人们将他从池子里拖出来时，他的上半身却被腐蚀得面目全非，看上去就像是鱼刺，只剩了嶙嶙白骨，放到地上还发出哗哗的声响。

高庆生说，不知为什么，郗媛听到这里忽然笑起来。

他当时问郗媛笑什么。

郗媛说，你说话真有意思。

高庆生说有意思吗，他一点都没觉出有什么意思。

郗媛突然不笑了，点点头说是啊，其实想一想……

她脸上的神色暗一下，就没再说下去。

沉默了一阵，她又问，后来呢，你就来做这一行了吗？

高庆生摇摇头说，他来这里做这一行，已是后来的事情。

也就是说，你还一直开那个小杂货店？

高庆生没再说话，他感觉心里又在隐隐作痛。

他这时才突然意识到，他对郗媛这样说着，不知不觉就已说到了一件他最不愿想也最不愿再提起的一件事情。这几年，他每当想起这件事心里就会隐隐地痛。这件事就像他心头的一个伤疤，稍稍一碰就会流血。所以，他一直试图让自己忘掉这件事。他想告诉郗媛，他开那爿小杂货店的那段经历，是他一生中最难忘的，就像用刀子刻在了记忆里。

但他又有些犹豫。不知道是否应该把这件事向面前的这个女孩讲出来。

这时我已明显感觉到，高庆生把自己逼到了一个两难境地。他好容易遇到了这样一个理想的倾听者自然有一种强烈的讲述欲望，而他要讲述，就不得不涉及一件他绝不愿再提起的事情，但倘若他不讲这件事，也就有可能中止这一次讲述，这又是他不情愿的，如此一来他就不得不强迫自己做出一个选择。我想了一下对高庆生说，其实从某种意义上说，痛苦也是一种能量，如果让它积聚在心里就会永远感到疼痛，而一旦释放出来，也许就轻松多了。

是啊，高庆生对我说，所以他最后决定，还是把那段经历告诉郗媛。

高庆生说，郗媛确实是一个很理想的倾听者。她已经完全被他的真诚感动了。在他对她讲述自己过去的事时，她不插一句话，始终在看着他很认真地听着。他们的这顿午饭吃得很漫长。他们两个人不知不觉都喝了很多酒。高庆生这时突然有一种很奇妙的感觉，面对这样一个女孩说话似乎很舒服，她的表情、目光、神态，还有坐在他面前的样子，似乎都为他营造起一个很适宜倾诉的氛围。

# 第十一章
# 饮恨之恨

高庆生看了我一眼说，其实他对郗媛的职业没有一丝的鄙夷，他甚至觉得郗媛是一个非常体贴温顺的女人。虽然打扮入时，但内心却是非常的善良朴实。郗媛曾对他说，其实从一开始见到他，她就已经感觉到了，他应该是一个有着很多经历的人。当时他听了感到奇怪，想问她是怎样看出来的。但他现在明白了这是一个很蠢的问题，因为郗媛所从事的职业，应该能让她洞穿一切男人。

也许是职业的习惯，我一边听着高庆生的讲述，脑海中一边不停地勾勒郗媛的形象。郗媛如此入时的打扮内心却又保持着最原始的纯真，难怪让高庆生如此为她动情。或许看着我有些出神，高庆生不再讲述，他夹起一粒花生米慢慢地抿了一口酒。

接着他继续说，赵主任出事以后，他的心里仍然感到很不踏实。城管部门的那两个人送来那张整改通知以后，旁边馄饨铺的张老板曾经提醒过他。张老板也就是当初和他一起在工厂做工的大张。大张在高庆生出事以后虽然没说过任何话，但没过多久，还是被赵主任找了一个理由辞退了。大张的妻子一直在厂门口开着这爿馄饨铺，于是，大张也就索性回到自己家里当起了馄饨铺老板。大张曾经提醒高庆生，说这些城管的人可不是好惹的，对他们千万要小心。

果然，几天以后的一个下午，上一次来送整改通知的那两个人突然又出现在小店的橱窗外面。其中一个人伸进头来说，你把门打开。

高庆生连忙走过去，把门打开了。

这两个人走进来。刚才的那个人问，已经给你下过整改通知，为什么还不改？

高庆生愣愣地看看这两个人，一时不知该怎样回答。他这才意识到，看来麻烦真的来了。这时就见一个中年男人从这两个人的身后走过来。这个中年男人的身材很瘦，而且有些弯曲，看上去就像一根树杈。他走到高庆生面前，先是面无表情地上下打量了他一下。

然后问，你在这里开店，办过什么手续吗？

高庆生一下没听懂，问，手续……什么手续？

中年男人说办什么手续，你真不知道？

高庆生说不知道，他真的不知道。

好吧，中年男人点点头，那现在就告诉你，这里不是你家的院子，不能随随便便想怎样拆改就怎样拆改，也就是说，你还要去城管部门办理相关手续。

这时他身后的一个人伸过头来说，这是我们薛主任。

接着，薛主任又看了看高庆生说，从你刚才说的话里可以听出来，你的概念好像还很模糊，我现在就为你澄清一下，这个城市是有制度的，所以无论做什么事都要按制度办事，这也就是手续，如果违反了手续，就要被做出相应的处罚，明白了吗？薛主任说到这里用力咳嗽了一声，然后说好吧，我现在就代表城管部门宣布对你做出的处罚决定，鉴于你私自拆改临街门窗，态度又很不配合，先罚没你这一天的非法所得。

薛主任这样说着，那两个跟来的人就已向高庆生放在旁边的钱盒子扑过去。但是，钱盒里只有两张十元的钞票，那是刚才的一个人买了两包香烟，剩下的就只还有几张零钞和一些硬币。那两个人扑到钱盒跟前一时有些不知所措，吃不准是否应该将这点零钱拿起来。薛主任也朝那只钱盒看了看，然后向高庆生伸出手说，拿出来。

高庆生不解，问拿什么。

薛主任说，你一天的收入不可能只有这点钱。

高庆生说没有了，真的只有这点钱。

高庆生说，他当时并没有撒谎，就在这几个人来之前他刚刚还数过那只小盒子里的零钱，总共是二十四元八角，这是他从早晨到现在的所有收入，刚才吃午饭时，他想去对面的肠粉店买一碗肠粉都没有舍得。所以，他很诚实地对薛主任说，所有的钱都在这里了。

薛主任眯起眼，冲高庆生点点头说，你这个人很滑头啊。

接着嗯一声，说既然这样，那好吧。

他这样说着朝那两个人示意了一下。这时，那两个人已经像变魔术似的不知从哪里开来一辆小卡车，然后不由分说就将小店里的东西装进几只纸箱搬上车去，又将两张封条十字交叉地贴在橱窗的外面。这一来高庆生才真正意识到了问题的严重。他当初为了开这爿小店几乎用光了手里所有的钱，现在如果就这样让他们将这些东西搬走，他就一无所有了。于是他连忙上前拦住这两个人，说你们……你们这是要干什么？

薛主任立刻回过头来，很威严地朝高庆生看了看。

他说，我警告你，不要妨碍我们执行公务！

高庆生立刻睁大两眼愣在那里，眼看着这两个人跳上车去，将他的货品在车厢里踢来踢去。薛主任看一看事情差不多了，最后又对高庆生说，现在正式通知你，这些货物只是暂时没收，明天带着罚款去城管部门领取，同时将相关的手续补办一下。

他这样说罢，就钻进小卡车呜地一声疾驰而去。

高庆生说，他在这个下午站在小店门口，好半天才回过神来。

他真的有些搞不明白，他开这个小店究竟妨碍谁了？他为了不让他的这个橱窗显得破烂，特意用的是白色的塑钢窗框，而且总是把玻璃擦得干干净净，小店跟前的卫生也经常打扫，他怎么会影响市容了呢？就在这时，他突然发现了一个问题，薛主任的那辆小卡车在经过旁边的馄饨铺时并没有停下来，竟像视而不见似的开过去了。

高庆生转头朝馄饨铺看了看，就朝那边走过去。

馄饨铺的张老板头上顶着一个小白帽，正在里里外外地做着卫生。这时，他见高庆生走过来就停下手里的事，抬起头冲他同情地笑了笑。显然，刚才的事情他都已看到了。高庆生想了一下，就走到他跟前问，为什么刚才薛主任带的那伙人从他馄饨铺门前经过时没进来。

张老板有些奇怪地看看高庆生，似乎欲言又止。

高庆生又问张老板，他是不是和那些人认识。

张老板摇了摇头，说他怎么会认识那些人。

他说，你干的时间还短，看来有些事还不太清楚。

高庆生立刻问，他指的是什么事。

张老板朝左右看了看，才低下声音说，在这里开店都是要缴押金的。

押金？

高庆生一时没听懂，问什么押金。

张老板将一张木凳搬过来，让高庆生坐下，叹息一声说，以后日子长了，你慢慢就会明白了。高庆生看出张老板好像还有什么话没说出来，就又朝他跟前凑了凑说，咱们虽然不是同乡，但毕竟都是从外地来这里的，你教教我，究竟是怎么回事。张老板又迟疑了一下，才说，在这条街上开店都是要缴押金的，当然，既然是押金就迟早还会退给你，可只要你在这里生活就得吃饭，要吃饭就得干下去，所以，除非你离开这里，否则押金是永远不会退的。

高庆生这时才终于有些明白了，薛主任刚才所说的“手续”大概就是指这些。

张老板又把声音压得更低地说，除此之外，你还要适当地表示一下。

表示？高庆生问，怎样表示？

张老板无可奈何地摇摇头说，你怎么什么都不懂啊！

高庆生若有所悟，点点头，似乎有些明白了。

张老板最后又叮嘱说，记住，现金人家是决不会收的，最好去办一张购物卡，而且是农行卡，因为农行的卡好用一些，至于卡上放多少钱，就是你自己的事了。

# 第十二章

# 农业银行卡的秘密

说起送卡这个事情，我想想就头疼，是啊，现在送礼越来越难了，一般的购物卡人家看不上，银行监管越来来越严格，给银行卡又担心涉及贿赂，可是现金又不敢收。每到过年过节送礼的事情都让人觉得抓狂。预算高了领导不干，预算低了人家又不高兴。

我低头把烟掐灭，瞟见了高庆生的有些发旧的鞋子。心里暗想，高庆生这样的小商贩给城管送礼怎么也得个三五千元才能拿得出手啊。再看他搭在椅背上的防寒服，我想，高庆生会给城管主任多少呢。

高庆生说，在这个下午，馄饨铺张老板还告诉了他一些有关薛主任的事情。

据说薛主任一向对商贩管理很严厉，因此在这一带的知名度也就很高。曾经有一个开时鲜水果店的老板，只因为没缴纳占地费，十几筐水果就被薛主任派人封存起来，直到烂成了一堆泥，招得满街都是苍蝇。这个水果店老板由于蚀了很多本钱，一天就拎着一把西瓜刀去找薛主任算帐。当时薛主任刚刚下班出来，一见事情不妙转身撒腿就跑。那个小店老板拎着刀在后面紧追不舍，就这样一直追出很远才指着薛主任的背影说，跑得了和尚跑不了庙，他迟早要将这把刀砍在他的身上。

但是，还没等这个水果店老板再来找薛主任，他自己就先被抓起来。薛主任为了这件事还特意在街上搞了一个规模隆重的公开刑拘大会，先是向街上的人们宣读了对这个水果店老板刑事拘留的决定，然后就当众给他戴上手铐，推上警车拉走了。当时薛主任指着远去的警车对人们说，今后如果谁再不服从管理，就是这样的下场！

他在这个晚上回到家里，很认真地考虑了一下。他想，他一定要把那些被没收的东西赎回来，这已是他唯一的一点财产了，他必须把这个小店开下去，就是为了孩子也要把这个小店开下去。高庆生说到孩子，就慢慢低下头。

他告诉郗媛，他的儿子是一个很乖的孩子，但由于和他们夫妇一直漂泊在这个城市，得不到充足的营养和很好的照顾，所以从小就体弱多病。他说他一定要为儿子挣钱，他的儿子这时已在一所专为打工子弟办的学校读小学一年级，他将来还要让他读中学，读大学，大学毕业还要读硕士，读博士，再也不要像他的父母这样三十多岁了还四处央求别人，过着居无定所的生活。他就是为了这些，想尽一切办法也要为儿子挣钱。

第二天上午，高庆生就带了东拼西凑的一些钱来找薛主任。在他的衣兜里还揣了一张卡，这是一张刚在农行办的卡。他特意在这张卡上存入了一千元钱。这一千元钱对他来说应该是一笔巨款，足够他一家人吃上一个月了。同时，他的手里还拎了一只白色的塑料提袋，里面有一个很大的报纸包，方方正正很整齐的样子，这是三条香烟，每条一百二十元，三条总共三百六十元。这还是他当初开小店时存下的，由于放在一个角落里，那天才没被薛主任的人搜去。高庆生那时还不吸烟，这种香烟应该是他见过的最高档的香烟了。他想象不出，一百二十元一条，那么一包也就是十二元，如此昂贵的香烟究竟好在哪里？

在这个上午，他来到城管部门，找到了薛主任的办公室。

薛主任的办公室是在四楼，迎着楼梯一个很大的房间。窗子也很宽大，透过明亮的玻璃可以看到外面浓密的树叶。薛主任正端着一杯茶，站在窗前欣赏着外面的景致。他回头看见高庆生进来，冲他点点头，问是否缴过罚款了。高庆生觉得他的态度似乎比前一天和蔼了一些。于是没说话，只是小心地将一叠钞票放到薛主任的办公桌上，然后又掏出那张农行卡，连同手里的塑料提袋一起放在那里。薛主任朝桌上瞥一眼，鼻孔里嗯了一声。

他问，知道这一次为什么处罚你吗？

他摇摇头，又赶紧点点头，说知道。

为什么？

他又胡乱点点头。

对啊，薛主任语重心长地说，知道就好，你应该明白，如果大家都跑到街上乱开店，乱拆改门窗，那我们这个城市会成了什么样子？不是要成了一个农贸市场？所以，向你们罚款并不是目的，关键是要起到警示作用，这件事你要引以为戒，下不为例啊！

在薛主任说这番话时，高庆生一直注视着窗外。他发现在窗外的一根树枝上，正落着一只已经戗毛的灰雀。它在那里一边啄食着树叶，不时地朝这个窗子里好奇地张望着。高庆生想不明白它在看什么。他在心里猜测着，它一定搞不懂在这个房间里正在发生什么事情。

他一边这样想着，再回过头时，桌上的那些东西就已不见了。

薛主任又冲他点点头，说好吧，这一次的事情就算了。

他连忙向薛主任表示感谢。

他由衷地对他说，谢谢您。

薛主任摆摆手说，我现在就给综合执法队那边挂一个电话，你马上过去，到他们那里把没收的货品领回去吧。他说着抓起电话，一边拨着号码又说，明天上午再来我这里一下。

高庆生试探地问，还有，什么事？

也没什么了，再补办一个手续。

薛主任这样说着已经打完电话，然后拍拍他的肩膀，就将他送出来。

直到这时，薛主任才又意味深长地笑笑说，下不为例啊！

# 第十三章
# 茫然的下午

的确是这样，现如今想开店做生意，哪怕是高庆生这样的小门脸，都是城管说了算。苍蝇再小也是肉，能从哪儿罚就从哪儿罚，今天说你卫生不合格，明天说你影响市容市貌，今天说可以，明天说不定就给你封掉。没有地痞流氓滋事就要烧高香了。当然，高庆生苦笑一下说，我想地头蛇也不会看上我这样的小门面。

我想劝高庆生什么，又不知道说什么好。望着窗外，只好跟他扯起了这场难得的大雪。我对高庆生说，你看这场大雪过后，明天一定是个好天气。连续一周的雾霾天也总算过去了，能让大家喘口气了。高庆生对我微微一笑说，是啊总算是下雪了。

此时的高庆生有些茫然。他说，他在那个下午和现在一样的茫然。

高庆生说，在这个下午，他从薛主任的办公室出来，真的有些茫然。

当时，他很想找一个人说说话。他朝四周看了看，外面好像刚下过雨，街上到处是积水。汽车旁若无人地驶过，将泥水带起来溅出很远。他又想了一下，就转身朝汽车厂的门口这边走来。馄饨铺的张老板还没开始做生意，正坐在小店的门外擦着一只钢精壶。

他抬头看见高庆生，立刻关切地问，事情办得怎么样了。

高庆生就将刚才的事情都对张老板讲了一遍。

张老板听了沉吟下来，半天没有说话。

他看看他的神情连忙问，有什么问题。

张老板摇头说，这件事，恐怕要麻烦。

高庆生一听立刻紧张起来，问他麻烦在哪里。

他说，我这可都是……按你教的去做的啊。

张老板说是啊，可我并没让你只在那张卡上存一千元啊，一千元对于薛主任那些人，他哪里会放在眼里，还有那些香烟，一百二十元一条，你怎么能买一百二十元一条的香烟呢，你知道薛主任平时吸的是什么烟吗，他一包烟的价钱就能抵上你这一条呢。高庆生听了立刻愣在那里，看着张老板半天没有说出话来。他怎么也没想到事情竟然会是这样。他的这个小杂货店加到一起也不值几个钱，他每天的收入也不过三几十元钱，而现在，他竟然要花这样大的代价去向薛主任通融。他有些后悔了。他没再说话，转身慢慢地走了。

其实直到这时，高庆生仍然心存侥幸。他想，这件事也许并没有张老板说得那样严重。他已经如数地向薛主任缴纳了押金，而且那张卡里毕竟有一千元钱，一千元其实也能买到很多东西，他的小店每次进货也不过才花八九百元。然后，他就又想到了那几条香烟。他想象不出薛主任每天吸的一百二十多元一包的香烟究竟是一种什么香烟，但他觉得，他送去的这种香烟已经够高级了，包装是大红色的，上面还有几个漂亮的烫金大字，看上去似乎闪烁着耀眼的荧光。他想，就凭这些，也许不会有太大问题。

但是，第二天上午，当他再次来到薛主任的办公室时，一看薛主任的脸色心立刻就悬起来。薛主任的表情很严肃，甚至有些严厉。他看他走进来，立刻从抽屉里拿出那张农行卡和几条香烟，啪地扔到他的面前，然后瞪着眼说，你这是干什么，想贿赂我吗?

他眨着眼看看薛主任，一时有些不知所措。

薛主任又说，我是负责城管工作的，是国家政府机关的干部，你用这点蝇头小利就想收买我吗?接着，他又义正词严地说，赶快把你的这点东西都拿回去吧!

高庆生愣愣地站在薛主任的面前，看看桌上的那些东西，一时不知该不该伸手去拿。但他的心里还是有些庆幸，他发现薛主任并没有将押金也退回来，这也就是说，这件事应该还有一线希望。于是，他小心地说，他没有贿赂的意思，他只是想……

薛主任立刻摆摆手，示意他不要再说下去了。

他连忙把嘴闭上了，沉了沉，才又小心翼翼地试探着问，您昨天说，让我今天再来补办一个手续，您看……我到哪里去办?

这件事，等以后研究一下再说吧。

薛主任显然已经有些不耐烦，做出向外送他的意思。

高庆生没再说什么，就这样被薛主任从他的办公室里送出来……

高庆生说到这里就沉默下来。坐在对面的郗媛为他斟了一杯酒，然后放下酒瓶静静地看着他。过了一会儿，他才说，在那个上午……我就这样被那个薛主任轰出来了。

郗媛眨眨眼满脸似乎知道答案，但还是问，这件事，最后也没有办成吗？

高庆生点点头说，是啊，最终也没办成。

从那以后，你的小店就再也没开？

当然不能再开了，不过后来……也不想开了。

高庆生这样说着，垂下头，声音也渐渐低下去。

为什么？

我儿子……突然死了。

你儿子……死了？

郗媛很意外。她沉了一下，把一支香烟递给高庆生，然后亲手为他点燃。

他接过郗媛递过来的香烟，深深吸了一口，从肺里吐出的烟雾像蒸汽一样沉重。看着高庆生皱着眉头吸烟。郗媛也熟练地点燃了一支香烟看着高庆生，细细的香烟在郗媛的指缝里安静地燃烧着。高庆生像是在掩盖什么，把香烟猛地掐灭突然埋头吃起菜来，他使劲地往嘴里塞东西，一会儿，两颊鼓起来，再也嚼不动，眼泪却哗地流下来。

郗媛不知所措地看着他。

# 第十四章
# 究竟是不是中毒型痢疾

高庆生放下杯子，沉吟了一会儿说，过两天又要到我儿子的忌日了。如果他还活着，今年该大学毕业了。他在这个世界上只活了短短十个年头。那么善解人意，精灵一般的孩子。高庆生说着眼泪就流出来。我不敢看高庆生，低下头喝了一小口酒。高庆生在自言自语，如果我当时在儿子身边，如果我身上有足够的钱……也许就没事了。

高庆生的声音低下去，又喝了一大口酒。

他又说，那段时间，他每天都在外面奔跑。他的妻子自从小店被关掉，也只好出去找一些临时的事情做，所以他们夫妇根本就没有时间照顾儿子。但尽管如此，他也绝没想到会出这样的事情。其实他儿子的学校是有食堂的，每月可以在那里包伙。但学校食堂的饭菜实在太贵了，每天早中两餐就要十五元钱，他们实在担负不起。所以，他只好每天给儿子一点零钱，让他午饭时去街上随便买一点东西吃。他至今仍然没搞清楚，他的儿子在那天中午究竟吃了什么。那天下午他比平时回来得早一些，到了家里发现儿子还没有回来，不知为什么，他的心里突然有了一种不祥的预感。他的儿子一向很懂事，放了学从不在外面乱跑。他这时想，每天的这个时候儿子应该早已回来了，可是今天，他跑到哪去了呢？

就在这时，他儿子学校的一个同学跑来送信。这孩子告诉他，说他儿子在学校上学时突然病倒了，上吐下泻，还抽风，老师已把他送去了医院，让家长赶快去。

高庆生一听立刻慌了手脚，连忙跟着赶来医院。

他在这个下午一走进医院大厅，一眼就看见了他的儿子，正躺在候诊长椅上，两眼紧闭，面色苍白。儿子的老师是一个三十多岁的女人，显然割过双眼皮，脸上凝固着一副永远惊讶的表情。他去学校开家长会时曾经见过她，知道她姓万。万老师一见到他立刻就迎上来，第一句话先说，高明在学校里没吃过任何东西。然后，她才又说，医生已经看过了，怀疑是中毒型痢疾。他立刻觉出万老师的这句话里有些问题。他搞不懂“医生怀疑”是什么意思，于是问她，现在是在医院里，难道医生还不能确诊吗？

万老师说当然不能确诊，医生诊断，是要有化验依据的。

他问，既然这样，为什么还不去化验？

万老师用一种很奇怪的眼神看看他，似乎欲言又止，支吾了一下才说，化验是要用钱的，没有钱……医院当然不给化验。接着又解释说，刚才因为事情太急，身上没有带钱出来。

高庆生这时才明白了万老师刚才所说的这些话是什么意思。她说他儿子没有吃过学校的任何东西，这也就是说，孩子现在病成这样学校是没有任何责任的，既然没有任何责任，自然也就不应该由学校来出医药费。高庆生不相信这个万老师的身上真的没有带钱，一个成年人出来，身上怎么可能不带钱呢。他想，她是根本就不想出这笔钱。如果她出了化验费，那么治疗费怎么办，药费怎么办，而如果万老师或者学校将所有的医药费全都垫付出来，学生家长最后不认账了又怎么办？这样的纠纷并不少见。但是，他还是觉得学校和万老师这样做实在太过分了。他想不管怎样，毕竟先救孩子要紧，如果确属中毒型痢疾那是有生命危险的，他们作为学校和老师，难道只为几个钱就这样眼睁睁地看着孩子躺在这里不管死活吗？

他想问一问这个万老师，如果是你自己的孩子，你会这样吗？

但是，万老师这时已拿起自己的外套。她那件外套原本是盖在他儿子的身上，她把它拽过来穿到自己身上，只说了一句好吧，现在孩子交给你了，学校那边还有很多事，我要赶紧回去了。这样说罢就匆匆地走了。高庆生这时已经顾不上再跟她计较，他想现在的当务之急是尽快为孩子化验，只有确诊出究竟是什么病也才能抓紧时间做进一步的治疗。但是，他将身上翻遍了也没有多少钱。他知道，家里也已经没有什么钱，家里那点仅有的积蓄连同向朋友借来的钱，就在不久前都已拿到薛主任那里去缴了押金。

他没有任何办法，想了想只好来求医生。

医生的态度很委婉，也很明确。这是一个年轻的医生，看上去很有同情心，他对高庆生的境况表示理解，但同时又说，他也没有任何办法，现在的医院就如同商店，你去商店买东西，如果不付钱无论有什么样的理由，是任何商品都拿不走的。年轻的医生说，医院现在更是如此，不管干什么都必须先交费，否则人家财务那里就无法下账。他对高庆生说，你现在拿不出钱来，恐怕连院长也无能为力。高庆生想了想，一咬牙就将腕上的手表撸下来，又脱下上衣，连同身上的几元钱一起举到年轻医生的面前，说这些先押在这里，你先给我的儿子治病，我马上就去找钱。年轻医生朝他手里的这点东西看了看，那块手表不过是一只很普通的电子表，上衣也已经有些褪色，于是摇头笑了一下，说这就不必了，这样吧，你抓紧时间去筹钱，我们这里先做化验，等病症确诊之后再说。

高庆生听了连连道谢，然后就转身跑出了医院。

但是，在这个下午，高庆生来到街上呆呆地站了一阵，太阳亮得能照瞎人的眼，大团大团的云朵，像原子弹爆炸轰出的蘑菇云，草坪里的鲜花妖艳得像假的一样。高庆生却实在想不出还能去哪里筹钱。就在几天前，他因为筹措那笔押金已向朋友借过钱。像他这样的人可以想象，也不会有什么太有钱的朋友，况且大家都是出来打工，手头也都并不宽裕。他上一次借钱时就已从人家的脸色看出来，他已经没有了多少信誉。这也难怪，如今就是去银行贷款还要凭抵押物，像他这样的人又凭什么让人家相信呢？他的家里已经四壁空空，咳嗽一声像公厕一样带着回音，人家朋友会想，如果把钱借给你，你将来又用什么来还呢？

也就在这时，他突然想到了薛主任那里的那笔押金。

他觉得薛主任应该把这笔钱还给他，否则没有任何道理。既然他不给他办手续，还有什么理由再扣着他的钱呢？况且已经到了这种时候，他也顾不上再想那爿小杂货店的事了。

高庆生想到这里，立刻决定去找薛主任。

# 第十五章

# 该死的城管主任

听着高庆生讲述着自己不幸的遭遇，我顿时从心底涌出同情。看着一个陌生的男人在我面前无声地流泪，于是对他说，老兄，善待自己，未来的日子和树上的叶子一样多。高庆生看着我，喃喃地说，是啊，最难的日子都已经过去了。

高庆生止住眼泪，继续和我讲他自己的故事。

他说，在这个下午赶来薛主任这里时，已经是下班时间。他在楼梯上刚好遇到了已经穿戴整齐的薛主任。薛主任看见他，立刻皱起眉头说，你又来干什么？

高庆生上前一把拉住他，上气不接下气地说急事……我有急事。

薛主任将胳膊轻轻摆了一下，甩脱了他的手。

他说现在已经下班了，有什么事明天再说吧。

高庆生说不行，明天就来不及了。

薛主任很匆忙地翻腕看了一下自己的手表，说现在没时间，他已经跟别人约好了事情，必须马上就走。

他一边这样说着就想绕开他下楼去。

高庆生立刻挡住他的去路，说他是来要押金的。

押金？什么押金？

薛主任停住脚，回过头来看看他。

他说就是上一次交来的那笔押金，他在办公室交给他的。

薛主任立刻朝四周看了看，又想一想，说好吧，你跟我来。

然后，他就转身又回到楼上，打开自己的办公室让高庆生进来。

薛主任关上门，脸色很难看地问，你刚才说押金，什么押金？

就是因为那个小杂货店的事，我装到一个信封里交给你的，高庆生说，我现在有急事，要用这些钱，既然手续已经不能办了，你就把笔钱还给我吧。

薛主任听了沉吟一下，说这个……恐怕不好办啊。

高庆生立刻问，为什么不好办。

薛主任说，钱的事，怎么可以说缴就缴，说退就退呢。

高庆生说可是，他缴的只是开小杂货店的押金。

薛主任皱皱眉说，这我当然知道。

现在小杂货店不开了，押金还不能退吗？

薛主任说，可是钱在会计那里，只能明天再说。

高庆生立刻说明天不行，明天就晚了啊。他这样说着，口气就已经是在央求了，他说孩子突然患了重病，现在正躺在医院里，等着这笔钱去救命，你……

还是赶快把钱还给我吧。薛主任一听就摇头笑了，说你这种话，我早已听到过不止一次了，凡是想要钱的人都会像你这样说，他们有的比你更有想象力，说出的理由比你更邪乎呢！

高庆生急赤白脸地说，我说的都是真的，你如果不信可以去医院看一看。

薛主任说，我没有时间去医院，我现在也没有钱。

高庆生说，钱是我亲手交给你的，你怎么能说没有呢。

薛主任说我已经说过了，钱在会计那里，她现在下班了。

就在这时，高庆生突然发现，在薛主任的办公桌旁边有一只小保险柜。那只保险柜是灰绿色的，看上去很精致，手柄和密码转盘都闪着金属的光泽。他立刻对他说，如果你实在没有钱，那就先借我一千元，等明天会计来了，再用她那里的那笔押金还给你。

薛主任立刻摇摇头笑了一下，他说，你太高看我了，我也只是工薪族，而且只是一个很普通的公务员，我每月的薪水加在一起才有多少，我哪里有钱借给你？

高庆生指了指那只保险柜，说那里，那里面不是有钱吗？

薛主任立刻正色说，那是国家的钱，怎么可以随便乱动？

这时高庆生的眼泪就已经流下来，他说现在孩子治病等着用钱，医生说他已经很危险了，真的很危险了，可是没有钱，人家医院不给治，你……还是赶快把钱还给我吧。

薛主任终于不耐烦了，他说，我已经给你说过了，没有钱，我现在没有钱。

高庆生突然冲他瞪起眼说，我看出来了，你是存心不想还我的钱。

薛主任笑了，说对，你很聪明，现在实话告诉你，我确实没打算还你这笔钱。薛主任说，我先来问你一个问题，你开那个小杂货店，一共有多长时间了？

高庆生想想说，只有几个月。

薛主任问，几个月？

大概，四五个月吧。

好，薛主任说，现在就给你算四个月，按城管部门的有关规定，随意拆改临街的门窗，每月要处以五百元以下的罚款，现在就给你按四百元计算，四个月就是一千六百元，还有每月要缴纳六十元的管理费，二十元的占地费，还有三十元的卫生费和清除垃圾费，一个月总共是一百一十元，那么四个月呢，就又是四百四十元，好了，现在你自己算一算吧。

薛主任微微一笑说，照这样算，不仅那笔钱不能退你，你还欠着一千多元呢。

高庆生没想到薛主任的账竟然是这样的算法。他立刻被算得目瞪口呆。

直到这时他才明白，这笔钱是不可能再要回来了。

## 第十六章

# 酒精的力量

高庆生对我说，在那个中午，他和郗媛一直在喝酒。当然，主要是高庆生在喝。这是一瓶叫“台湾大高粱”的粮食酒，这种酒有一种很特殊的味道，喝到嘴里，会有回甜，而且这种味道会一直弥散到头顶。的确是这样，因为我有个台湾客户和我很熟悉，慢慢地成为了朋友，他有一次从台湾回大陆还特意给我带了一瓶台湾产的大高粱，酒的包装自然和大陆不一样。只记得高高的酒瓶镶嵌在金黄色的包装盒里，标签的颜色是标准的国民党党旗的蓝色，我心中暗想，这个郗媛确实是个即讲究又很豪爽的女人。

高庆生说那次与郗媛喝酒似乎感觉不到自己在喝酒，而且已经很久没有这样喝酒了。他觉得喝下去的酒并没有流进胃里，而是流到了心上。他的心被酒精一刺激就更加疼痛起来。后来，他又拿起酒瓶要往杯子里斟酒，却被郗媛伸手拦住了。

那是他第三次碰到郗媛的手，只感觉当时郗媛的手指硬硬的冰冷的，脸上也是一副没有表情的神情。

郗媛说，别喝了，你不能再喝了。

高庆生笑笑对她说，你既然请我吃饭，就应该让我喝酒。

郗媛笑着说，你已经喝得够多了，我看得出你酒量很大，可是再这样喝也会醉的。

高庆生问，我现在说话，是不是还很清楚？

郗媛点点头，说是，很清楚。

但是，她又说，我们以后还可以再找机会一起喝酒。

高庆生立刻问，以后，你还会有兴趣跟我一起喝酒吗？

郗媛立刻很认真地说，当然有兴趣。

高庆生苦笑了一下说，我的这些事，不会有人爱听的。

郗媛也笑了一下，不置可否。不知什么时候郗媛已经结过账，于是很自然地拉着他大衣的袖口一起走出这家餐厅。

高庆生来到街上深深地吸了一口气，准备回去了。但郗媛不等他说话就招手叫过一辆出租车。然后，她将他推上车，自己也坐上来，又向司机吩咐了一声什么。

他回头问郗媛，还要去哪里？

郗媛没说话，汽车就开动起来。

出租车在街上左转右转地开了一阵。高庆生虽然没有醉，头脑还很清醒，但是看着车窗外面，却觉得闪过的街景有些陌生，似乎是置身在一个从没有到过的城市。后来，车终于在路边停住了。他从车上下来，跟着郗媛七拐八拐地走到一个巨大的商业楼的顶层时。他抬起头看了看，才发现来到一个叫“草木间”的茶楼。

郗媛拉他走进这家茶楼。他立刻闻到一股清淡的茶香。

这个茶楼里的格局很别致，一进门的地方是一幅山水画，但走进茶楼却有另一番洞天，仿佛来到了江南，小桥流水，丝竹声声。招待的服务员各个都端庄秀丽轻声细语。每一张茶桌都被竹屏风隔开，这样就形成了一个个的独立空间，所有的茶客都可以互不干扰。他和郗媛在一个角落里的茶桌前坐下来。

郗媛先把身上的黑色羊绒大衣脱掉，随手放在旁边的圈椅上，又把身上的黑色羊绒衫的袖子轻轻往上撸了撸。轻声问，喝什么茶?

他说随便。

他很老实地告诉她，他从没来过这种地方。

郗媛笑笑说，没来过没关系，茶总喝过吧。

高庆生说喝是喝过，不过，也没喝得这样讲究。

她说好吧，那就要一壶普洱吧。

高庆生从没有进过这么高档的茶楼，更不知道什么是普洱茶。郗媛是个善解人意的女人，已经感觉到他浑身的不自在，于是一边冲茶一边和高庆生讲起茶的分类。此时的高庆生感觉自己好像轻飘飘地来到了仙境，而郗媛就是最美丽的仙子。他甚至还记得当时郗媛先用一个很特殊的竹夹子分别夹起小小的茶杯，一手又端起滚烫的开水壶将一只只无比精巧的白色茶杯灵活的反复冲洗。冲洗茶杯之后，郗媛把开水倒进一只稍大点的茶器，过了大概半分钟，高庆生以为可以喝了，刚伸出手来拿起杯子，郗媛笑着说，说第一泡叫洗茶。是把茶叶中的有害残留物清洗出去。高庆生有点尴尬，看着郗媛把刚冲好的第一泡茶汤倒掉，又亲手把泡好的茶递给自己。但是这个茶楼好像有一种魔力，喝着喝着茶自己慢慢就放松下来。

高庆生对我说，他从来没有这么讲究地喝过茶。高庆生发现，这种普洱茶的味道有些怪怪的，不过喝到嘴里还可以，尤其刚刚喝过酒，喝这种茶，更有一种说不出的口感，使人感觉很舒服。郗媛显然对喝茶很在行，她一边为他斟茶，头也不抬地说，你刚才说的事，还没有说完。高庆生说是，还没有说完，不过，他已不想再说了。

郗媛握在手里的茶壶忽然停住了，抬起头看看他。

她不解地问，为什么？

就是……不想再说了。

还是，把这件事说完吧。

他看着郗媛的眼神，想了一下，点点头说，好吧。

# 第十七章
# 卖血救儿

不知为什么，高庆生对我说，他对郗媛好像总有一种倾诉的欲望，就好像高庆生对我说起所有的一切一样。而且高庆生说，至今在那家茶楼郗媛那双明亮的眼睛，那种渴望的眼神还一直留在他记忆深处。

高庆生说，也就是因为郗媛那认真的神情，他才继续讲述在那个傍晚发生的故事。当时他从薛主任那里出来，再次来到大街上。他的残腿由于这一下午的东奔西跑已经肿胀起来。脚也磨起了水泡，踩在被太阳晒得滚烫的地上感到一阵阵的刺痛。他扶在路边的一棵椰树上，将那条残腿悬起来，这样才感觉好受了一点。这时已是下班时间，工作了一天的人们从工厂里三三两两地走出来，在街上闲逛。从他们身上穿的工装可以看出来，都是一些打工者。

高庆生倚在树边看着这些年轻而又陌生的面孔，他们有的稚嫩，有的老成，有的疲惫，有的仍然精力充沛……他想，他们谁能借给他一千元钱，让他去救救他的儿子呢？难道在这个世界上，他就真的从哪里都弄不到一千元钱了吗？

也就在这时，他的脑子里突然冒出了一个想法。

他想，事到如今，我只能靠自己了。

于是，他连忙又赶回到医院。他先去看了一下他的儿子。他儿子仍然躺在大厅的长椅上，气息已经更加微弱，嘴唇也干得爆起皮来。他的妻子正守在儿子身边。她一见他就立刻站起来，说化验结果已经出来了，果然是中毒型痢疾，而且是一种恶性的，据医生说，现在已经出现脱水症状，如果再不输液就真的很危险了。

他一听，连忙又来到医生办公室。

下午那个年轻的医生已经下班了，值班的是一个四十多岁的女医生。高庆生来到这个女医生的跟前，说现在所有的办法他都已想过了，他实在筹不到钱了。女医生正伏在桌上写着一份什么病历，她抬起头看看高庆生，立刻明白了这个人就是躺在大厅里的那个孩子的父亲，于是连忙站起来对他说，你总算来了，我们刚才还一直在找你。

女医生说，你的孩子，现在已经很危险，可是，可是……

她说了两个可是，却不再说下去。

高庆生当然明白她在这可是的后面要说什么。她只是一个普通医生，如果他没有钱，她也无权从药房里拿出药来。所以，她对他说，你要赶紧想办法，否则就来不及了。

高庆生说，办法我已经想出来了。

女医生问，什么办法？

高庆生说，我可以卖血。

卖血？你说……卖自己的血？

女医生一下睁大眼，看着他。

他说是啊，别看我这个样子，我的身体很健康，从来没得过什么病，你们可以把我身上的血抽出来，想抽多少就抽多少，然后卖给你们医院，再用卖血的钱抵我儿子的医药费，如果钱不够，就再来抽，反正我身上有的是血，这样总行了吧？

女医生听了很认真地看看高庆生，又问，你真打算这样做吗？

高庆生说是啊，他现在只有这一个办法了。

女医生点点头说，那……好吧。

高庆生连忙说，那就快来吧。

但是，女医生又说，我们这里是不能随便采血的，市里设有专门的采血机构，我现在就抓紧时间给你的孩子输液，不过明天……你一定要把这笔医药费缴到医院去。

女医生这样说着，脸又微微红了一下，你可不要害我。

高庆生听了连忙说，一定，如果你不相信，我可以立个字据……

高庆生讲到这里，看了看郗媛，然后就端起面前的茶盏喝了一口。

郗媛也看看他，似乎想问什么，但是嘴唇动了动却没有问出口。

高庆生慢慢低下头，沉了一下才说，可是……已经没用了，就在那天夜里……

郗媛沉默了一阵，然后抬起头向服务生招手示意，要了一包香烟。她纤细的手指熟练地为他抽出一支，然后打着火机举到他的面前。他发现，她拿着火机的那只手在微微颤抖。

高庆生已经很久没有吸过烟，他用力吸了一口烟，一时间香烟的气味让他突然清醒，他继续说，事已至此，他当然没必要再去卖血。但那个女医生毕竟给他的儿子治过病，他也已答应过人家，所以，他还是要把这笔医药费去交给医院，而且，他也想最后再给儿子买一件他喜欢的衣服。他知道他的儿子一直想要一件蓝色的棒球衫，但他实在没有钱，他已经连着两个春节没给儿子买过新衣服了。他还想再为儿子买一双白色阿迪达斯的运动鞋，儿子为此一直羡慕别的同学。所以，在那个早晨，他看着儿子被放到平车上，用白布单蒙起来推去太平间，然后就对妻子说，他要去找那个姓薛的要钱，这次他一定要让他还那笔钱。他平静地对他妻子说，如果过了中午他还没有回来，就让他妻子不要再等了，一个人为儿子料理后事就是了。

他对他妻子说，记住，千万不要再让儿子受委屈。

他妻子听他这样说，瞪大两眼吃惊地看着他。

她问，你这是……想去干什么？

他没再说话，就转身走出医院。

高庆生说自己的儿子想买一双白色的阿迪达斯运

动鞋，让我想起了我高中时候的愿望。那时我因为身高的优势被选进校篮球队，当然我也是特别喜欢打篮球。美国著名黑人运动员乔丹是我的偶像，也是很多同学心中的偶像。我们校篮球队的井教练更是善解人意，不过现在想想估计他也是想看现场比赛。每当体育课如果赶上赛季，井教练就会让我们全班同学一起在大报告厅看篮球比赛，大家一起看比赛时热血沸腾的场景经常在我的梦境里面出现。乔丹简直就是我们心目中的男神，大家平时聊天的话题都是他，我们甚至观察他在比赛时的一举一动，平时训练时更是纷纷模仿他单手扣篮姿势。所以能买到一双和乔丹一样的比赛运动鞋就成了我最大的愿望。同学们下学后约好去看那款乔丹限量版的运动鞋，我们一群人看着那双运动鞋高高的摆放在王府井体育用品专柜的货架上，一千五百元的价格就像天文数字，几乎相当于我妈妈一个月的工资。我当然知道我妈妈根本不会给我买，所以我偷偷把妈妈给我的午饭钱留下，想攒钱买这双运动鞋，而且天天下学回家的路上我还会去王府井体育用品专柜看一眼，生怕运动鞋被别人买走。所以我特别能理解高庆生的儿子的心情。

# 第十八章
# 真的不想杀他

失去孩子的痛苦我没有体会过，但看着高庆生心酸的样子，我心里也为他感到惋惜。高庆生作为一个父亲，此时一定是很痛苦。我给他把酒杯里面的酒加满，他对我苦笑了一下一口气喝光了酒，把酒杯重重地放在桌子上然后轻轻地附在桌子上把头深深地埋在胳膊里。沉了一阵，他抬起头说，虽然事情已经过去这样久，他每当想起那个上午，心里仍还忍不住要颤抖。因为他失去了自己的儿子，他恨不得自己与儿子一起离开这个悲凉的世界。

高庆生无奈地摇摇头说，我们还是讲后来的故事吧。

他说，在这个下午，他告诉郗媛，他清楚记得，那是一个非常晴朗的上午，阳光像雪片一样纷纷扬扬地落下来，几乎能听到沙沙的声响。他一边走在街上，感觉不时有汗水顺着脊背流淌下来。这汗水是冰冷的，像一条条软体的虫子向下爬着。突然，他再也忍不住了，眼泪一下就从眼眶里涌出来，接着，他就旁若无人地蹲在街上呜呜地哭出声来。迎面走过的路人不知发生了什么事，都一边好奇地朝他看着一边远远地绕开。他很清楚，他这时的心情是没有人能理解的。

这几年，他无论晴天还是雨天，都要去外面四处奔波，他为的就是他的儿子，他要给儿子存一笔钱，将来好让他去读书。现在儿子已经没有了，他再也不用去开什么小店了，他今后已经无事可干了。他想，他现在唯一要做的一件事就是去找那个姓薛的把那笔押金要回来，然后去为他的儿子买一双白色的阿迪达斯运动鞋，再买一件蓝色的棒球衫。

他一边这样想着，就又来到薛主任办公的那座楼下。

他这一次径直来到四楼，几乎是用两只手将薛主任办公室的那两扇门同时推开。那两扇门立刻发出哐的一响。薛主任正坐在自己的办公桌前打电话，两只脚跷得高高的，好像在跟什么人说着一件很有趣的事情。他听到门响吓了一跳，抬起头一看是高庆生闯进自己的办公室，立刻放下电话沉下脸问，你……又来这里干什么？

高庆生走进来，用那条残腿将两扇门勾过来关上了。

他又转过身，盯住薛主任说，我是来要那笔钱的。

薛主任似乎很生气，抓起桌上的水笔在手里敲了敲，又扔下，然后鼻孔里哼出一声说，我现在警告你，你如果再这样没完没了地跑到这里来纠缠，我就要让综合执法队来介入这件事了，这里是国家的政府职能部门，不允许你来无理取闹。

高庆生仍然站在那里，面无表情地说，我的儿子……死了。

薛主任的嘴里立刻发出嘁的一声，说你儿子死了，跟我有什么关系吗？

高庆生说当然有关系，你昨天如果把那笔钱还给我，我立刻赶回医院去也许还来得及，可是……医院直到晚上才开始抢救我的儿子，他脱水太严重了，全身都已衰竭了。

薛主任冷笑一声说，照你这样说，你儿子的死，应该由我负责了？

高庆生说，当然要由你负责。

他一边这样说着，就朝薛主任走过去。

薛主任的办公桌很宽大，而且是摆放在冲门的位置。他这样走过来站到桌边，隔着桌子对薛主任说，我现在要为我的儿子办后事，而且还欠医院一笔医药费，我已经无路可走了。

薛主任问，你这样说，是什么意思？

高庆生说，你必须把那笔押金还给我。

我如果不还呢？

薛主任微微一笑，似乎在戏弄他。

你今天一定要还。

他盯着薛主任说。

他又说，我可以实话告诉你，我今天来，就没打算再回去。

薛主任仰身倚在皮椅的靠背上，身体随着前后晃动了几下。

他漫不经心地说，怎么，你想威胁我吗？

高庆生说我没有威胁你，我只想要回我的钱。

薛主任说，我现在也实话告诉你，你听清楚了。

然后，他一字一句地说，你用不着跟我耍这一套，我不怕。

这时，高庆生就不再说话了，只是静静地看着薛主任。

高庆生对郗媛说，其实在这个上午，如果薛主任注意到他脸上的变化，或者说，如果他痛痛快快地还了那笔押金，也许就不会发生后来的事了。高庆生说他相信，这区区的一千元钱对于薛主任来说应该微不足道。但是，他没有。就在高庆生盯住他看时，他仍然显得漫不经心，甚至还有些洋洋得意。他对高庆生说，你不要忘了，我干城管工作是在外面的街上摸爬滚打出来的，城管工作你懂吗，不要说你，什么样的地赖混星子我都见过。薛主任轻蔑地一笑，又说，这样跟你说吧，我从来就没怕过你们这种人，如果怕，我也就不在这里了。

高庆生又朝他的桌前走近一步，问，这样说，你是决定不还我的钱了？

薛主任已经不耐烦了，用右手的手背朝高庆生挥了挥，说走吧走吧，你赶快走吧，我现在要工作了，我很忙，还要起草一份文件，现在没时间再跟你……

他大概是想说，现在没时间再跟你说这些没完没了的废话。但是，他的这句话还没有说完，高庆生突然纵身一跃就跳到了他的面前。当时连高庆生自己都感到很意外，薛主任的这张写字台不仅宽大，还带有一定的弧度，即使探过身去都不一定能够到对方，况且桌上还摆放了一些杂物，就是正常人想跳过去也不是一件很容易的事情。而高庆生当时只用一只手按在桌面上，将身体斜过来用力一纵，竟然就跳了过去。在他落地的一瞬，那条残腿也刚好踏在薛主任皮椅的扶手上。薛主任立刻本能地站起来。他这时似乎已经意识到了什么。

他瞪大两眼说，你……你想干什么……

但是，他的这句话刚一出口，高庆生就已抓住了他的衣领。

他对他说，我现在已经没有什么可怕了，我的儿子已经死了，我再活着也没什么意思了，既然你把我逼到了现在这一步，那咱们就干脆一起去死吧！

薛主任直到这时才终于明白，高庆生这一次竟然真是跟他拼命来的。他的脸色立刻吓得惨白起来，嘴里连声说着你你……你不要这样，有什么话可以坐下来慢慢商量，不就是……不就是那笔押金吗，为了这点钱就拼命……不值得……太不值得了。

你说……不值得？

高庆生瞪大两眼看着他。

是……是啊……真的不值得……

高庆生立刻冲他吼道，可就是这点钱，要了我儿子的命!

高庆生这时清楚地感觉到，他已无法控制自己的情绪了。

他对薛主任说，我这次来原本只想要回那点钱，可现在，我改变主意了，那笔钱你就是再还我，我也不要了，我的儿子已经没了，我还要这笔钱有什么用?

# 第十九章
# 大鸟骨折

高庆生与我说着说着就流泪了，我知道他一定是在思念他的儿子。于是，我用手拍了拍高庆生的背，高庆生慢慢地饮了一小口白酒，把酒杯轻轻的放在桌子上。

他说，他当时在薛主任的办公室里这样说着，突然用两根胳膊狠狠地抱住薛主任。他的一根手臂由于刚才跳过来时被戳了一下，还有些隐隐作痛，所以不太灵活，但另一根手臂的力气却很大，如此一来就像是两根铁条牢牢地将薛主任的身体勒住了。在薛主任的身后就是那扇宽大的玻璃窗。这扇玻璃窗非常考究，不仅玻璃巨大，窗台也很低，这是当今最流行的款式设计，便于采光，看外面的视野也更加开阔。

但是，薛主任绝没有想到，这扇窗子的款式设计在这时对他竟也是致命的。高庆生死死抱住薛主任，他无论怎样拼命地挣扎都无济于事，而且如此一来，反而使他们两个人都失去了重心。于是，高庆生又向窗子的方向猛一用力，两人就撞破玻璃一起跌了出去。高庆生一冲出窗子立刻就觉出薛主任从他的手里挣脱出去。他这时的意识还很清醒。他一边向下坠落着，感觉到繁茂的树枝和树叶不断地从他的脸上划过，这些树枝和树叶与阳光纷乱地搅在一起，在他眼前剧烈地晃动着。他想，他就要去见自己的儿子了，这些年他为了生活一直在外面东奔西忙，从来没有好好地照顾儿子，现在到了那一边，他一定要好好地疼爱他，陪他玩一玩。接着，他就似乎看到了儿子的脸。儿子的脸在天上，像云一样轻轻飘动着，他正在睁大眼睛看着他，还有一丝稚嫩的笑容隐在泪光的后面……接着，他就听到自己的身体发出砰的一响。这声音很沉闷，似乎是从他身体的深处发出来的。他感到用力地痛了一下，然后才意识到，自己已经仰身落到了地上。

也就在这时，他看到了薛主任。

薛主任不知怎么竟然跑到了树杈上去，就像一只奇怪的大鸟落在那里。但他落的那个位置很不好，是一个丫字形的地方，这一来就使他的身体被牢牢卡住了。他卡得非常紧，以致为后来的救援工作也带来很大的麻烦，因为他的身体几乎不能动，只要稍稍一碰，他立刻就会发出一阵声嘶力竭的号叫。赶来救援的人们先是一筹莫展，最后大家经过研究，采取了一个最原始的办法，将那根粗大的树杈锯断，然后连同他一起从树上弄下来。薛主任就这样卡在那根树杈里被送去了医院，就像是一只被卡在夹子上的大老鼠。医院里的急诊医生还从没有见过这样的伤者，看着卡在树杈里的薛主任一时也都束手无策。后来还是一位上了年纪的老主任有些临床经验，他先观察了一下那根树杈卡在薛主任身体上的位置，然后断定，薛主任的内脏应该没有太大问题，只是折断了几根肋骨。

于是，让护士打了一些麻药，就将他从那个树杈里硬扯出来。

关于薛主任这一次的伤势，后来曾有过一些争议。

薛主任的那几根肋骨由于已经开放性骨折，而且有几根险些扎进胸腔，接起来就很费了一番周折。薛主任坚持说，他的这些肋骨当然是这一次被摔断的，更确切地说，是落在那根树杈上时被卡断的。但是后来，那个经验丰富的老主任却从 X 光片上发现了问题，这几根肋骨都有陈旧伤，也就是说，它们曾因什么原因早已断裂过，这一次不过是旧伤复发。后来经过鉴定，老主任的这个判断也果然得到证实。另外，又据薛主任的同事说，薛主任在一年多以前确实曾因什么事被人家找上门来殴打过一次，当时打他的是一个很健壮的年轻男人，据说还是一间跆拳道武馆的教练，因此有几拳就很内行地打在薛主任左胸的肋骨位置。但不知为什么，这件事后来竟不了了之，薛主任并没有再去追究那个跆拳道教练的责任。

如此一来，薛主任的伤情究竟是怎么回事自然也就不言而喻。

但是，薛主任对这种说法却并不认可。他为此曾找到医院方面，提出他们的诊断并不准确，也不具任何的法律效力。薛主任说，他这一次是被人故意从四楼的窗子摔下来的，而且伤得这样严重，怎么会是自己的旧伤复发呢？薛主任说他有些怀疑，医院方面是不是在有意偏袒另一方。但院方当即表示，对于他们来说，双方当事人都不过是普通患者，他们与其中的任何一方都没有特殊关系，况且划分责任也是公关部门的事，他们绝不会偏袒哪一方。尤其那个老主任，听了薛主任这样说甚至感到愤怒。他说这简直不像是一个国家公职人员应该说的话。老主任说，如果这个姓薛的什么主任对医院的诊断结果持有怀疑，可以去找权威的司法部门做伤情鉴定。不料薛主任一听到这个消息，立刻就来到医院。

他质问老主任，如果经过司法鉴定，与医院诊断确有出入怎么办。

老主任微微一笑说，他从医已经几十年，应该不会出这样的事情。

老主任说，如果确实与司法鉴定有出入，他可以向薛主任道歉。

后经司法部门的权威鉴定，薛主任的伤情果然只算轻伤。

高庆生说到这里，问郗媛，你知道司法鉴定的轻伤意味着什么吗？

郗媛摇摇头，表示不知道。

高庆生说，也就是说，经过责任认定我并不用负太大的责任。

郗媛点点头，又朝高庆生看了一眼，似乎还想问什么。

高庆生冲她一笑说，你如果还想问什么，就只管问吧。

郗媛立刻红起脸来，她问，你脸上的这道疤……也是那一次留下的吗？

高庆生点点头，说是，不仅是这道疤，就在那一次，他还被摘除了脾脏。

高庆生稍停了片刻，接着又说，在那个上午，他被送进医院时虽然已经满脸是血，但他的神志仍很清醒。他当时并没有感觉到内脏出了什么问题，只是觉得脸上一阵阵地巨痛。他甚至怀疑，自己的脸是不是被那些干硬的树枝撕裂了。接着，他就从医生的对话中渐渐听明白了，他的感觉是对的。这时，一个上了年岁的女医生就走过来用一根形状怪异的银针和一根很长的线在他的脸上一下一下地缝来缝去。她缝得很认真，也很熟练，一边缝着还不时地用手将他脸上的皮肤对得齐整一些，似乎是在一件破旧的衣服上飞针走线。

接着，他就听到另几个医生正在旁边小声地研究他的伤情。

其中一个说，从 B 超检查看，脾脏已经破裂了。

另一个说，刚做过穿刺，腹腔里已有大量积血。

又一个说，看来要马上做摘除手术，否则伤者会有生命危险。

当时高庆生在心里想，他们在他的脸上随便缝一缝还可以，但手术是绝不会轻易给他做的，因为他的身上没有一分钱，他们是不可能给一个身无分文的人做这样大的手术的。但是，不知为什么，他这一次竟然很快就被推去手术室，摘除了脾脏。

## 第二十章

# 牢牢吸引女人的方法

高庆生的故事讲到这里，似乎就产生了歧义，给人一种感觉，搞不清这个故事究竟是讲给谁的。其实关于这个问题，我从一开始就已经交代清楚，故事当然是高庆生讲给我的，我再把他的故事在这里讲述出来，至于他为郗媛的那些讲述都不过是故事中的故事。我不得不承认，高庆生的确是一个很聪明的人，他虽然从没受过太高的教育，却很会讲故事。他很清楚在哪里应该铺垫，又在哪里是故事的高潮，甚至连悬念和煽情的地方都处理得恰到好处。他的有些讲述，我甚至只要稍做加工就可以拿过来。这不是一般人都能做到的。

我有一种预感，高庆生一定还有很多事没讲出来。

高庆生对我说，他在那个下午和郗媛一起喝茶，真是感到从未有过的愉快。生活往往就是这样，两个萍水相逢的人，尤其是一个男人和一个女人，倘若一方向另一方倾诉自己的过去，往往就会迅速拉近两人的距离，使彼此之间不再有那种陌生感。

高庆生一边喝着茶告诉郗媛，他似乎已跟她认识很久了。

郗媛一听就笑了，点点头说是啊，她也有这样的感觉。

高庆生说，他当时已经明显感觉到，他讲的故事已将郗媛牢牢吸引住了。他相信，尽管郗媛是在唐朝夜总会那种地方，尽管她每晚都要接触形形色色的人，但她听了他的经历也会感到很新奇。这虽然是一个古怪的时代，但有过他这种经历的人毕竟不是很多。

郗媛沉一下问，你把那个薛主任搞成了那个样子，后来呢？

高庆生低头专心致志地喝着茶，没有说话。

郗媛又说，他一定不会与你善罢甘休吧？

高庆生笑笑说，这件事的结果你不会想到。

郗媛看看他说，是吗？

高庆生说，事情讲到这里就要说到一个警察了。

事实上他是一个警官，不过是警司还是别的什么警衔他就搞不清楚了，总之他姓项，是派出所的一个治安巡警。这个项警官很年轻，做事也很认真。后来，高庆生因为一些事曾跟他打过很多交道。所以，他对他也就很了解。

高庆生说，这个项警官真是一个很好的人。

项警官长得细眉细眼，鼻子和嘴长得也很斯文，看上去不像是一个警官。但他的表情却很像。他的脸上总是阴沉着，无论看什么，都是用一种怀疑和审视的目光。高庆生说，连他自己也没有想到，他后来竟会跟这个项警官成为朋友。项警官曾告诉高庆生，当初在警校时，他的这种表情就颇具个性，也深得教官的好评。教官曾对其他学员说，他这样的表情才是一个警察应有的表情，警察的职责是维护社会治安，而维护社会治安就要面对罪犯，对罪犯自然是不能和颜悦色的，所以，一个真正的警察就应该不怒自威。

据项警官说，他从警校毕业时不仅学习成绩优异，教官为他写的评语也很好。但他分来基层派出所后，所里的领导却经常提醒他，说你这样的态度可不行，我们派出所不比分局刑侦队，平时面对的并不一定都是罪犯，现在正搞警民共建文明社区，你整天这样沉着个脸，看谁都像坏人，谁还敢来跟你搞共建？项警官认为领导的话的确有一些道理。他没有想到，分来工作岗位竟会遇到这样的问题。他告诉高庆生，他曾经努力尝试着想改变一下自己的表情，比如让面部肌肉放松，再将两个嘴角微微向两边挑起一点，这样看起来能使表情平和一些。但是不行，他的面部肌肉似乎天生就无法放松，他在镜子里观察自己，发现这种表情反而会更让人不寒而栗。

项警官来到基层派出所这几年，曾破获过很多起刑事案件，偷盗、抢劫、斗殴、流氓，随着接触各种案情和形形色色的罪犯，他也就更加嫉恶如仇。他曾对高庆生说，他发现了一个规律，几乎所有的犯罪嫌疑人都能为自己的行为找出一些理由，比如刚来的打工者找不到工作，被工厂辞退没有饭吃，要么遭人歧视无端被欺负或自己的心情不好等等等等，甚至连有流氓行为的人都能扯出一些稀奇古怪的原因。

但是，项警官说，他认为犯罪并不是由原因或理由决定的，而是一个人的天性，也就是说，这种犯罪基因潜在于这些人的身上是与生俱来的，比如有的人，他在走投无路时宁愿选择自杀也不会去犯罪，这是为什么？就因为在他的身上天生就没有这种犯罪基因。因此，项警官说，他认为凡是罪犯都不值得同情，对他们也绝不能姑息养奸。但是，高庆生对项警官的这种观点却并不能完全认同。他认为，天生的罪犯的确是有的，但那只是很少一部分，而更多的人做了这样或那样的坏事，应该的确是有原因的。他对项警官说，他也曾做过一些在别人看来不是很好的事情，比如那一次，他跟那个薛主任之间发生的事，能说在他的身上天生就有这种犯罪基因吗？

# 第二十一章
# 和项警官的第一次亲密接触

不知不觉高庆生讲的故事又延伸到警察，我愈发觉得有意思，同时也引起了我对警察的无限联想。其实说起警察这种职业，特别是基层警察在我们周围时常遇到，给大家的感受都无非是顶着一顶黑黑的高帽子，眼睛朝上，目中无人，趾高气扬。更何况现在的警察愈发凤毛麟角般地金贵起来，以往十字路口中间还站着警察指挥交通，现在基本上十字路口只有信号灯。而且但凡十字路口有警察，基本上这个路口的交通就会处于瘫痪状态。马路上正常行驶开车，如果遇到警察朝你摆摆手让你停车，那更没好事，不是违法交通尾号出行，就是开车没系安全带，总之，不是被扣分就是罚钱。如果是基层派出所窗口办理户籍手续之类的民警，常常是说话不仅有气无力而且简单得让人不知所云。所以，无论是罪犯还是平常老百姓，对警察一般都没好印象。

高庆生给我讲起的这个警官让我充满好奇心。是什么样的警官会对高庆生这样穷困潦倒的下层阶级产生同情心，甚至对他的犯罪理由去假设，并站在高庆生的立场去想他的犯罪基因呢。这个警官真的是太让我觉得不可思议了。

高庆生看我一脸的好奇，似乎已经猜到我在想什么，于是对我微微一笑说，其实他和项警官开始的时候关系也很紧张。

高庆生第一次跟项警官接触，就是因为薛主任这件事。

而且项警官也承认，他们的关系从一开始就很紧张。

发生那件事以后，高庆生的伤刚刚痊愈就被派出所传去讯问。当时负责调查此事的正是项警官。有一件事始终让高庆生搞不懂，按说派出所跟城管部门应该是两个联系很密切的机构，但不知为什么，项警官在调查此事时，给他的感觉却并不是这样，他似乎并不认识薛主任。高庆生是在一天中午被传去派出所的。他坐在一间办公室里等待接受调查时，曾无意间听到了这样一番对话。

当时外面传来一阵匆匆的脚步声，好像是项警官正朝这边的办公室走过来。这时忽然有一个嗓音很粗的声音，显然是另一个警察。他用似乎很着急的语气问，你怎么才回来？

项警官说，他去医院那边取证，又遇到了一点别的事。

那个粗嗓音的警察就说，你回来得正好。

项警官立刻问，怎么，所里有什么事吗？

粗嗓音说，一会儿再有电话来，你自己接吧。

项警官显然停住脚，问，哪里打来的电话？

粗嗓音说，你的手机刚才没响过？

项警官说，我的手机没电了，所以没开。

粗嗓音说，还是那个人。

哪个人？

就是那个自称是薛主任的人。

哦，是他。

项警官好像笑了一下。

他又问，他说什么了？

倒也没说什么。

粗嗓音说，这一上午，他来过无数次电话。

项警官嗯一声，说好吧，再有电话我来接。

就在他们这样说话时，手机的铃声响起来。

粗嗓音笑着说，你看，一边说着就又来了。

项警官显然是走进另一个房间去接电话。但他并没有关门，所以接电话的声音就还能听得很清楚。他说，你好，请问是哪位？

对方显然问他，是不是项警官？

项警官说是，我姓项。

高庆生从他们的对话中，大致能猜到对方在说什么。

对方说，他就是那个薛主任。

项警官说哦，薛主任，您好。

然后又问，听说您一直在找我？

对方说对，是一直在找你。

项警官问，您有什么事吗？

薛主任说，还是关于那件事。

项警官说，那件事已调查过了。

薛主任问，你们打算怎样解决。

项警官说，具体怎样解决，暂时还不能决定。

然后，项警官又说，我问一个问题，可以吗？

对方说可以。

项警官问，您一直还没有上班吗？

对方承认了，说一直还没有上班。

项警官问，为什么？

对方问，这很重要吗？

项警官说，比较重要。

对方不知说了一个什么原因。

项警官问，只是这个原因吗？

对方显然不满了，问，你这是什么意思。

项警官说，您不要误会，我没有别的意思。

然后又问，关于向店铺收取押金那件事，上级最后是怎样处理的？

对方显然更加不满了，不知说了一句什么。

项警官说，我只是想问，最后结论是什么。

对方好像在电话里说，这与这件事无关。

项警官说，如果您认为无关，可以不回答。

然后又说，您问的事，我也已经答复过了。

## 第二十二章

# 我们都经历过前妻

连续多日的睡眠不足，加上抽了太多的烟，喝了不少的白酒，我有点头昏脑胀。

这时，我电话响起来。我女朋友的头像不停在手机屏幕上闪烁，我心理就盘算着怎么解释这么晚还不回家的理由。高庆生拍拍我的背说，该回去了，我们找个时间再聊。

我只好拿起电话，果然我女朋友已经大怒，她脆脆的女声在电话里面和我大喊：今晚不用回家了，因为她几个小时前已经到我办公室查岗了。

我刚想说话，耳边就响起嘟嘟的忙音。

我索性不回家了，今晚就和高庆生一醉方休。我使劲把电话按到关机的状态。轻轻一划手机，我心里想老子关机，爱怎么地怎么地吧。扣上电话，我对高庆生说，老哥，你看我无家可归了。咱们一醉方休吧。老板再添两个硬菜。

早就昏昏入睡的老板听到我大声吆喝着，立马立刻眉开眼笑的端着菜谱朝我快步走来。点完菜，我顺便要了一盆热热的酸辣汤。

高庆生朝我摇摇头，说好吧，既然你不回去，我也就和你说说我前妻的故事吧。

高庆生说，他当时也给郗媛讲了他的前妻。

高庆生对郗媛说，也许你已经注意到了，我在提到我妻子时，有的时候会有意无意地把她说成是我的前妻。郗媛点点头，说是，她早已注意到了，所以她一直想问这件事。高庆生笑笑说，其实也没什么，他现在已跟她分开了。尽管还没有正式办理离婚手续，但这已是迟早的事情。他们分居已经很久，现在除去有事偶尔通一通电话，已经没有任何关系了。

郗媛似乎有些诧异地问，为什么？

高庆生并没有直接回答，只是说，我妻子很漂亮，的确非常漂亮。

他说，在他来这个城市打工的十几年里，他所做的唯一一件还算成功的事情就是娶了这样一个比自己年轻而且漂亮的妻子。当然，最失败的也同样是这件事情。

她当年也在那家汽车厂工作，曾经是他的徒弟。那时厂里追她的年轻人很多，她一头长发，身材修长，下班后总喜欢穿休闲风格的各色长裙，洁净素雅，几乎每天下班都会有人等在车间门口。但是，她最后却偏偏选中了他。曾经有人劝过她，说那些追你的年轻人中多好条件的都有，可你为什么偏要找一个比你大这样多的男人？你不觉得这样做太委屈自己了吗？她听了却只是笑一笑，没做任何解释。高庆生说，应该说，她确实是一个颇有远见的女人，她曾经告诉他，她就是冲着他的技术和才能才嫁给他的。她说一个在这里打工的人是要凭技术吃饭的，所以技术就是无形财产，只要有了技术，将来就不愁没有一切。

高庆生和妻子的这桩婚姻，当时在厂里还被传为一段佳话。

工厂的老板甚至在全厂大会上用他们两人的事情去激励那些年轻的打工者，让他们努力钻研技术，努力为工厂工作。老板多少有些文化，还特意将一句古语套用过来，说通过这件事恰恰可以说明，努力能出颜如玉，努力能出黄金屋，只要大家都去努力地拼命工作，就不愁找不到漂亮女人，就是搞一个电影明星回来都不是没有可能。所以，高庆生说，后来无论他的生活发生了什么样的变化，他每当看到自己的妻子心里就总还是一个安慰。

也正因如此，后来他发现了那件事，也才无论如何都无法接受。

# 第二十三章
# 男人对自己妻子的预感

高庆生说话的声音越来越小。为了不打扰他的讲述，我慢慢地给自己添了一碗热汤。

他说，后来又住了很长一段时间的医院，为此也就欠下医院一笔巨额的医药费。再后来医院方面找到他，问他打算怎么办。他们说，这件事总要解决。当时他对医院方面说，无论怎样解决，总之他没钱。医院方面说，有钱可以用有钱的办法，没钱也可以用没钱的办法。

高庆生当时没有听懂，请他们说得再详细一点。他们这才说，现在有两个解决方案，第一是由医院方面去向法院起诉，由法院判令他还钱，如果真这样做，也就会将这样一笔普通的债务变成一笔法律意义上的债务，也就是说，无论到了什么时候，只要他有了一点偿还能力法院就会来强制执行；第二个方案则是，他和他的妻子可以继续留在医院里，为需要的患者做护工，现在医院里护工很紧缺，每月的工钱也并不少，他可以用打工挣到的钱来一点一点偿还医院。高庆生一听自然选择了后者。他觉得这样不仅可以省去被告到法院的麻烦，还能一举两得。他和他的妻子自从出事以后都已没有了工作，如果在医院当护工既能打工还债，也可以维持日常的生活。

于是，高庆生和他的妻子就这样留在医院做了护工。高庆生护理一个老年病人，他的妻子则去重症室，专门护理危重病人。高庆生说，应该说，在那段时间里他虽然刚刚死了儿子，又被摘除了脾脏，还和妻子一起留在医院里为人家打工还债，但他的妻子对他来说总还是一个安慰。尽管他们在同一个医院，甚至是在同一层楼，但由于照顾病人要不分昼夜，所以，他和妻子在一起的机会并不很多。经常是在电梯口或者下楼去食堂给病人打饭时打个照面。医院还算人性化，给他们腾出一间很小的储藏室，让他们暂时居住。每当他和妻子匆匆地在这儿温存一下，他就觉得，这已是他仅存的一点幸福了。

出事是在一天晚上。

其实在那个晚上，高庆生已经有了一种预感，似乎又要发生什么事情。他从来不迷信，也不相信那些传说中的东西，但这些年来，他发现自己的预感一直很准。在那个晚上，他护理的老人突然患肺感染去世了。这是一个香港老人，他的儿女都在国外，身边没有一个亲人，所以，尽管料理后事并不属于护工的工作范畴，他还是为他做了这一切。他先为老人刮净胡须，擦净身体，然后穿好送终的衣服推去太平间，接着又为他办理好第二天去火化场火化的一应手续。待忙完这一切，再回到病房时就已是下半夜。这时他已感到很累。他想，我送走了这个老人，这一夜终于可以回到那个小储藏室里踏踏实实地休息一下了。

但是，当他去重症室向他的妻子要房门钥匙时，却没有找到她。

重症室是在楼道的最里面，与医生值班室相邻，这显然是医院出于应急方面的考虑，如果病人突然有意外情况便于医生及时赶来抢救。但是这时，高庆生的心里突然隐隐地有了一种不好的感觉，因为他知道，这一晚恰好是夏勇主任值夜班。

这就要说到这个夏勇主任了。

夏勇主任是一个四十来岁的男人，面皮白净，身材瘦削，手指细得像女人一样。据说他是从国外留学回来的，他的老婆留在那里嫁给了一个外国人，所以他回来后就一直过着独身生活。高庆生说，其实他妻子跟这个夏勇主任的关系他是早有察觉的，但尽管怀疑，却始终没有抓到确凿的证据。他只是发现，这个夏勇主任有事没事总爱往他妻子的那间重症病室跑，而且站在那里跟他的妻子一说起话来就没完没了，有时还把她叫到他的办公室去说，还要关上房门说。一次高庆生实在忍不住了，就对他的妻子说，这个夏勇主任是不是太过分了，你不过是一个护工，又不是患者家属，他这样没完没了地跟你交代病情有什么必要？但是，他妻子却说，怎么没必要呢，当然有必要，医生不仅要把患者的病情随时向护工交代清楚，还要说出具体的注意事项，否则万一病人出了问题，是护工的责任还是医生的责任呢?

他的妻子说，你也是一个护工，难道这点道理还不懂吗?

他对她说，道理虽是这样的道理，但是，也不能太过分。

他妻子听了却并没有立刻说话，只是看着他冷冷地一笑。

他知道她这样冷笑是什么意思，于是立刻无言以对了。

果然，她对他说，你不要忘了，我现在可是陪你在医院里打工抵债，你不觉得，你这样对我说话才真的是有些过分吗?你如果是一个有本事的男人，怎么会让自己的老婆跑到这种地方来给人家端屎端尿?她又朝他走近一步说，我还没说什么，你倒觉得有理了吗?

他冲妻子张张嘴，一下无言以对了。

# 第二十四章
# 深夜的鬼话

高庆生说，在这个深夜，他已经猜到，他的妻子一定又去了夏勇主任的值班室。

他来到这间值班室的门口，盯着那扇紧闭的房门，决定闯进去看一看。但他还是犹豫了一下。他想，在这样的深更半夜，他突然闯进一个男医生的值班室去找自己的妻子，这种事倘若传出去自然是好说不好听，如果他的妻子在那里还好说，而如果不在呢，他又将如何向夏勇主任解释？他的心里很清楚，从平时说话办事就可以看出来，这个夏勇主任绝非善类，他如果反咬一口，说自己损害了他的名誉，给他在医院里造成了什么不良影响，那该怎么办？他不仅解释不清楚，还会给自己带来很多不必要的麻烦。

高庆生就这样愣愣地站在值班室的门口，感觉楼道里的灯光白得吓人，自己好像幽灵一样在空荡荡的走廊里面，就这样左思右想犹豫了半天。

但他最终还是认为，他闯进去应该是有充分理由的。

他想，就算他的妻子不在那里，他进去看一看也没有什么不可以，既然是医生值班室，也就并不算什么私人空间，应该说，随便哪一个人都可以进去，那么，他作为一个护工又为什么不能进去呢？如果夏勇主任为此愤怒，那就恰恰说明他有什么不可告人的秘密。

于是，他就走上去，伸手敲敲值班室的门。然后又敲了敲。

里面竟然没有一丝声响。他仔细听了听，屋里好像没有人。

但是，他这时已凭感觉断定，他的妻子就在里面。因为他闻到了一股气味。这气味是从门缝里飘出来的。他妻子由于每天要照料危重病人，而重症室的空气自然可想而知，因此，她就经常往自己的身上喷洒一点香水。这种香水很廉价，所以味道也就比较独特。他一闻到这种熟悉的气味就越发用力地去敲值班室的门。这一来事情就有些闹大了。可以想象，在医院的病房里，又是在这样一个深夜，医生值班室的门突然被这样敲得砰砰乱响动静一定很大。很多陪床的患者家属不知楼道里发生了什么事，立刻都跑出来。这时他已听到，值班室里似乎有了声音，而且显然是很慌乱的声音。他索性就更加用力地敲起门来，一边敲还大声地叫，说李璐，李璐，你到底在不在里面？如果在就赶快开门，我有事找你！

高庆生说，他所叫的李璐，就是他的妻子。

又过了一阵，值班室的门终于打开了。夏勇主任的手里握着一把螺丝刀，正脸色难看地站在那里。高庆生发现，夏勇主任的头顶上有一撮头发翘起来，看上去就像一根禽类的羽毛。夏勇主任平时总是梳着整齐的分头，不仅光滑，而且一丝不苟，这时他的头发这样翘起一撮，看上去也就非常的刺眼。他盯着高庆生问，已经这样晚了，你敲门乱叫究竟有什么事？

高庆生理直气壮地说，我要找我的妻子。

夏勇主任脸色煞白冲他张了张嘴，却没再说话。

就在这时，高庆生的妻子已经出现在夏勇主任的身后。她的脸色同样很不自然，甚至还有一些尴尬。但是，她飞快地看了夏勇主任一眼，立刻就坦然下来。

她走到高庆生面前问，你找我，有什么事？

她这样一问，高庆生反而无言以对了，脸色立刻涨红起来。

就在这一刻，高庆生突然有些被搞糊涂了，他的妻子深更半夜钻进一个男医生的值班室里，而且倘若仔细观察就不难发现，她的头发还有些蓬乱，身上的衣服也不太齐整，显然是在惊慌失措中胡乱整理的。可现在，他们却这样理直气壮地问他有什么事，这是什么道理？

于是，他看着他的妻子问，你来这里干什么？

他妻子的目光怯了一下，不由自主地垂下去。

她脸上这个微妙的变化立刻被高庆生捕捉到了。他盯住她，故意一字一顿地说，我想回去休息一下，找你要钥匙，可是这半天到处都找不到你，没想到，你果然在这里。

他故意用了“果然”这两个字。

他想，这两个字的含意他们应该懂。

他妻子又张张嘴，似乎想说什么，但迟疑了一下又把嘴闭上了。

这时，夏勇主任就不慌不忙地走到高庆生的面前，用身体挡住她。

他说，哦，是我请她来的，我想……让她给我帮一下忙。

帮忙？高庆生感到很奇怪，看看他问，她能给你帮什么忙？

夏勇主任立刻把手里的螺丝刀朝高庆生眼前举了举，说值班室的门锁坏了，修理工又都下班了，所以，我想自己修一下，可是一个人又忙不过来，所以才请她来帮一下。

高庆生听了眨眨眼，一下愣住了。

他突然发现，这个夏勇主任果然是一个很有学问的人。有学问的人一旦阴险起来也会比一般的人更加阴险。他刚说出的这个理由不仅充分，也真是太妙了，既说明了在这个深夜，他的妻子为什么会在他的值班室里，又解释了刚才迟迟没有开门的原因，真可谓一举两得。这时，夏勇主任又冲他微微一笑说，你来得正好，听说你当初在工厂时手就很巧，你来帮我修一修这个门锁吧，明天，我会让医院为你开夜班费的。

但他略微想了一下，似乎又改变了主意。

他说哦，既然你们还有事，那就去忙吧。

然后，他又很客气地对高庆生的妻子说，谢谢你。

夏勇主任这样说罢就又蹲下身去，继续埋头摆弄他的门锁。

高庆生的心里很清楚，夏勇主任显然是在撒谎。当初他在工厂时确实修过各种各样的门锁，因此对这种碰锁也就很熟悉。他已经注意到了，这个门锁是好好的，并没有动过的痕迹。而且，如果他们刚才真的是在里面修锁，他敲门时怎么会没有听到呢？

## 第二十五章

# 储藏室里的谎言

听到这里，我已经确定的相信我的直觉。高庆生的前妻就是出轨了，而且显然是和这个叫夏勇的医生在一起。高庆生被他妻子带上了绿帽子。其实医生就是个高危职业，整天和年轻漂亮的女护士在一起，又有那么多的女病人惦记着，再加上值班医生办公室和病房的床位又不是天天那么紧张，所以医院是既安全又卫生的幽会地。广告策划的职业经历让我脑子里面总是被各种画面充斥，而且各种情景场景似乎都开始在我脑子里搭建。虽然我已经开始胡思乱想，但高庆生的经历又牢牢地吸引着我。

高庆生继续说，他在这个深夜已经意识到，恐怕自己又要有大麻烦了，而且他感觉到，这一次的麻烦跟以往都不同，恐怕要危及他的生活，甚至连家庭也保不住了。但他仍然很冷静。他只是感到奇怪，为什么所有倒霉的事情偏偏都来找他?

他想一想，几乎要被自己的倒霉命运气笑了。

在这个深夜，高庆生和妻子回到那个小储藏室，他关上房门说，好吧，我们现在说一说吧。

他的妻子捋了捋短短的黑发，冲他眨眨眼问，说什么？

他说，你当然知道应该说什么。

他妻子摇摇头说不，我不知道。

他说好吧，如果你真不知道，我就来问你。

他这样说着，就问，刚才究竟是怎么回事？

他妻子好像不解，说什么怎么回事？

高庆生冷笑一声说，你以为我会相信夏勇主任的那些鬼话吗，我们都是结婚这样久的人，男女之间的那点事不用说心里也都明白，你们刚才开门时的样子，刚刚干过什么还用再解释吗？他对她说，你不要再装了，如果再这样装下去，反而更假了。

他的妻子立刻低下头去，不再说话了。

高庆生说，应该说，他的妻子还算诚实。在那天夜里，她没用他再多问就承认了跟夏勇主任的关系。但是，她只承认夏勇主任曾经对她说过想跟她结婚之类的话，还摸过一次她的脸，轻轻地抱过自己，除此之外就什么都不承认了。她非常肯定地对他说，她跟夏勇主任从来都没有发生过那种事。

但是，高庆生的心里很清楚，这又怎么可能呢，既然那个夏勇主任已经摸了她的脸，又抱过她，还说过要娶她之类的话，又怎么可能不跟她做那种事呢？高庆生的妻子还告诉他，夏勇主任还曾对她说过，将来要带她到国外去，他懂中医，会针灸，还会按摩，过几年准备和她一起移居澳大利亚，他已在那边选好了地方，是在一个叫墨尔本的城市，他准备在那里开一间中医诊所，到那时他是诊所老板，而她就是老板娘了。

高庆生听了冷笑一声，问他的妻子，你真相信他这些话吗？

他的妻子老老实实地告诉他，她相信。

你相信？高庆生睁大两眼说，你真的相信？

他说，他这时简直不敢相信他妻子的智商。

他对他的妻子说，病房里的那些患者家属平时是怎样议论夏勇主任的，你不是没有听到过，他过去还不知对多少女人说过这样的话呢。高庆生又说，你应该看一看自己，你虽然长得漂亮一点，但也毕竟已是快三十岁的女人，凭他姓夏的现在的地位，每月又有那样高的收入，他什么样的女人找不到，怎么可能带你去什么澳大利亚呢？

他对她说，他不过是说一些好听的话，哄你高兴罢了。

但是，他的妻子却立刻摇摇头说，他不会。

他问，他不会？

她说，他不会。

她说，他说过，他对我是认真的。

高庆生说，他为什么要对你认真呢？

他的妻子愣一下，他……喜欢我。

高庆生说，这时，他觉得他的妻子真是太可怜了，她简直白白长了这样一张漂亮的脸蛋，她的智商还不如一个孩子。他耐下心来对她说，你就不想一想，自己究竟是怎么回事吗，你不过是一个外来的打工妹，现在是在医院的病房里给人家当一个端屎端尿的护工，而他姓夏的是什么人，是从国外留学回来的洋医生，是这个医院里的内科主任，他能对你认真吗，他会喜欢你什么？他不过是一时无聊，想跟你玩一玩，除此之外还会有什么别的吗？

高庆生说，在这个深夜，他几乎跟他的妻子一直谈到天亮。

他始终没有跟她大吵大闹。他的心里很清楚，这件事现在已经确确实实地摆在了他的眼前，他再跟她吵闹已经没有任何意义。他只有想办法把这个问题解决掉。当然，要想彻底解决无非只有两个办法，第一是跟她离婚。这样做显然干脆利落，他想，很多人也都会选择这样的办法。但是，他这时还不想跟他的妻子离婚，倘若他再失去妻子，他在这个世界上就真的一无所有了。所以，他只能采取第二个办法。第二个办法就是去找那个姓夏的。他当然不会对他做什么，他只是跟他当面谈一谈，把这件事开诚布公地谈清楚。

他想，对他来说，这应该是最理智的选择，也是唯一的解决办法了。

当然，他还有另外一种选择。他可以从此不动声色，对他妻子和夏勇主任的事也不再过问，这样使他们麻痹下来，然后再在暗中去寻找确凿的证据，或者趁他们两人幽会时看准机会将其抓住，如此一来，他也就可以理直气壮地去向夏勇主任狠狠地敲上一笔。

他知道，夏勇主任每月的收入很高，手里一定有很多钱，他刚刚在棕榈泉花园公寓那样的高档小区里买了一套复式住宅，还开着一辆纯进口的本田牌轿车。凭他这样的经济条件，如果让他拿出几万甚至十几万元应该不成问题。而且，他也很清楚，像他们这种知识分子虽然也爱在外面拈花惹草，但是胆子却都很小，也很在意自已的名声，一旦发觉受到威胁，就是花再多的钱来解决问题也再所不惜。

高庆生想，假如他真的选择了这样做，不仅可以给夏勇主任一点颜色看，他自己也正好可以用这笔钱偿还拖欠医院的医药费，然后一走了之，岂不是一举两得？当然，这种做法有些下作，同时也有敲诈之嫌，但总比前两种办法来得更痛快一些。

然而遗憾的是，高庆生说，他不是这种人，也做不出这样的事。

# 第二十六章

# 泡沫翻滚的夜晚

高庆生的酒量的确大，不知不觉他已经喝光了酒瓶里面所有的酒，说话有些含混不清。我揉揉眼睛看了一眼手表，居然已经将近凌晨三点，我拍拍高庆生的背，对他说，老兄要不咱们今天就回去休息吧，你看就剩咱们两个人在这里吃饭了。高庆生转头瞥了已经趴在桌上睡着的老板一眼说，好吧，明天你还要上班。我对他认真地说，我过两天再来找你，咱们继续喝。他点点头站起身来，我扶着高庆生一起走出了小面馆，天空中还飘着一点点雪花，所有的房屋树木都被厚厚的白雪覆盖着，一切都变得那么漂亮，空气也异常的清新，高庆生似乎一下子清醒了。但我还是不放心让他自己回家。我拦住一辆出租车把他塞进去，虽然我们住在不同的方向，我还是对他说顺路。他含混地点头说，好……好吧。

过了两天，我想起和高庆生的约定。

于是给他打了一个电话。

电话响了很久，他才接听。他说，他刚才正在忙着上货，他知道我今天会给他打电话，所以已经准备好了白酒，又说这次他要请客。

晚上将近八点，我走到办公室的窗前，面对最拥堵的三环路，看着来来往往的汽车宛如两串长龙不停地扭动着身躯。我赶紧收拾下楼沿着车水马龙的街道拐进一条小巷，穿进酒吧街，找到高庆生的烟摊。前两天下过雪，但主干道早已被环卫工人用融雪剂清理干净，没有留下太多的痕迹，只是人行便道两侧的树坑里堆着脏脏的残雪。高庆生看见我走过来，三下两下就收拾妥当，第一句话说，我知道你会打电话给我。

的确，他是个会讲故事的人。他不仅知道铺垫，而且还把故事的高潮、悬念和煽情都处理得恰到好处。让我对他的故事有一种期待。我有一种预感，高庆生还有很多事没讲出来。

果然，我们在上次的小面馆坐定，高庆生对我说，他后来经历的事情没再对郗媛讲。

他想，尽管郗媛是在唐朝夜总会那种地方，尽管她看上去比同龄的女孩要成熟一些，显然已经历过很多事情，但是，他的这些经历她也一定是闻所未闻的。她毕竟还太年轻。从这个意义上讲，年龄往往是阅历的一个决定性因素。一个人，如果他不到一定的年龄，有些事是注定不会想到的，也不可能理解，这与天资聪慧与否无关。

高庆生说，在那个下午，他和郗媛从那个叫“草木间”的茶楼出来时，已经是傍晚。郗媛似乎还不想走。她对他说，他的故事还没讲完，所以想请他吃晚饭。她说，她现在反正也没什么事，她去夜总会上班要晚上十点以后。但高庆生告诉她，他不行，他去殡葬服务处上夜班是晚六点，人家等着交班，所以他不能迟到。

然后，他又很真诚地对她说，谢谢你。

郗媛听了眨眨眼歪着头有些奇怪，问他谢什么。

他笑笑说，你的午饭，还有下午的茶。

郗媛也笑了，耸着肩说这不算什么，该说谢的应该是我。

高庆生说，我就更不用谢了，这些都是我应该做的。

郗媛说，还不止这些，也包括……你讲的那些事。

她用力地看看他，又很认真地说，谢谢你的信任。

高庆生没再说什么，只冲她点点头就转身匆匆地走了。

高庆生对我说，也许是因为对郗媛说起太多的往事，那天晚上，他没有吃饭，不知为什么好像一点食欲都没有。他觉得自己就像一个纸人，浑身突然失去了重量，似乎随时都能被风吹得飘起来。这几年，他经常会有这样的感觉，好像周围的环境一下都变得虚幻起来，没有时间，没有空间，一切的一切都变得不真实。每当出现这种感觉，他就觉得自己像穿梭在现在与过去之间。这种感觉往往会让他很伤感，也很孤独。

他总觉得，如果可以选择，他还是宁愿生活在过去。

高庆生说，这似乎是一个吉祥的夜晚。殡葬服务处很冷清，一具尸体都没有送过来。他难得清静，就独自在院子里闲走。月光洒满整个院子，这时他渐渐地又感觉周围的一切变得虚幻起来，似乎连自己都不真实了。因为他妻子和那个夏勇主任的关系，后来又发生了很多事情。这些事他虽然没向郗媛讲出来，这时却像泡沫一样在他的脑海里翻滚起来。

他说，他似乎能听到那些泡沫翻滚的声音。

就在这时，高庆生说，又想起了那个年轻的项警官。

他想，大概项警官自己也没料到，他那一次处理完他和薛主任的那件事，后来竟然又跟他打过很多次交道。当然，他们后来打交道已不同于薛主任的那一次，无论从性质上还是他们两人所处的位置上都有了很大区别。所以，他这一次也才真正领教了项警官的厉害。他发现，项警官在审问嫌疑人时非常沉稳，有时甚至沉稳得不像是他这样的年纪，这往往会让被审问者感到手足无措。

在开始讯问时他总是不急于开口，先盯住对方的眼睛静静地凝视一阵，这样做显然能达到引而不发的效果，也会给对方在心理上造成一种无形的压力。一般的人被他这样一看，立刻就会不知所措。高庆生还清楚记得，后来在出了夏勇主任的事以后，他审问他也是用的这种方法。当时项警官坐在他的对面盯住他看了很久，似乎有意要让气氛绷得紧一些，再紧一些。但尽管如此，他那一次的审问也并不顺利。

高庆生还记得，当时的情形是这样的：

……

姓名？

……

姓名？

……

请你回答。

……

项警官这样问了几次，他始终没有开口。

然后，项警官就向他发出警告：

请你注意，这样会对你很不利。

他听了慢慢抬起头，看他一眼。

这时，项警官又问：

姓名？

你应该知道。

请说出姓名！

……高庆生。

年龄？

三十五岁。

民族？

汉族。

住址？

……

住址？

没有。

没有？

嗯……

请你认真回答问题！

我，是在认真回答问题。

职业？

……无业。

唔，说一说吧。

说……什么？

你知道应该说什么。

我，不知道。

你真的不知道吗？

不知道。

好吧，那么我问你……

这一次审问，是被项警官的手机铃声打断的。

项警官原本正要继续问下去，但他身上的电话突然响起来。他掏出听了一下，嗯嗯了两声，说了一声好吧，我马上过来。

然后就起身出去了。

第二次审问是在那一天的下午。

高庆生对我说，也许更多的人是没有这种体会的，也不会有机会有这样的体会，当你坐在一个不大的房间里，面对着一道冰冷的铁栅栏，在这铁栅栏的外面坐着一个脸色冰冷的警察，向你一句一句地发问，这种感觉是让人很不舒服的。所以，尽管这件事已过去很久，高庆生甚至连项警官当时的声音还记忆犹新。

这一次，项警官问得更加直截了当：

事情想得怎么样了？

什么事情？

当然是你自己的事情！

我……没什么好想的。

好吧，我问你，那辆出租车是怎么回事？

你们都已知道了。

我是在问你！

我想……去南城。

搭出租车去南城？

是。

你这话能让人相信吗？

怎么不能让人相信？

你可能搭车去南城吗？

……

你这样的消费水平，搭得起出租车吗？

我……有急事。

什么急事？

一点……个人的事。

你在车上对那个女司机说了什么？

没说什么。

再想想？

我只是告诉她，要去什么地方。

还有呢？

没了。

没了？如果只说了这点，她会开车撞你吗？

是啊，我也奇怪。

还有，那把螺丝刀是怎么回事？

我……正在修车。

给人家修出租车？

……

高庆生，我提醒你，这样对你很不利。

……

说吧，你到底想去哪里？

没想去哪。

那为什么要上出租车？

……

我……不想说。

为什么？

不为什么。

那就必须说出来。

我说了，你们也不会相信。

那要看你说的是否是真话。

……

高庆生说，他和项警官的这番对话就像是一段残缺不全的录音，经常会莫名其妙地在他的耳边响起来。不知不觉中，他感觉这录音里自己的声音也已经陌生了……

# 第二十七章

# 7 号楼 701 室

高庆生看了我一眼继续说，他当时跟项警官这样绕来绕去自然是不想提夏勇主任的事。他在当时认定，夏勇主任已经死了。但夏勇主任的死跟他没有任何关系。

他想，他只是死于一个意外。

在高庆生做出决定，要跟夏勇主任开诚布公地谈一次之后，一直没有找到合适的机会。实际上他也是在犹豫不决，因为他吃不准夏勇主任会是什么样的态度。倘若他像他想象的那样，真能诚恳地跟他谈这件事，尚且可以，否则就不好办了，他不知最后会是一个什么样的结果。自从出了薛主任那件事以后，高庆生发现，他连自己都不了解自己。

但几天以后，事情的发展就已不允许他再犹豫了。

那是一个早晨，他的妻子忽然来对他说，她要去街上买一点东西。他这时已将那个香港老人的后事料理完，还没有新的事情做，所以就每天闲在那个小储藏室里。当时，他从他妻子脸上的表情立刻看出来，她是在骗他。他和她毕竟已经夫妻多年，她说话时心里在想什么是瞒不过他的眼睛的。

他通过妻子面目表情的细微变化和躲闪的目光想她很可能是去夏勇主任那里，或许这一天刚好是夏勇主任轮休。因为自从那天夜里的事发生以后，他们也就无法再在医院里幽会。所以，他这时猜测，她很可能是在这一天上午利用夏勇主任休息，去他的家里见他。

于是，他没动任何声色。

他只是有意无意地问她，去买什么。

他的妻子似乎迟疑了一下，然后理直气壮地说是女人用的东西。

是啊，女人用的东西是最好的理由，高庆生心里想。

好吧，他说，那就快去快回吧。

他的妻子说当然要快去快回，重症室里还有病人，她是趁他的家属来医院探望，才抓这个时间出去一下的。她这样说罢，就开始忙着洗脸梳头打扮自己。

当时他看着她妻子慌慌张张地梳洗，换衣服，虽然没再说话，却已在心里做出了决定。

他想，这件事迟早要了断的，不能再这样拖下去了。

于是，他闭上两眼，迅速地在脑子里想着该怎么办。

高庆生终于想出了一个计划。

在这个早晨，他看着他的妻子梳洗打扮之后走出医院，便随后也跟出来。

高庆生事先想好，特意在路上买了一瓶可乐。他平时是从来不舍得买饮料的，但这一次，他准备最后再奢侈一下。他找了一个僻静地方，把这瓶可乐拧开，将事先准备好的一包毒鼠强全都放进去，然后就来到棕榈泉花园公寓。

在此之前他已打听到，夏勇主任是住在棕榈泉花园公寓的7号楼2门501室。他找到7号楼，在附近选择了一个最佳的观察角度，这里有一丛扶桑，绿色发亮的叶片愈发显得扶桑花的艳丽多姿。在扶桑花丛的前面是一片很开阔的绿地，躲在这里，刚好可以看到2门。他从时间推算，估计他的妻子应该已经进去了，如果一会儿看见她出来，就说明这件事是千真万确了。他想，他的妻子不会在夏勇主任那里待很久，因为她还要去街上买一点东西装装样子，而且医院那边还有病人在等她。

果然，大约过了一个小时，他就看见他的妻子从7号楼2门里走出来。他发现，女人刚干过那种事心情一般都很好。她一边轻快地走着，还用手拢了拢自己的头发。他妻子的头发非常好看，不仅乌黑，还微微地有些卷曲，看上去就像烫过一样。她为了在医院洗头方便，特意剪得很短，这样也就更显年轻，也更加精神。

这时，他看着她，心里已经没有了愤怒，好像空荡荡的没有一点内容。

他觉得自己反而平静下来。

他在心里对自己说，好吧，是时候了，一切都该结束了。

他对生活，对这眼前这一切，已经没有一丝一毫的眷恋。

曾经有人问过高庆生，你在进去之前，就已决定要杀死夏勇主任了吗？

当然不是。他说，一个人要杀死另一个人，并不是一件很简单的事情。

当时，高庆生真的还没有最后决定要这样做。在他走进夏勇家时，想法很简单，他只是要跟他开诚布公地谈一谈，让他不要再纠缠自己的妻子。他想对他说，凭他这样的条件，什么样的女人都可以找到，为什么一定要来找他的妻子呢。他还想对他说，他真的很需要他的妻子，他现在已经没有儿子了，什么都没有了，他从一个身体健壮技术精湛的年轻工人，沦落到在医院里给人家擦屎擦尿，他现在只有他的妻子了，如果再失去她，他就真的不想再活下去了。当然，他也曾设想过，如果夏勇主任仍然不肯承认这件事，他该怎么办？他总不能强迫他承认。但如果真是这样，也就说明夏勇主任已经下定决心不跟他以诚相待，那么他也就只有一条路好走了，他只有先杀掉他，然后自己再把这瓶可乐喝下去。

高庆生说，到了这时，他的意识就一点一点清晰起来。他甚至在心里做了具体的设计。他想，如果跟夏勇主任硬来，恐怕不是他的对手，尽管他是一个知识分子，但自己毕竟已是四十岁的男人，而且还少了半条腿，一旦扭打起来是很难占上风的。所以，他只能出其不意。他可以先做出不经意的样子接近他，然后再乘其不备，突然用手掐住他的脖子。他在工厂里做工这些年，对自己手上的力气还是很有自信的。他曾经很轻松地就将一根直径两公分的铁棍折弯。因此，他这时想，如果拧断夏勇主任的脖子应该没有太大问题。

一个人在决定要做什么时，心里就会坦然下来。

这时，高庆生这样打定主意，就朝7号楼的2门走过来。

# 第二十八章
# 意外之死

高庆生讲的，让我想起儿时的一段经历。我小的时候，院子里种着几棵石榴树，每年临近中秋节时，红彤彤的石榴挂满了枝头特别漂亮，每天我都会把石榴从头到尾从上到下的数一遍，生怕被别人偷走。一天下午放学回家，我发现靠近栅栏的枝头少了一只最大也是最红的石榴。我顾不上放下书包，翻墙进院子，悄悄地搬来梯子，轻手轻脚地上房偷偷地躲在我和邻居家房子的夹道里面。因为刚刚初秋，胡同里面白蜡树的叶子很茂盛，巨大的树冠把整个房檐遮住。我躲在茂密的枝叶间选择了一处最佳的观察点，拿好弹弓等着小偷来。我想，一定是邻居家三小子球头，他对我的石榴垂涎三尺已经不是一天两天，而且每路过我家门口时，都会朝石榴树这边贼眉鼠眼地张望。

果真，不一会儿，球头鬼鬼祟祟地来到我家院子跟前，一看我家院子挂着锁，他扭动着胖胖的身躯三下两下爬上竹栅栏伸出手往里勾着摘石榴。我举起弹弓子朝着他的方向使劲地打过去，他咕咚一声从竹栅栏上摔下来捂着眼回家了。没多久，他爸妈就带着他来到我家。当时我妈正在做晚饭，我心里怦怦跳但仍然装模作样地写作业，结果我晚上结结实实地挨了一顿揍，后来爸妈还买了当时我最爱吃的德芙巧克力给了被弹弓打破眼角的球头。

我不知道，为什么高庆生的故事让我想起这些。

高庆生对我说，当时夏勇住的单元楼门刚好没有锁。他轻而易举地就侧身进来，然后沿着楼梯径直来到五楼。他先是靠墙站下，让自己平静了一下，又在心里将刚才想好的计划梳理了一遍，然后就走过去按响了 501 室的门铃。夏勇主任为他打开门时，穿着一身很花的睡衣，一副志得意满的懒散样子。他看到站在门外的竟是高庆生，立刻愣住了。

高庆生也盯着他，并不说话。

夏勇主任的脸上很快就恢复了常态。

他笑笑问，你来这里干什么，又要到我家来找你老婆吗？

高庆生仍然没有说话，只是将夏勇主任轻轻地朝旁边一推就走进来。

他来到客厅，坐到沙发上，随手将那瓶带来的可口可乐放到玻璃茶几上。他发现在这个茶几上还有两瓶可乐，和他带来的这瓶是相同的牌子、相同的款式。他想，其中一瓶一定是他妻子刚刚喝过的，因为他在那个瓶口发现了一点艳红色的唇膏印迹，那显然是他妻子经常使用的一种廉价牌子。这时夏勇主任已关上外面的房门，也走进客厅。

他站到高庆生的面前问，你来我这里，究竟有什么事？

他又警告说，我现在就可以拨打“110”电话报警。

高庆生抬起头，对他说，你应该知道我来干什么。

不，夏勇主任摇摇头说，我不知道。

他说好吧，如果你真的不知道，我可以告诉你。

夏勇主任做出很认真听的样子，冲他睁大两眼。

高庆生说，就在刚才，我在楼下看到她了。

夏勇主任眨眨眼问，她是谁？

高庆生问，你不知道我在说谁吗？

夏勇主任问，你又在说你的老婆吗？

高庆生点点头，说对，我说的就是她。

夏勇主任好像很诧异，脸上立刻现出奇怪的表情。

他说，她怎么会在这里，她来棕榈泉花园公寓干什么？

高庆生面无表情地看看他，说是啊，我也正想问你。

问我？你老婆的事干吗来问我？

夏勇主任伸出两只手，很无辜地摊了一下。

这时，高庆生盯着夏勇主任，然后又很认真地说，我还看见，她是从你这个楼门里出去的，而且一边走，还回头朝你的这个窗子看了一眼。

夏勇主任翻起眼皮，好像咕哝了一句什么。

他说不可能，这怎么可能，你一定是看错了。

高庆生仍然盯着他，说，你觉得我会看错吗？

当然，就是你看错了。

夏勇主任又笑一下说。

如果……我没看错呢？

那就奇怪了，那真的太奇怪了。

这时，高庆生就不再说话了。他的心里已经明白，再跟夏勇主任这样谈下去已经没有任何意义。他从他的脸上已经看出，他根本就没有一丝一毫的诚意。于是，他就把目光朝他的身后伸过去，落在那只白色书柜上。在书柜的红木架上摆放着一把精致的蒙古刀，它的刀鞘是紫铜的，上面还镶嵌着晶莹的蓝宝石。刀子的形状微微向上弯曲，看上去很威猛。

高庆生又慢慢地把目光转过来，看了看夏勇主任那根白皙的脖颈。

这时，夏勇主任似乎已经预感到什么，他也朝那把蒙古刀瞥一眼，嗯嗯了两声，然后就在高庆生对面的沙发上坐下来，接着，做出一副推心置腹的表情说，高师傅啊，有句话我一直想对你说，可是又始终没找到合适的机会，这件事，从一开始就是你误会了，你明白吗，真的是你误会了，其实事情并不是你想象的那样，怎么可能是那样呢？

高庆生好像没听见。他这时真的不知自己是否在听他说话。

他起身朝那个书柜走过去，从红木架上拿起那把蒙古刀，看了看，又拔出刀，掂在手里试了试锋刃。他想，如果把它插进夏勇主任的脖子，应该比用两只手去掐省力多了。也就在这时，他突然听到身后发出哧的一响，似乎有一股气体从什么地方泄漏出来。事后在回答项警官的讯问时，高庆生说，他当时已经听出来，这应该是拧开可乐瓶子的声音，但他吃不准夏勇主任拧开的究竟是哪一瓶。

当时玻璃茶几上一共放有三瓶可乐，其中一瓶已经打开，但那一瓶的瓶口上沾有一点唇膏，因此他想，夏勇主任显然是不会去喝那一瓶的。另一瓶还没有开封，而更重要的是，他带来的这一瓶虽然已经打开，但他拿在手里走了这样一段路，瓶子里应该也积了一些气体，所以如果夏勇主任拧开的是这一瓶，他一定会以为也是没有开过封的。但是，就在他这样想时，他已经听到身后响起一阵吸溜吸溜的吸吮声，他甚至还听到了那些可乐的液体落进夏勇主任胃里时响起的涓涓流淌声。他慢慢将那把蒙古刀又插回到铜鞘里，然后欣赏着刀鞘上的紫铜花纹和那些蓝宝石。他发现，这些宝石虽然晶莹，但显然都是伪劣的，从近处看非常粗糙。他又这样看了一阵，就将这把刀放回到书柜里。

他又走到沙发跟前，朝茶几上的三瓶可乐看了看。

但是，他这时已分辨不出究竟哪一瓶可乐是他带来的。因为摆在玻璃茶几上的这三瓶可乐已经变换了位置，刚才是两瓶并排放在一起，看上去就像是两个人很亲热的样子，而他带来的这一瓶只是孤零零地放在旁边。现在它们的位置却变成了三角形，而且是一个等边三角形，由于它们从外表看长得一模一样，他也就无法再认出来。

# 第二十九章
# 可乐中的“毒鼠强”

高庆生说到这里，我已经明白了，他摊上大麻烦了，夏勇一定是把他带来的那瓶可乐喝掉了。而这瓶可乐就是证物。现在是法制社会，证物就是作为证据或者证明的东西，或者说就是作为证据的标记、符号以及能够证明案件事实的物品。我想起小时候最喜欢看的日本动画片《名侦探柯南》，每天放学做完作业都守在电视机前等着柯南的音乐响起，当时特别羡慕柯南带着他的手表型麻醉枪、袖扣型窃听器、便当型传真机、耳环型手机以及犯人追踪眼镜等等。我还记得，他最常说的一句话是“真相只有一个”。

而高庆生讲的这个事情的真相也只有一个，到底是夏勇自己主动喝的可乐，还是高庆生故意带可乐拿给夏勇喝的。高庆生对我说，就是这三瓶可乐，后来成为了重要的证物。

事后在警方调查取证时，有一个细节对高庆生极为不利。在这三瓶可乐中，尽管另两瓶上只有夏勇主任和高庆生妻子留下的指纹，但这说明不了任何问题，关键是在发现了“毒鼠强”的这一瓶上，警方清晰地提取到了高庆生的指纹。

这也就是说，有一点高庆生是无论如何都无法否认的，他确确实实接触过这瓶可乐，而且经过仔细勘验，在这只瓶子的瓶盖上也发现了他的指纹，这就进一步说明，他可能还曾经打开过这瓶可乐。项警官对这个细节极为重视。后来他在审问高庆生时，曾反复核实这件事。尽管高庆生都如实回答了，但项警官仍不放过：

这些可乐，究竟是哪里来的？

是……我带去的。

三瓶都是你带去的吗？

不，我只带去一瓶。

你在可乐里放了什么？

毒鼠强。

你知道这东西的性质吗？

知道一点。

为什么要这样做？

可这是……留给我自己喝的。

但事实是夏勇主任把它喝了。

我……我不知道……

你当时为什么不打电话？

打，什么电话？

110，或者，120？

他家的电话坏了。

真的坏了吗？

你们可以去调查，确实打不通。

后来也没再打过吗？

打过，我从他家出来后，在街上的公用电话打过。

你想过没有，已经过了这样长时间，如果他有生命危险怎么办？

我想……也许他……只喝了一点。

但是他喝了很多。

他要这样喝……我也没办法。

可是你希望如此，是这样吗？

不是，真的不是这样……

项警官这样问高庆生，确实让他无法解释。

高庆生对我说，在那个上午，他一开始真的认为夏勇医生喝的并不是他带来的那瓶可乐。但是，当时在场的只有他和夏勇主任两个人，他说的话又无法得到证实。事实是，正因为他认定夏勇主任喝的不是他那瓶可乐，他才在心里考虑着，是不是应该把这件事告诉他。他想吓他一吓。他甚至能想象得出，当夏勇主任听说他喝的那瓶可乐里被投放了毒鼠强会是什么样子，他一定会从沙发上跳起来，一边拼命地用手去抠自己的喉咙一边像狗一样呜呜地叫，他也许还会发疯一样地扑向电话机，想给这里或那里拨打求救电话。但高庆生知道，夏勇主任家的电话坏了，刚才在对方威胁自己，说要打电话报警时，却发现对方只是拿起电话比画着按了按，电话没有一点反应。他告诉项警官，他真的很想看到夏勇主任这个手足无措的样子。

他想让对方明白一件事，尽管他只是一个很普通的外来打工者，尽管他现在每天都在做着别人谁都不愿做的医院护工工作而且还要将那仅有的一点工钱拿去抵债，但他也是一个男人，他也会像男人一样地解决这种令人感到耻辱的问题。

但是，就在他这样想时，夏勇主任的喉咙里突然发出哏儿的一声，然后两眼一翻就歪在沙发上抽搐起来。一边抽搐，一股柔软的白色泡沫也从他的嘴里汹涌地流出来。直到这时，高庆生才终于确定，夏勇主任喝的竟真是他带来的那瓶可乐。他立刻意识到了事情的严重。刚才在来的路上，他故意往那瓶可乐里多放了一些毒鼠强，因为这瓶可乐他是留给自己喝的，他想让自己死得痛快一些。这时，他看着夏勇主任的样子顿时吓慌了手脚，他绝没有想到，一个人喝了毒鼠强竟会是这种可怕的样子。

他向项警官强调，他当时没有拨打求救电话的另一个原因是慌乱之中忘记了，他这时只有一个念头，就是赶快逃离这里。他一边想着就跑到门口去拉开房门。但是，他刚要出去立刻又把门关上了。他这时感到从未有过的恐惧。他认定是自己杀了人。一个普通人在杀人之后，那种感觉是比被杀者还要恐惧的，这是一种彻骨的恐惧。当时高庆生想，绝不能让这楼里的人看到自己，否则这件事就无论如何都说不清了。于是他又转身奔向阳台。夏勇主任的家装修得非常讲究，通向阳台的门是一种很少见的玻璃拉门。但这时，它不知怎么却被锁住了。

高庆生费了很大力气才终于将这扇门弄开，然后就冲了出去。

外面的空气很清新，上午的阳光从耀眼的蓝天上洒落下来，将阳台跟前的树木枝叶映得一片葱绿。他立刻眯起眼，不由得深深地吸了一口气，觉得心里稍稍安定了一些。也就在这时，他突然听到一个妇女在下面哭泣的声音。他先是以为哪一家的夫妇在吵架，但又听了一下，感觉不对，那个妇女好像是在哭诉自己的丈夫被汽车撞死了，自己又身患重病实在走投无路，所以她才要和孩子一起去死如何如何。接着，他就又听到一阵孩子的哭叫声。夏勇主任在阳台上种满了各种花草。这些花草很繁茂，因此站在阳台上，几乎无法看到下面的情形。高庆生拨开花草的枝叶，将身体从阳台边上探出去朝下看了看，才发现就在四楼的阳台护栏上，一个年轻妇女抱着孩子，一条腿已经跨出去，好像随时都要往下跳。

# 第三十章

# 舍身救人

高庆生说的这个景象，立刻让我联想起最近在我家小区发生的一起跳楼案。那一天的前一晚我喝多了，十一点多才昏昏沉沉地睁开眼睛，恍惚间好像听到楼下人声鼎沸、警笛长鸣。我以为我在做梦，但是又不像是梦境。于是打开窗子探出头向下张望，发现楼前的草坪周围摆满了一块一块巨大的墨绿色充气垫子，很多人聚集在楼下不停地朝楼顶的方向指指点点，一个年轻警官站在楼下用大喇叭不停地劝说着什么。我朝那边望去，就看到一个女孩站在楼顶平台的边缘。那天风还特别大，那女孩的长发被风吹得乱七八糟，小小的身影在大风中摇摇摆摆的好像随时都要被风从楼顶平台刮下来。所有人都焦急地仰着头，我也想下楼去看看热闹，可不知为什么所有的电梯都停运了，警察还把所有的单元门都紧急关闭。最终不知用了什么办法，轻生的女孩被解救了还被送上了一辆等候多时的救护车。聚集在楼下的人渐渐散去。后来才听说是一对情侣闹分手，女孩想不通才以死相威胁。

高庆生说，事后他才知道，这个年轻妇女是做计时工的，每天带着孩子来这里为几家业主打扫卫生，而且做事很认真，在小区里的口碑也很好，很多业主都喜欢请她去。在这个上午，她正带着孩子在夏勇主任下面的那一家做卫生时，不知怎么突然就想到了走这一步。那一家的主人是一对年轻夫妇，当时都去上班了，家里只有一个七十多岁的老太太。老太太已被这个年轻妇女的举动吓得不知所措，又不敢轻易接近她，于是就赶紧拨打了求救电话。就在高庆生站在上面的阳台上，想着怎样下去救他们时，一辆消防车也已拉着警笛赶到了。

这时，这个年轻妇女的两条腿都已迈出了护栏。她泪流满面地对要向她施救的消防队员说，不要管她了，现在如果救她就等于是害她，因为对她来说，死反而比活着更好。她说她的丈夫原本是一个很健康的年轻男人，来到这个城市打工也一直老实本分，但就在不久前，他蹬着一辆脚踏车去给人家送矿泉水时，好端端地走在路上就被一辆直冲过来的小轿车撞死了。事后查明，那个开车肇事的司机是违章逆行，而且还是酒后驾车。但人家是一个有着什么背景的人，而且还有很多钱，所以这个案子弄来弄去，最后不知怎么竟不了了之了。可她是一个病人，患有很严重的糖尿病，所以已经无法去外面打工，今后不要说治病，连起码的生活来源都没有了着落，而孩子还这样小，所以，她们母子只有这一条路好走了。

这个妇女一边这样说着，身体就探出去想往下跳。

但就在这时，她怀里的孩子突然又大哭起来。这女人立刻本能地趴回到护栏上，紧搂着孩子失声痛哭起来。这时消防队员已在下面安置了救生汽垫。但是，这显然无济于事。倘若这女人真的抱着孩子跳下去，即使她没有送命，孩子的安危也不堪设想。与此同时，高庆生看到另几个腰缠绳索的消防队员已经上来，他们分别在左右两边的窗子里探出身，却又并不敢靠近那个女人，只是左一句右一句地说着一些劝慰的话。

这时，高庆生的心里就已经有了主意。

他朝下面的阳台看了一下，觉得高度还可以，尽管有一定难度，而且他的一条腿还有些残疾，恐怕吃不住劲，但好在他的身体还算灵巧，应该没有太大问题。他这样想着，就轻轻爬上阳台，然后迅速地将身体向下一滑两手抓住水泥边沿又向外一荡，借着惯性就跳到了四楼的阳台上。他这一连串的动作惊险流畅，而且跳得很准，几乎是落到那个妇女的眼前。那个妇女吃了一惊，还没有来得及反应过来，他就已将她和她怀里的孩子抱住了。两边的消防队员也都趁机跳过来，将这母子拉进了护栏。在楼下围观的人们立刻都鼓起掌来。

高庆生直到这时才感到心还在砰砰地跳。他轻轻地舒出一口气。

这时，一个军官模样的消防员朝他走过来。

他握住高庆生的手问，你是从哪里跳过来的?

也就是这个军官的这句话，才让高庆生猛一下又想起刚才的事情。他当然不能说出自己是从哪里跳过来的。他只是冲着这个军官笑一下，趁他一回头的机会就赶紧挤出人群走了。

在这个上午，高庆生一下楼就直奔了小区的停车场。刚才他从夏勇主任的家里出来时，特意从桌上拿了汽车钥匙。他在停车场里将遥控的电子钥匙揿了一下，寻着声音很顺利地就找到了那辆黑色的本田牌轿车。他过去在工厂时曾修过汽车，所以对开车还算在行。在此之前他还在想，他的这条残腿千万不要影响开车。还好，他坐到车上试了一下，没有太大问题。就这样，他立刻打着发动机，然后开着车从小区里出来。

# 第三十一章

# 逃跑

高庆生讲到这里，我愈发对他刮目相看。他这副腼腆的模样，居然能驾车逃逸，而且是很淡定地从夏勇家跑出来顺手救了两条人命之后，开着一辆陌生的轿车从案发现场跑掉了。我有一种身临其境的感觉，好像自己在看一个警匪片。而这一切对高庆生而言好像都很平常。他的内心世界太强大了，以至于我开始佩服他。

高庆生说，人都是讲缘分的，他跟项警官就是一种缘分。然后，他又瞥了我一眼说，咱们也是有缘分的。我点点头又端起酒杯来与他碰了一下。他放下酒杯继续说，夏勇主任的这件事发生不久，他就又跟项警官见了面。

其实出事这天是项警官的休息日。他在这天早晨照样起得很早。项警官一向是个对生活有着积极态度的年轻人。他从在警校时就养成一个习惯，每天早晨都要练一练长跑。他认为，这种晨跑不仅可以锻炼身体和意志，更是一种精神状态，能让人振奋自信，保持一种蓬勃的健康心态。报纸上曾说，早晨的空气质量在一天中是最差的，因为这时气压很低，空气中的有害物质和可吸入颗粒物都会被压到地面上来，对人体很不利。但项警官对这样的说法却不以为然。他认为，尽管早晨的空气质量差，但是它对人的呼吸系统造成的伤害，如果与在精神和身体上获得的收益相比就应该忽略不计了。这就像吸烟，香烟里的尼古丁虽然对人体有害，可是当人在暴怒、焦虑或沮丧时，也能使心情迅速地恢复平衡状态。

高庆生对我说项警官在那个早晨长跑回来，吃过早饭，又看了一会儿书。

就在这时，他的手机突然响起来。

后来，直到事情过去了很久，项警官才告诉高庆生，在那天上午，因为事发地点离他住的地方很近，所以上级才给他打来电话，让他立刻赶往出事现场。他在赶去的路上，绝没有想到这件事会是高庆生。他说，当他发现，他的几个同事正在追赶的人竟然是他，真的是大感意外。当然，他在不久以后就知道了，在夏勇主任的家里刚刚发生了更大的事情。

那天将高庆生带回派出所，项警官亲自审问了他。

项警官第三次审问他时，已经是那一天的晚上。

你开的那辆本田牌轿车，是从哪里弄来的？

什么本田轿车，我……不知道。

你不要不承认。

我为什么要承认？

我们已经调查过了。

调查什么?

一个卖香烟的老太太，看见你开过这辆车。

也许……是她看错了。

这辆车，是你偷的吗?

你认为，我会做偷车这种事吗?

我们很容易查清这辆车的来历。

我相信，你们只管去查好了。

再有，我还要问你，你为什么要劫持出租车?

我，没有劫持。

没劫持?

我连偷车都不会，怎么可能去劫车呢?

那个女司机就在外面，你还不承认吗?

既然她在外面，你们去问她好了。

还有，她为什么要开车撞你?

我……不知道。

不知道?

不知道。

你是不是用刀威胁过她?

可我并没说过要她的车。

那你为什么要这样做?

我想，搭她的出租车。

有这样搭车的吗?

这件事……你……不要再问了。

为什么?

我自己也说不清楚。

你自己做的事，怎么会自己也说不清楚呢?

当时……我的脑子很乱……真的一片混乱。

高庆生对项警官说的是真话。在出事的这个上午，他开着那辆本田牌轿车从棕榈泉花园公寓出来时，脑子里确实一片混乱。他因为从没考过驾照，又已经很久没有摸车，所以将车开得摇摇晃晃。他真担心会被警察发现拦住，如果那样就一切全完了。但他越是担心，竟然在街上一连挂倒了几个行人。但他没敢停下来，反而脚下一使劲加大了油门。他当时只有一个想法，就是尽快离开这里，跑得越远越好。但是，当他把这辆汽车开过一个路口时，突然又意识到一个更严重的问题，这辆车是夏勇主任的，警方只要一确认这辆车的主人，立刻就会想尽一切办法将车扣住。现在的通讯工具这样发达，什么都可以联网，他一旦被网上通缉就肯定无处可逃了。所以他想，他必须尽快扔掉这辆车。

就这样，后来就发生了那辆出租车的事情。

当时高庆生是这样想的，他必须马上离开这座城市，但是又不能去火车站或长途汽车站。因为他知道，一但发生什么事警方首先控制的就是这些地方，而且还不能跑得太远，只能在这座城市的附近找一个不惹人注意的地方先藏匿起来，待风声平息一些再看一看，倘若警方并没怀疑到他，他再悄悄回到这座城市或是另做别的打算。

他这样决定之后，就发现了一辆红色的夏利出租车。

当时这辆车刚刚停在路边，从车上下来一个年轻的女司机。事后高庆生才知道，这个年轻的女司机是想去街边的一家小食品店买点吃的东西。她在这个早晨从天不亮就开始拉客人，还一直没有顾上吃早饭。她从车上下来时，觉得自己很快就会出来，所以只是将车停在食品店门口，连发动机都没有熄灭。高庆生将这辆本田车开过去，停在后面不远的地方，然后从车上下来，就迅速地从另一侧钻进了这辆出租车。

高庆生在这时犯了一个错误。其实他没必要这样偷偷摸摸地钻进这辆出租车。他完全可以像个正常乘客一样地坐上去，然后等那个女司机出来之后，再让她把他拉到想去的地方。但是，他当时由于慌张，脑子里并没有很清晰的想法。他甚至还曾想过，是不是趁这个女司机不在，索性就将这辆出租车开走。当然，这个念头只是在他的头脑中一闪。就在这时，他看见那个女司机拿着两个面包和一瓶矿泉水从食品店里走出来。她显然并没发现车里有什么异常，只是很随意地拉开车门，将面包和矿泉水放到副驾驶的座位上，然后又从另一边坐进驾驶室。但是，就在她关上车门时，似乎突然感觉到了什么。事后她对项警官说，她很快意识到，是一股陌生的香烟气味。乘坐出租车的客人经常吸烟，按理说，车里有烟味应该并不奇怪。但是，这个女司机说，她闻到的这种烟味有些独特，很呛，让人有一种想呕的感觉。她的感觉并没有错。高庆生自从儿子死后，就开始养成了吸烟的习惯。但他吸的都是一些劣质烟草，他的妻子经常说，他身上的烟气很难闻。这时，这个女司机想，她在刚才下车时应该还没有这种烟味，这气味又是从哪里来的呢？

她一边这样想着，就回过头来看后面。

也就在这时，高庆生又做了一件更愚蠢的事情。他原本是将身体伏在座位下面的，这时，他立刻抄起一支螺丝刀顶在女司机的身后，然后压低声音对她说，别回头！快开车！

这一来性质就变了。

# 第三十二章

# 劫财还是劫色

故事讲到这儿，我越来越佩服高庆生了：说他是坏人吧，他又去救死扶伤；说他是好人吧，他又劫持女出租车司机。兔子急了还咬人，更何况人被逼到这个份儿上，什么事情都会发生。这就是潜能无限吧。我不禁想起我初三毕业参加统考的时候，北京市出台中考新政策，体育成绩也加入到中考成绩中，体育好的同学自然不费吹灰之力。我虽然喜欢打篮球但是耐力不好，一千五百米是我的弱项。为了得到体育考试三十分满分的成绩，我约院里的邻居郑楠一起沿着筒子河跑步，每天晚上跑一千五百米还练习立定跳远。开始的时候只是想可以在爸妈那混过去，至少有半小时可以不学习了。没想到每晚我妈或者邻居郑楠的爸爸都会轮流监督我们两个，不能有一点偷懒。越到后来越艰苦，天气越来越冷，北方晚上八点就基本上大街小巷都空荡荡的，只剩下路灯下我和郑楠一前一后的背影。功夫不负有心人，坚持就是胜利，最终我和他都在中考体育上得了满分。

我这小破事没法和高庆生的举动相提并论，但是也就是从初三毕业开始我喜欢上了跑步。因为每当我跑步我都会觉得特别放松，可以想很多事情，而且思路特别清晰。直到现在我的很多广告创意都是在我跑步的时候迸发出来的，好像跑步能给我带来无限的激情和活力。

只是我的潜能都是被中国教育体制激发出来的，或许我的生活经历没有高庆生那么坎坷，所以我开始同情高庆生的经历。他不是罪犯，或者说从夏勇家出来之后，已经头昏脑涨甚至可以说是混乱了，人在这个状态下所有的举动不一定受自己的主观意识控制。他也这么对我说，事后项警官告诉高庆生，这样一来就涉嫌抢劫了。

那个女司机先是愣了一下，接着就明白了，她认为自己是遇到了持刀的劫匪。她迅速地抬起头，瞟一眼右上方的后视镜。由于后视镜的形状是窄长的，高庆生当时又凑得很近，所以他在镜子里的脸也就不太完整，女司机刚好看到了他脸上的伤疤。他在镜子里也看到了，他这道伤疤的样子的确很凶，就像一条粗大的蚯蚓趴在脸上。

这个女司机感到有些奇怪，她想，她刚才并没有熄火，如果她身后的这个男人是想搞车，完全没必要等她回来，只要将车开走就是了。女司机想到这里身上就抖了一下。她认为身后这个男人的目的并不是搞车，而是要搞人。女司机只有三十来岁，她认定，这个男人是要向她劫色。事后她向项警官说，她接着就又想到另一种可能，也许这个男人一开始真是想偷车的，但刚刚钻进车里，就发现她从小店出来，于是不得已才赶紧藏到后面的座位底下，也就是说，他劫色只是临时动意。她想到这里就试图规劝身后的这个男人。她耐下心来说，你最好不要做这种傻事，你还这样年轻，又身强力壮，干点什么不好呢，做这种事不仅犯法，搞不好还会送命的。

她这样说着，虽然没有回头，但竭力让自己的语气柔和一些。

她接着又说，现在是大白天，又是在街上，实话告诉你，这辆车上还装有定位系统，你就是真抢了又能逃到哪里去呢？你的家里一定还有爱人和孩子，如果你出了事，她们可怎么办呢，她们一定会很伤心的，尤其是孩子，孩子怎么可以没有爸爸呢？

女司机这样说着，就有些哽咽，似乎连她自己也被这番话感动了。

但她并不知道，她的这些话反而更刺痛了高庆生。

高庆生立刻冲她低声喝道，少废话！快开车！

他一边这样说着，还将手里的螺丝刀又用力向她顶了一下。

女司机立刻不敢再说话了，只好踩下油门，将车开动起来。

事后在做笔录时，这个女司机对项警官说，当时，她并不知道是什么东西顶在自己的身后，只感觉硬硬的，而且有些痛。就在这时，她的心里突然涌起一股巨大的委屈，她想，自己从早晨起来就一直这样拼命地干，不要说吃东西，连水都没有喝上一口，而现在却平白无故地被一个陌生男人这样用刀顶在后面。她又想，她和她的丈夫为了买这辆出租车，总共向亲友借了十几万元，他们夫妇两人昼夜轮班累死累活地干了这样长的时间连一半都没有还上，而她身后的这个陌生男人却想不费吹灰之力就将这辆车抢走，天底下哪有这样的道理？她想到这里，一股怒火突然就从心底升腾起来。女司机说，幸好她一向有系安全带的习惯，所以，她看准一个机会，脚下突然一用力把刹车踩到底，汽车猛地向前一冲就停下来。

这个女司机的举动确实出人意料。高庆生当时没有防备，也没料到她会这样干，他的身体立刻随着惯性被向前抛去。他感觉自己从车后的座位上腾空而起，猛一下就朝前面的驾驶台扎过来。与此同时，女司机也已将他手里的螺丝刀夺过去。她直到这时才发现，这个男人用来当凶器的并不是什么匕首，而只是一把很普通的改锥。

高庆生这时已被撞蒙了，身体也被卡在了两个座位的中间。他用力挣扎了一下，拔出身体，然后就推开车门连滚带爬地逃出去。但让他没有想到的是，这个女司机竟然还不依不饶，就在他从地上一骨碌爬起来时，发现她也已下车追过来。他连忙一瘸一拐地朝前跑去。也就在这时，那个女司机又做出了一个更让他大吃一惊的举动。她竟然转身跑回去，开起那辆出租车就朝他追过来。

# 第三十三章
# 疯狂老鼠

高庆生说，他想起那个上午至今还心有余悸，甚至夜里做梦也经常会梦到那个可怕的情景：他在街上拼命地奔跑，后面一辆红色的夏利汽车开足马力紧追不放……

他相信所有的人都会认为，人的两条腿当然不会跑过汽车轮子，况且像他这样，一条腿还有些残疾。但是，无论你是否相信，他在那个上午确实比那辆出租车跑得还要快。他为了躲避那辆紧追不舍的出租车还故意跑成“之”字形，不停地从街的这一边窜到那一边，又从那一边窜到这一边。他当时的样子看上去一定像一只拼命狂奔的老鼠。但是，那个开出租车的女司机驾驶技术极为精湛。她似乎下定决心要撞死他。因此紧紧咬在他的后面，就像一只扑捉老鼠的猫一样地来回横冲直撞，有几次险些就撞到了他的屁股。

他这时已被吓得不顾一切，一边跑着竟然哇哇大叫起来。

他又拼命狂奔了一阵，已经没有了一点力气，那条残腿也像要折了一样地疼起来。这时来到一个路口，他看一看实在无路可逃了，就一头朝一个交通警察扑过去。

他抓住那个交警的胳膊说救救我，快……快救救我！

那个交警显然不是岗警。交警戴着一只白色的头盔，正站在自己的警用摩托车前为一辆大货车的司机开罚单。交警被他这突如其来的求救吓了一跳，刚要开口训斥，突然发现一辆出租车也随后开过来。出租车由于速度太快，在交警面前刹车时拉出一声刺耳的尖叫，还画了一个很小的弧度才侧身停下来。接着车门砰地打开，那个女司机就跳下来。她仍然怒不可遏地冲他大声嚷道，你不是有本事吗？有本事就不要跑！看我今天不撞死你！

这时交警也已定下神来，威严地看看那个女司机。

然后，又回过头来问他，这是怎么回事？

他连忙朝旁边一闪，躲到这个交警的身后。

女司机朝他这边一跳，跟着也扑过来。

交警立刻向她喝道，你想干什么？还要不要王法了？

女司机却并不听这一套，瞪着两眼径直向他冲过来。

高庆生连忙从交警的一边躲到另一边。女司机也跟到这一边。他又朝另一边躲过去，女司机也跟着追过去。于是，他们两人就围着交警不停地转起来。这个交警终于忍无可忍了。交警在大街上处理过很多情况，大概还从没有遇到过这样的事情。

交警突然大喝一声说，都给我站住！

他和女司机一愣，立刻都站住了。

交警问，这究竟是怎么回事？！

女司机气咻咻地说，你……你问他！

交警回头看看高庆生。这时，他正面无表情地看着这个女司机。

交警对女司机说，现在是你要开车撞人，我就要先问你！

女司机伸手朝高庆生一指说，他……他想抢我的出租车！

正是这个女司机的这句话，才立刻让交警警觉起来。于是慢慢回过头，盯住高庆生用力看了看。交警一定是想问他，有没有这回事。高庆生这时已慢慢向后退着，突然一转身就又朝前面的路口跑去。那个交警这才意识到，看来这真的不是一起简单的交通纠纷。高庆生听到交警用电话通知了110，同时又掏出对讲机让下一个路口的交通岗警注意拦截，然后就轰的一声蹬响了摩托车。但高庆生并不是一辆汽车，他完全可以不沿着大街跑。当他意识到下一个路口已经有了危险，立刻就横着朝路边一窜，又在便道上跑了一阵，然后就钻进一个居民小区……

接下来的事情项警官就不用再问了。

这时候，项警官也已赶到这个小区。

项警官曾经因为调查一个案子来这个小区勘查过

现场，因此对这里的地形很熟悉。他知道这个小区除去几个消防通道，只有南北两个出口，物业公司为让业主通行方便，又特意在西面开了一个通向市场的侧门。于是，项警官让人各把住一个出口，他自己就埋伏到那个侧门的附近。项警官事先已通过电话了解清楚，知道这个犯罪嫌疑人的脸上有一道明显的伤疤，看上去非常醒目。项警官判断，他肯定不会从南北两个大门出去，很可能选择西侧的这个小门。但出人意料到的是，高庆生却偏偏选择了北门。

高庆生在小区里躲了一阵，看一看没有动静，就大摇大摆地去了后面的北门。他为了掩盖脸上的伤疤，还故意用一只手遮住脸，装出在思考什么问题或为什么事发愁的样子。但是，他的那条跛腿还是露出了马脚。当他发现，正有一个瘦高的便衣警察从侧面向他接近时，便立刻又撒腿朝街上逃去。那个瘦高的警察立刻要上前追赶，却被赶过来的项警官伸手拦住了。项警官在奔跑方面当然是高手，于是拔脚跟在他的后面。只跑过一个路口就撵到了他的身后。高庆生回头一看心里更加慌起来，正要再朝一家购物广场跑去，项警官在后面伸腿朝他的右脚跟轻轻向左一踢，就把他放倒了。他这一下摔得很重，几乎是飞起来平着趴在了地上。

事后，项警官问那个女司机，你当时开着车这样追他，是什么目的?

女司机说没有什么目的，就是想用车撞他。

项警官说你想过没有，你这样做会撞死他的?

女司机气哼哼地说，这种人，撞死一个少一个！

项警官耐心地说，他抢车他犯法，你这样开车撞他你也犯法。

女司机愣了一下，老老实实地说，这她没有想过。

女司机说，她当时真的没有想过。因为发生这件事前后总共还不到几分钟，她不可能想得太清楚。但她承认，她确实想过要用车撞死他。她说无论这个人是劫车匪还是偷车贼，都太可恶了。她说尤其偷车贼更不可饶恕，出租车司机很不容易，他们一般都是东挪西凑，甚至赊着面皮去向朋友借钱才好不容易买一辆车，然后就从早到晚拼命地去干想早一点把钱还给人家。而这些偷车贼就这样轻轻一撬，不要一分钟就把车开走了。他们真是太可恶了！

项警官点点头，表示同意这个女司机的这种说法。

但是，他立刻又严肃指出，可是不管怎样，开车撞人总是不对的，甚至是违法的，有事找民警，再大的事情还有法律，这是连小学生都懂的常识。项警官对她说，如果大家都像你这样意气用事，整天在街上开着车追得偷车贼到处跑，那这社会还不乱了套？他这样说罢，记下那个女司机的家庭住址、身份证号和车牌照号，就让她先走了。

# 第三十四章

# 棕榈泉花园公寓出入证

警察追逃犯的镜头在美国大片中经常看到，逃犯飞速驾驶着汽车开始在市区的交通要道上七扭八歪地横冲直闯，不停地造成各种撞车，然后在高速公路上暴土扬尘地疯狂逃窜，然后就是警察手持步话机与直升飞机展开联合抓捕，最终逃犯还是溜之大吉甚至堂而皇之地去参加上流社会的舞会。所以高庆生这种被出租车追着到处逃窜的镜头我真是头一回听说。高庆生还对我说，他这一次真的是遇到了大麻烦。

高庆生说，他已在心里做了最坏的打算，他认定夏勇主任已经死了，他喝的那瓶可乐里被他放了那么多的毒鼠强，他还怎么可能不死呢。而且，他又开着他的那辆本田车挂倒了几个行人，后来还在大街上以胁迫的手段劫持出租车，这些事随便拿出一件他都不会有好结果的。

所以他认定，自己这一次是在劫难逃了。

于是，他就决定采取不与警方合作的态度。

高庆生说，他在前面曾经提到，在项警官几次对他进行审问时，他都故意百般抵赖，强词夺理，总之不想回答任何问题。项警官毕竟还年轻，有几次差一点就被他激怒了。他警告高庆生说，他这样的态度只会把事情搞得更糟。

高庆生却毫不在乎，他说自己已是一个了无牵挂的人，他还惧怕什么呢?

但是，高庆生说，他此时并不知道项警官的心里在想什么。

项警官毕竟曾因薛主任的那件事跟高庆生打过交道，所以对他的情况还有一些了解。后来项警官告诉他，如果从警方的角度看，他的身上确实存在一些不安定因素，这主要是由他的生活境况决定的，同时也包括他的性格，他的情绪一旦上来很有可能会做出一些过激的事情，比如那一次抱着薛主任一起跳楼。但是，项警官又认为，他这个人从本质上说还是好的。也正是基于这一点，项警官才决定对他这一次的事进行深入的调查和分析。

项警官先向那个开出租车的女司机详细了解了情况。

经过调查，项警官发现，高庆生说的话与那个女司机基本吻合。接着，项警官又对这件事的一些细节进行了分析，比如他用那把螺丝刀胁迫出租车的女司机，项警官就认为不能做为抢劫的佐证，因为他这样做的目的并不是很明确，既可以理解为想抢劫出租车，又可理解为他不过是想让那个女司机尽快用出租车带他开离此地。同时，项警官还注意到，他当时手持的那把螺丝刀也只是那辆出租车上的一件很普通的修理工具，根本不是什么真正意义的凶器。这说明，他很可能是在车上随手抓到的，也就是说，他胁迫这个女司机只是情急所致。

因此，项警官感到，这样一分析，这件事的性质也就和原来不太一样了。

当然，在项警官的同事中也有一部分人并不同意他这种分析。这些人认为，警察办案不应有先行的主观色彩，尤其在面对一个犯罪嫌疑人时，如果从社会治安的角度考虑首先应该对其涉嫌犯罪的行为是宁肯信其有，不能轻易信其无。他们觉得项警官这样分析的初衷就是不正确的，是在千方百计为犯罪嫌疑人寻找合理的理由，或者干脆说是在为他开脱责任。他们说，“疑罪从无”只是法院的原则，而警察办案则只能采取“排除法”，只要不能将嫌疑人的犯罪可能性完全排除，就应该视为涉嫌有罪。他们说，无论这个嫌疑人当时劫持那辆出租车是否在主观上存在故意，他手持刀具胁迫司机，这一点总是事实，如果不是那个开出租车的女司机急中生智一脚踩住刹车，后果将不堪设想。因此，他们认为，应该将这起案件初步定性为持刀抢劫，而这个嫌疑人也应该按有关程序移送局里处理。

项警官尽管不同意这些人的观点，却也说不出更有力的理由。

但就在这时，一个去事发现场调查取证的警员又带回一个新情况。这个警员说，据一个在现场附近卖香烟的老太太说，在事发之前，这个男人是开着另一辆轿车来的，但老太太说不出是什么车，只记得是黑色的，看上去好像很高级。这个警员说，现在通过指认，这辆车已经找到，仍还停在那个小食品店的附近，是一辆日产的黑色本田牌轿车。但是，这个警员说，让人不解的是这个嫌疑人为什么要扔下这辆本田车而去冒险劫持那辆出租车呢？接着，他就又提供了一个情况。他说在这辆本田车上还发现了一样东西。

项警官立刻问，是什么东西。

这个警员说，一张住宅小区的出入证。

他问项警官，你知道是哪个小区的出入证吗？

项警官看着他，问哪里的？

棕榈泉花园公寓。这个警员说，是棕榈泉花园公寓的出入证。

他说着就拿出一张塑封的出入证，放到桌子上。

# 第三十五章

# 出入证泄露行踪

高庆生对我说，当时项警官拿起出入证看了看。他立刻注意到，在这张出入证的右上方，很醒目地印有“棕榈泉花园公寓”几个字。他又将这张出入证翻过来，发现背面还印有一串红色的数字：7—2—501。这显然是7号楼2门501室的意思，应该是这张出入证主人的门牌号码。这个警员说，就在这个上午，棕榈泉花园公寓里刚刚发生了一起有人想跳楼轻生的事件。他已经给消防队那边打过电话，据当时出现场的记录记载，那对欲寻短见的母子正是从7号楼被解救下来的。

这个警员说，而且，是2门401室。

项警官立刻明白了这个细节意味着什么。显然，这起轻生事件是发生在那个501室的正下面。接着，这个警员就又说出了一个更令项警官大感意外的细节。他说，根据当时参加救援的消防队员提供的情况，这对母子是被一个神秘男人解救的，他从五楼的阳台上跳下来，救了人就迅速离去。然后，这个警员又说，据这几个消防队员回忆，都证实这个男人的腿好像有一点残疾，而且脸上还有一道明显的伤疤。这个细节让项警官大感意外。他立刻在心里计算了一下，救这对轻生母子的事，应该正是发生在劫持出租车之前。

高庆生对我说，关于那张棕榈泉花园公寓的出入证，应该是他的疏忽。如果他在扔掉那辆本田车时想到这一点，就会将这张出入证一起带走了。他已经意识到，这个疏忽可能会给他带来更多的麻烦。果然，正是这张出入证，立刻将项警官和他同事的注意力引向了棕榈泉花园公寓。

项警官很快判断出，从这张出入证看，高庆生肯定是去过棕榈泉花园公寓的。

但是，他又想不明白，高庆生在这个上午去棕榈泉花园公寓干什么呢？

于是，项警官当即决定，再一次对高庆生进行讯问。这一次讯问明显与前几次不同，项警官的口气缓和了一些。他先提醒高庆生，这次一定要如实回答问题。

他告诉他，否则，会影响他对这件事的判断。

然后，他问，你想一想，还有什么没说的吗？

没有了，高庆生说，该说的都已说过了。

那就是说，只剩下不该说的了？

高庆生立刻说，你这是咬文嚼字。

项警官说，你再仔细想一想。

没什么可想的了。

真的没有了吗？

你……提醒我一下。

好吧，棕榈泉花园公寓。

棕榈泉……花园？

你去过那里吗？

没……没去过。

你再仔细想一想？

他沉默了，心里立刻有了一种不好的预感。

好吧，咱们还是先说说那对母子的事吧。

项警官看他一眼，故意又把话岔开了。

那对母子，是不是你救的？

不是。

真的不是？

她要带着孩子跳楼，跟我有什么关系？

你怎么知道她要跳楼，我刚才说过吗？

他愣一下，意识到是中了项警官的圈套。

说吧，究竟是怎么回事？

我听不懂，你在说什么。

我可以告诉你，如果确有此事，对你是有利的。

我……已经说过了，这件事……不是我。

那个从五楼阳台跳下来的人，不是你吗？

不是。

好吧，你先不要把话说死，再好好想一想。

# 第三十六章
# 男医生的隐私

听高庆生讲到这里，我感觉到，这个项警官其实在内心中已经对整个事件做了预判。不然他不会反复核实那对母子的事情，他这样做就是为了高庆生着想。高庆生说，当时他也已经意识到，项警官这样反复向他核实那对母子的事，的确是在为他着想，因为倘若他真做了这样一件事，局面自然会对他有利一些。但是，他这时已经不在乎这些。对他有利又能怎么样？他想，反正那个夏勇主任已经死了，项警官他们既然已知道了那对母子要跳楼的事，又已查到汽车上的那张出入证，很快就会找去夏勇主任的家里。到那时，他们就会都明白了。所以，他这时无论再说什么都已经没有意义。不过他还是能感觉到，尽管项警官在向他问讯时面无表情，但他的心里对他还是善意的。

因此，他想到这一点，就还是对他心存感激。

高庆生说，事后项警官才告诉他，其实当时他的心里就已断定，那个救人的神秘男人应该就是他。但是，项警官说，让他想不明白的是，如果真的是他，他又为什么不肯承认呢？无论从哪个角度讲，他否认这件事都不太正常。那么答案就应该只有一个，他一定是想隐瞒什么。也就是说，他担心如果承认了这件事，会将另外一件什么事情也一起扯出来。项警官想到这里，心里突然一动。棕榈泉花园公寓是新建的高档住宅小区，里面住的多是一些有钱人，因此平时的管理也就很严，一般闲散人员是绝不允许随便出入的。而高庆生在解救那对母子时是从五楼阳台跳下来的，那么，他在这个上午又跑到那个阳台上去干什么呢？

接着，项警官就又想到了那辆黑色的“本田牌”轿车和车上的那张出入证。在那张出入证上印的门牌号码正是7—2—501。如此说来，项警官就得出一个很重要的结论，这辆黑色本田牌轿车的主人，应该也正是那个五楼阳台的主人。

就在这时，那个负责调查的警员又提供了一个新情况。

这个警员是在傍晚打来的电话。项警官为等他的消息，还一直在派出所里。这个警员在电话里兴奋地告诉项警官，他这时仍在棕榈泉花园公寓管界的派出所，据这边说，就在这个出事的上午，在棕榈泉花园公寓7号楼里还发生了一件很奇怪的事情，一个男医生，突然在自己家里食物中毒，幸好他是搞医的，懂得自救，所以在被拉去医院后很快就抢救过来。这个警员在电话里说，但是，医生对他的呕吐物进行化验之后，立刻就报了警。

这个警员问项警官，你猜一猜，他吃了什么东西？

项警官连忙问，什么东西?

毒鼠强。

毒鼠强?

项警官听了一愣。

这个警员说，还有一件更让人意想不到的事情。

他问项警官，你知道这个姓夏的医生住在哪里?

项警官没有说话，但心里已经猜到了。

对，这个警员在电话里说，正是7号楼的2门501室。

项警官想，如此说来，这个医生也就应该是那辆本田车的主人了。

这个警员又告诉项警官，现在，这个医生的身份已经搞清楚，他是天鹅湖医院内科病房的主任医生，叫夏勇，四十一岁，独身。但是，他被抢救过来之后，在接受调查时无论怎样问他，却一直都不肯开口。而毒鼠强这种东西在正常情况下是不可能被误食的，所以，经过分析，应该只有两种可能，或者是被人故意投放，或者是中毒者想自杀。但是，据这个夏勇医生在医院的同事讲，他在出事前一切都很正常，工作和生活上好像也没出过什么特别的事情，而且，这一天刚好是他休息，他还曾约了几个同事，准备在这个中午一起去吃饭，因此应该不可能是自杀。经过对他家里的初步勘察，现场的一切也似乎都井井有条，只是在沙发前的玻璃茶几上放有三瓶可乐，而且都是打开的。经过化验，其中一瓶里果然含有毒鼠强的成份。正是这三瓶可乐，又让前去调查的人百思不解。他们搞不懂，这个夏勇主任一个人在家里，怎么会同时弄出这样多的可乐来。这个警员最后在电话里说，从目前情况分析，有一点已经可以肯定，在这个叫夏勇的医生出事之前，他的家里一定还去过别的人。

项警官听到这里才意识到，看来这件事真比他想象的还要复杂。

# 第三十七章
# 请给我一支烟

项警官原计划在第二天早晨就将高庆生移送局里。因为按有关规定，高庆生在派出所滞留的时间不能超过十二小时，即使有特殊情况，也要在二十四小时之内解决，否则如果不放人就要移交上级机关。但是，就在这时，从医院打来的一个电话又让项警官改变了主意。电话还是那个负责调查的警员打来的。后来高庆生才知道，这个警员叫郭亮。警员郭亮在电话里说，那个叫夏勇的医生经过救治已经没事了，正在办理出院手续准备回家。然后他又告诉项警官，但是，就在刚才，一个来医院看望夏勇医生的人无意中透露了一个情况。这个人也是天鹅湖医院的医生，是夏勇医生在内科病房的同事，据他说，就在不久前的一天夜里，夏勇医生曾跟一个姓高的护工发生过争执，而且争执的原因很耐人寻味。

项警官立刻问，为什么原因争执？

警员郭亮说，据那个同事说，好像是因为一件男女之间的事，那个姓高的护工怀疑，夏勇医生跟他妻子的关系不太正常，而且这件事好像在医院里早有风传。

警员郭亮提供的这个情况立刻引起项警官的高度重视。

项警官又追问警员郭亮，那个护工，确实姓高吗？

警员郭亮说，确实姓高。

叫……高什么？

高庆生。

项警官听了没再说话。

在此之前，项警官并不知道高庆生在天鹅湖医院做护工这件事。他也从没有问过他。这显然是他的疏忽。这时，他放下电话想了一下，当即决定暂不把高庆生移送分局。他来到临时关他的地方，走进来时，脸色很难看。他对高庆生说，你还有事瞒着我。

他又说，你应该知道，其实，我是想帮你的。

高庆生试探地看了看项警官，摸不清他又发现了什么事。

项警官说，我再说一遍，你应该把所有的事都告诉我。

高庆生低头想了一阵，然后慢慢抬起头说，好吧，你……能给我一支烟吗？

项警官说不行，这个地方不能吸烟。

高庆生立刻笑了，说，你连一支烟都不能给我，还说要帮我吗？

项警官略微想了一下，就把高庆生带到自己的办公室。

他掏出一支烟，递给高庆生说，这里可以吸烟。

高庆生接过烟点燃，用力吸了一口，谢谢。

这时，项警官盯住高庆生看了看。

现在，我想问你一件事。

好吧，高庆生说，你问吧。

天鹅湖医院，是怎么回事？项警官看着他，突然问。

高庆生一愣，没想到项警官会这样问。

我……我在那里住过院。

这我知道，但是后来呢？

后来，也在那里做护工。

为什么没有对我说起过？

你……也从没问过我。

高庆生一边说着，吐出一口浓浓的烟雾。烟雾在早晨的阳光里被映成泛白的蓝色，在高庆生和项警官之间慢慢弥散着，似乎将两人隔开了。

高庆生对项警官说，我知道你要问什么。

好吧，那你就说一说吧。

夏勇是天鹅湖医院内科病房的主任医生。

嗯，这我已经知道了，项警官说，我想问的是，在你跟他之间究竟发生了什么。

高庆生沉吟了一下，对项警官说，你还是……给我留一点面子吧，可以吗？

项警官似乎没有听懂，看看高庆生问，你……什么意思？

高庆生说，我不愿再提夏勇这个人。

为什么？

对一个男人来说，这种事，体面吗？

高庆生又吸了一口烟，抬起头对项警官说，你毕竟还年轻，你大概连女朋友还没谈过，所以，你不会理解这种感受的。高庆生又对项警官说，不过……我可以告诉你，不要说我，恐怕任何一个真正的男人都不会容忍这种事的。

项警官点点头，似乎表示同意。

项警官说，这样说，这件事真是你干的？

反正……他已经死了，我现在说……也无所谓了。

项警官看看高庆生，谁说他已经死了？

高庆生立刻抬起头，睁大两眼，他……没死吗？

项警官点点头说，所以，你现在应该把所有的事情都说出来，说得越详细越好，一点都不要保留，只有这样，我才能帮你，明白了吗？

就这样，高庆生说，他终于把所有的事情都对项警官讲出来。

## 第三十八章

# 樱桃之夜居酒屋

高庆生对我说，他一向认为，就选择朋友而言，人的标准应该分为两种：一种人对朋友的要求并不是很高，只要打过一次交道就可以认为是朋友；而另一种人则恰恰相反，选择朋友比选择恋人还要挑剔。当然，前者往往会有很多朋友，四海之内皆兄弟，甚至刚与人家接触就一见如故。但是，这种人却并不一定能有真正意义的朋友，大多是一说一笑，热闹过后也就各奔东西。而另一种人由于对朋友的要求过于苛刻，也就不会有几个朋友，但是，一旦有人能跟他成为朋友，也就会是真正意义的朋友。

高庆生说，他后来跟项警官就成了这样的朋友。

项警官告诉高庆生，没过多久，有一件事终于让他坚信，他对高庆生确实没有看错，因此也就更坚定了要帮他的决心。这时高庆生已被移送去局里。项警官为此心情一直很不好。他曾来局里看过高庆生一次，但并没有跟他见面，只是将几包香烟和一点吃的东西让人转交给他，然后就走了。当时高庆生拿到这些东西，眼泪立刻就忍不住地流下来。在此之前，他觉得自己已被所有的人遗忘了，就连他的妻子也从没来过这里看他一次。

他觉得自己就像一堆垃圾，被丢弃在了这里。

让项警官坚定帮助高庆生信心的那件事，是发生在一个上午。

项警官在那个上午的前一天夜里刚刚处理完一件很麻烦的案子。事情结束时已经是后半夜。他和警员郭亮收拾起东西就一起从派出所里走出来。他们说好要去附近的一家酒吧喝酒。其实项警官的酒量一向很大，但平时却轻易不沾酒。他曾听一个老警察说过，干警察这一行都喜欢喝酒，因为警察毕竟是一种很特殊的职业，神经总要绷得很紧。据有关资料称，警察是世界上最危险的职业之一，仅近五年时间全国牺牲在第一线的警察就已超过两千人。没事的时候喝一点酒，可以缓解一下精神压力。但是，项警官却不这样认为。他觉得警察一喝起酒来，尤其是喝到一定程度就不再像是警察，给人的感觉似乎有一股匪气。当年他在警校学习时，教官曾经说过，一个合格的警察在具备应有素质的同时，更要注意自己的外在气质，因为它直接决定你的精神面貌和整体形象，从这一点说，气质也是素质。项警官一向很注重自己的气质，不仅说话办事，连举手投足都从不放松对自己的要求。他认为，这对一个年轻的警官尤为重要。但是，在那天夜里，他感觉自己实在太累了，所以就和警员郭亮一起从派出所出来。他们想找一个地方喝点酒，让自己放松一下。

他们去的那家酒吧有一个很奇怪的名字，叫“樱桃之夜”。“居酒屋”是日本人对酒吧的叫法。这家居酒屋提供比较有质量的菜品，但却不同于小吃店。居酒屋是具有日本特色的饮食店，警员郭亮对这家酒吧很熟悉。这一带是他的管界，所以经常来这里检查治安。这家酒吧的老板是一个上了年岁的日本人。这个日本人非常喜欢樱桃这种水果，在他的酒吧里到处都有樱桃的符号，小到吃水果的小叉子，大到酒吧里面的做装饰的透明酒罐子，到处充满了各种樱桃的元素，看上去真像是樱桃的家园。

在这个凌晨，警员郭亮觉得有些意外。

他笑着问项警官，怎么突然想起喝酒。

项警官没说话，疲惫的脸上透出一些阴郁。

项警官自己很清楚，他这种阴郁的情绪自然是因为高庆生。他从在警校时就养成一个习惯，每天晚上都写日记。只不过他把这种日记叫心得笔记。他觉得将自己每一天的经历和心得都记录下来，就像记下了自己走过的足迹，这是对自己负责任，也便于将来回顾。但是最近的几个晚上，他的心得笔记第一次停下来。他突然感到有些茫然，不知自己应该记些什么。这种茫然的感觉使他很不安，也有些困惑。这时，项警官并没有回答警员郭亮。他来到居酒屋的门口，摘下警帽，拽了拽警服上衣，就和警员郭亮一起走进来。

警员郭亮开门的一瞬间，回头笑着对项警官说，老板肯定吓一跳。

项警官嗯一声说，他只要安分守己，没做亏心事，就不会害怕。

警员郭亮说，做这一行的好像天生就怕穿警服的人。

在从派出所出来时，警员郭亮曾提醒项警官，说咱们出去不过是随便走一走，又不执行任务，是不是换下警服，这样也方便一些。但项警官想了一下还是没有换。项警官自从穿上这身警服，除去晚上睡觉就再也没有脱过。他不像别的警察，似乎穿这身制服是一种负担，只要一离开工作立刻就迫不及待地换下来。项警官认为，如果是这样就真不如不干警察。他觉得既然是一个警察，就应该每时每刻都把警服穿在身上，这样既能让周围的群众知道，更重要的是也可以时时提醒自己，便于自律。项警官始终坚信一点，除非是工作需要穿便装，否则不愿穿警服的警察，就一定不会是一个好警察。

在这个凌晨，项警官和警员郭亮走进这家樱桃之夜酒吧时，老板一见走进两个身穿黑色制服的警察果然吓了一跳。接着，他认出其中一个是这一带的管片民警，就连忙笑着迎上来，一边鞠躬朝里边让着，用流利的中国话打着招呼。

他说，二位警官先生请进，公干？还是……喝酒？

警员郭亮说，喝酒。

只是……喝酒？

警员郭亮笑了，说放心，今天不查你，我们只想放松一下。

一边这样说着，两人就来到一个角落里坐下来。老板看看项警官的脸色，立刻亲自端来两扎啤酒，然后就知趣地退到一边去了。这时的酒吧里已没有什么客人。不知哪里响着淡淡的背景音乐，好像是一支日本乐曲。项警官端起扎杯，吸了一口浮在上面的泡沫，仍然没有说话。警员郭亮把扎杯冲他举了一下说，你好像，心情不太好？

是吗，项警官抬起眼看看他。

是不是，还因为那个高庆生的事？

高庆生现在也不知怎么样了。

项警官漫不经心地随口说。

警员郭亮张张嘴，似乎想说什么，却又把话咽回去。警员郭亮对高庆生的情况很清楚，关于高庆生的一些材料，都是他去调查取证的。但他有一种感觉，不知为什么，项警官在处理这件事时似乎比往常更认真。这样喝过几扎啤酒，老板又晓事地亲自端来两碗日式汤面。项警官和警员郭亮这时才都感觉有些饿了，于是埋头吃起来。

也就在这时，项警官兜里的手机突然响起来。

## 第三十九章

# 新加坡女人的遗产风波

项警官立刻看了看手表，刚刚凌晨五点钟。他顿时紧张起来。这种时候有电话来，很可能是有什么意外情况。但是，当他掏出手机，看了看来电显示，又有些奇怪，这是一个很陌生的号码，谁会这样早打来电话呢？于是，他接通喂了一声。

电话里是一个女人的声音，听上去似乎很年轻：

请问，您是项警官吗？

项警官说，我姓项。

哦，我找您，有点事。

您是谁？

我是……嗯，我们能不能当面谈？接着，对方立刻又说，真不好意思，这样早就给您打电话，我因为刚下飞机，而且还要马上赶回去，所以才……不过我知道，您刚刚忙了一夜，还没有休息，就请您再辛苦一下，我不会占用您很长时间。

项警官想一下，说好吧，什么时候？

现在，我到派出所去找您，可以吗？

项警官应了一声，就将电话挂断了。

他收起手机，愣了一下。这个没头没脑的电话把他弄得有些莫名其妙。他想不出这个女人在这种时候找自己会有什么事。不过他能感觉到，这应该是一件很重要的事情。

警员郭亮看看他问，谁的电话？

项警官说，回去再说吧。

他起身去老板那里结了账，就和警员郭亮一起从酒吧里走出来。

在这个早晨，项警官一边走在回派出所的路上仍然回想着刚才电话里的那个女人。他在心里猜测着，这个女人说话很有礼貌，又显得文质彬彬，应该接受过很好的教育，但听上去说话的腔调似乎有些奇怪，又说是刚下飞机，还要马上赶回去，这就说明肯定不是本地人。可是，项警官想一想，却又想不出她说话究竟是哪里的口音。

在这个早晨，项警官回到派出所时天已大亮起来。

他一进门，发现所里同事看他的表情都有些古怪。这时，一个值班警员叫了他一声，又冲他挤挤眼，朝里面的接待室歪头示意了一下。项警官立刻明白，那个刚刚跟他通过电话的女人已经到了。于是，他就转身来到接待室，推门走进来。

这果然是一个年轻女人。她一见项警官就连忙站起来。

项警官看看她，微微点了下头。

她说，请问，您就是项警官吗？

项警官立刻闻到一股淡淡的化妆品气味。这种气味很清幽，显然是来自一种国外的品牌。项警官打量了一下眼前的这个女人。大约三十多岁，看上去很会打扮自己，脸上施妆很淡，衣着也很普通，但倘若稍加注意就不难发现，都是很名贵的品牌。项警官注意到她手里拿的那只棕色暗花纹手包，那应该是一只小牛皮的芬迪。

项警官暗想，单这只手包就应该价格不菲。

年轻女人自我介绍说姓余，刚从新加坡回国。

项警官很认真地打量了她一下，嗯了一声。

您有什么事需要我们帮助，请说吧。

是关于……天鹅湖医院一个护工的事。

谁？

一个叫高庆生的人，他在您这里吗？

年轻女人并不绕弯，直截了当地问。

项警官不置可否，您找他有什么事？

我这次回来，就是专程来找他的。

好吧，余女士，请说得具体一点。

高庆生……他侵吞了我父亲的遗产。

这时项警官才想起来，他在讯问高庆生时，高庆生曾经提到，这一次出事前，他照料的那个香港老人儿女都在国外，老人去世后，是他为其料理的后事，而且，这老人正是姓余。于是，项警官对这个年轻女人说，高庆生目前涉及另一个案子，您说的这件事，恐怕……

无论他有什么事，我父亲的这笔遗产总要搞清楚。

年轻女人从手包里掏出香烟，点燃一支吸着。又说，我父亲来这里定居以后买过一处房产，身边至少还有三十几万元的人民币的现金，这是他这一生的积蓄；他曾是一个裁缝，这些钱都是他这些年用缝纫机一脚一脚踏出来的，可现在这些财产都到哪里去了？不错，我父亲在跟我通电话时确实说过，将来要好好感谢这个高庆生，因为他对自己的照顾实在太好了，可以说是无微不至。他让我回来时一定要给他一笔钱做为酬谢，但即使这样，他也不能把老人的这笔遗产全占为己有啊，他怎么能这样做呢？

项警官看着她，始终在很认真地听着。

年轻女人又说，我要问一问他，这些钱究竟都哪去了？

项警官问，你认为，是被高庆生侵吞了吗？

年轻女人反问，如果不是，为什么连房子也被卖掉了？

项警官想了一下，点点头说好吧，我可以带你去见他。

事后项警官告诉高庆生，当时他在心里分析，如果从高庆生的经济状况看，他侵吞余老先生的这笔遗产应该不是没有可能。但问题是，项警官不相信他会做出这种事来。同时，他又想，如果真是这样，他和他的妻子为什么还要继续留在天鹅湖医院做护工？那个林老先生在临终前的一段时间神志已经不太清醒，他完全可以趁机从这些钱里拿出一部分先将拖欠医院的那笔医药费还掉，把自己从这沉重的债务中解脱出来，然后带着妻子离开医院远走高飞，这样也可以省去夏勇主任那里的麻烦。但事实证明，高庆生并没有这样做。所以，项警官在带着这个年轻女人走进公安局的看守所之前，为缓和一下她的情绪就说，你先不要急，无论什么事都是可以谈清楚的，也许并不像你想象的那样。

年轻女人却似乎已经认定是高庆生侵吞了她父亲的遗产，她说怎么能不急呢，她马上还要赶回新加坡去，那边还有很多事在等着她处理，她真怕被这件事缠住呢。

# 第四十章
# 三百七十九万九千元

高庆生说，他没想到会在这个上午见到项警官。他在看守所里被关了几天，已经很疲惫，精神萎靡不振，脸色也很难看。项警官看到高庆生并没说什么，不过高庆生从他的眼神里，能感到一种关切。高庆生想对他说句话，想了想，却又不知该说什么。

项警官面无表情地说，我给你带来一个人。

这时，高庆生已看到了站在他身后的那个年轻女人。

这女人立刻走过来说，你就是高庆生?

高庆生点点头，说是。

我有话要问你。

高庆生看了看这年轻女人。

我不认识你。

年轻女人微微一笑说，我知道你会这样说的。

高庆生发现这女人的笑里包含着轻蔑和鄙夷，还有一种早在意料之中的居高临下。不过他看出来，他脸上的这道伤疤还是让她有些吃惊。她让自己镇定了一下，在他对面的椅子上坐下来，然后说，你应该知道我的，我是余栋梁的女儿，刚从新加坡回来。

接着，她又问，我父亲……没跟你提过我吗？

高庆生立刻明白了，林老先生确实经常向他提到这个女儿。

他点点头，表示知道她是谁了。

年轻女人沉了一下，并没有直接提那笔遗产的事。

她问，我父亲在临终前……都对你说什么了？

高庆生感觉自己的脸上像涂了一层蜡，表情硬硬的。

年轻女人又问，他在咽气时……没有痛苦吧？

高庆生直截了当地说，他留下的钱不在我这里。

年轻女人立刻睁大两眼，你撒谎！

她又把头转向项警官，他在撒谎！

高庆生说我没撒谎，真的不在我这里。

那可是三十几万元呢，怎么能说没就没了！

不，你说错了，一共是三百七十九万九千元。

三百七十九万……九千元？

按你父亲说的，那处房子还卖了三百万元。

年轻女人立刻不再说话了，张大嘴看着他。

高庆生又告诉她，在余老先生临终前，他已将所有的钱都替他存到了银行，而且按他的意愿分成几笔，都是存的五年期。高庆生说，林老先生确实将这些钱的存折都交给了他，说将来有一天他的儿女回来，再由他替余老先生转交给他们。但在那个早晨，他去棕榈泉花园公寓找夏勇主任之前，已将这些存折都放到了天鹅湖医院的王国强院长那里。他当时并没有向王院长说明原因，只告诉王院长，这是余老先生留下的一笔遗产，请王院长代为保管，然后又将余老先生写下的他儿女在国外的联系方式一并交给了王院长，请王院长帮助联系一下。他对这年轻女人说，你现在就可以给天鹅湖医院的王国强院长打一个电话，我告诉你号码，王国强院长会把这件事都跟你说清楚的。

年轻女人有些将信将疑，看看他，又回过头去看看项警官。

项警官立刻掏出自己的手机，递给这个年轻女人。

年轻女人试着拨通了号码。接电话的显然正是王国强院长。年轻女人先说出了自己的名字，然后又告诉对方自己是谁，接着就开门见山地问到那笔钱的事。对方的回答显然是肯定的，隐约能听到，似乎在说正准备跟她联系。年轻女人脸上的表情渐渐缓和下来，语气也越来越客气了。她跟对方约好见面时间，又说了一声再见，就把电话挂断了。

她将手机还给项警官，又回过头来看了看高庆生。

迟疑了一下，她才说，真要……谢谢你啊。

接着，她又说，刚才的事，对不起了。

高庆生站起来，转身朝里面的铁门走去。

年轻女人说，你，先等一等。

高庆生站住了，慢慢回过头。

年轻女人说，我父亲说过，要给你一笔钱的。

高庆生慢慢歪起头，眨着眼看了看她。

两万……哦不，三万，你看可以吗？

年轻女人用力说着，显然真心实意。

高庆生忽然笑了。他感觉到，自己脸上的伤疤一定扭成一条巨大的笑纹。

他对她说，你父亲去世前还欠我一个月的工钱，八百元，你想着替他还我就行了。

年轻女人立刻又说，那……你说吧，我……还能为你做什么？

高庆生想一下说，就买一件带帽子的运动衫吧，要天蓝色的，再买一双……阿迪达斯的白色旅游鞋。

好的，年轻女人连忙说，我马上就去买，请你告诉我地址，送到哪里？

烧掉吧。

烧……掉？

年轻女人瞪大两眼。

高庆生点点头，说是，烧掉吧。

高庆生竟然没有被追究任何刑事责任。这是他万万没想到的。

高庆生说，他当时并不知道，这一切都是因为项警官。项警官将他的事从头至尾都调查清楚之后，又很认真地做了深入的分析，然后给局里写了一份很详尽的材料。项警官在他的材料中有这样一句话，要解决高庆生这个人的问题，不仅仅是刑侦专家和法律专家的事，还应该是社会学家的事情，是有关部门和一些与他相关的人的事情。因为从这个角度可以看出，前两者都无法从根本解决问题。于是，在一个星期六的上午，高庆生就被放出来。

事后高庆生才知道，也是在这个星期六，项警官去了一次汽车厂。

更确切地说，他是去了那家汽车厂的大门口。

## 第四十一章

# 项警官为什么要来

那是一个很普通的早晨，由于是双休日，街上有些冷清，人们大都还在家里睡懒觉。项警官权当散步，一路朝这边走来。他过去很少到这一带来。这一片是工业园区，许多大型的韩资和台资企业都在这里。现在，随着城市发展，这里已经越来越繁华，地价也随之升值，许多新的企业还在不断地来这里落户。项警官来到这家专门生产汽车的韩资企业，在门口站住了。他朝大门里看了看，然后就转过身，朝旁边的馄饨铺走过来。这是一个很小的馄饨铺，但从门面看去很干净，店老板是一个身材瘦高的中年男人，四肢粗壮，肤色黝黑，腰间扎着一条很干净的小花围裙，头上戴着一顶白色小帽，

他见项警官走过来，就招呼着问，吃馄饨啊？

项警官来到门前，冲他点头笑了笑。

你姓张？

中年男人看看项警官的警服，立刻警惕起来。

你……怎么知道……我姓张？

项警官故意轻松地笑了一笑，显得很随意。

我还知道，你过去曾在这家工厂里打工。

中年男人慢慢松弛下来，也跟着笑了笑。

是啊，我……是从这家工厂下来的。

大家都叫你大张？

你……有什么事？

也没什么大事，只是经过这里，想随便跟你聊聊。

大张将手里的一摞碗轻轻放下，撩起围裙擦擦手。

我知道，你是来了解高庆生的情况，是吧？

哦？你是怎么知道的？

前一阵，还有人来了解过。

谁？

城管的，好像调查他跟薛主任那件事。

哦，调查得怎么样？

还能怎么样，后来就没消息了。

不过那个薛主任，好像已经调走了。

调走又有什么用，不知又要祸害哪儿去呢。

项警官无言以对，立刻沉默了。

这两天，又有人来调查过他呢。

哪里的？

也是你们警察。

项警官笑了，点点头。

你觉得，高庆生这人怎么样？

当然不错，人好，技术也好。

大张说着，迅速地看了项警官一眼。

不过，好也没用啊。

你这话是什么意思？

还不是照样被你们抓起来。

项警官递给大张一支烟，自己也点燃一支。

他当初，是为什么从工厂下来的？

干什么，你也想调查他吗？

哦不，只是随便问问。

于是，在这个早晨，大张就将过去的事又给项警官讲述了一遍。

高庆生说，后来，他去那边办事曾到馄饨铺去看过大张。大张告诉了他这件事，并有些担心地问他，他说了这些话会不会又给他惹来什么麻烦。高庆生听了只是笑一笑，让他放心。他说当然不会。但是，他对我说，让他没有想到的是项警官竟会来找大张。

他说，他一直想不明白，项警官为什么要来呢？

# 第四十二章
# 想把我唱给你听

高庆生对我说，郗媛曾对他说过一句话。

郗媛说，你这个人……真的是很可怜。

但高庆生说，他倒并没觉出自己有什么可怜。

郗媛听了却淡淡一笑，她说可怜的人分两种，一种是整天愁眉苦脸，总觉得自己有这样或那样的不幸。其实这种人并不可怜。真正可怜的人自己是意识不到的，只有在别人的眼里觉得可怜才是真正的可怜。郗媛一边这样说着，眼里就噙满了泪水。

高庆生说，郗媛说这些话时的神态，让他至今记忆犹新。

高庆生告诉我，他一直被一个问题缠绕着，人死之后是不是真的会有灵魂？尽管他不相信，但他还是希望真的会有。他想，就算真有灵魂存在，那个莫名其妙的电话也无法解释，一个灵魂又怎么可能像人一样接听电话呢？他在这个中午从火化场回来，一直还在想着这件事情。他反复回忆着那个电话的内容，他认定在电话里听到的声音就是郗媛。但是，他又实在无法解释这件事。他很想找一个人说一说。但他和郗媛，他们两个人没有共同的朋友。他想，这件事只有找一个能了解他们两个人的人去说才有意义，否则，恐怕谁听了都会觉得荒唐可笑。但是这样的人确实没有。高庆生说，他和郗媛，他们两人共同的朋友只有他们自己。

郗媛曾对他说，她和他在一起时，往往会感到更孤独。

其实她这种感觉，他也同样有。

高庆生在送走郗媛的这个中午感到很疲惫，回来时几乎连支撑自己的气力都没有了。他想了一下，决定去郗媛住的地方，为她收拾一下遗物。他只去过一次郗媛的住处，除去她死去的父亲，他对她家里的情况知之甚少。郗媛只向他提起过，她的父亲和母亲在很早以前就分开了，分开的原因是她的母亲，她的母亲认识了一个六十多岁很有钱的老男人，然后就跟他一起走了。再后来，母亲又将她仅有的一个妹妹也接走了。就这样，只留下她跟她的父亲。她父亲是一个老实本分的人，一向对她管束很严。所以她来到这个城市，又做了这种职业，就一直瞒着她的父亲。这一次如果不是他突然来这里看她，恐怕还不会知道。

郗媛租住的房子是在一片旧的住宅小区。这里租价显然要便宜一些，但房子还可以，是一套两室一厅的旧式单元。郗媛曾说过，她不喜欢别人来她这里，这会让她很不舒服。所以，她总是和他在外面的什么地方见面，或者宁愿去太平间找他。

她对他说，她希望经常闻一闻太平间的气味。

他告诉她，那种气味不好，这是死亡的气味。

但她却说，她喜欢这种死亡的气味，闻起来让人感觉轻飘飘的。

高庆生在这个中午来到郗媛的住处。房间里很静谧，似乎还保留着郗媛的气息。可以看出，郗媛是一个生活很有条理的女孩，她的住处不仅干净，也收拾得井井有条。在靠墙边的一只小木架上，还堆放着一些书和杂志。他走过去看了看，都是关于插花艺术的。她曾经告诉过他，她做这一行只是吃青春饭，年龄稍大一点客人就会少了。所以，她的一些姐妹一离开这一行，就会用挣到的钱开个饭馆或是花店。但她对饭馆没兴趣，她还是喜欢花店。

高庆生忽然有些后悔了。

他想，也许他不该来这里。

他已经感觉到，他的眼里正有泪水慢慢地流出来。

他又掏出手机，想试着再给郗媛拨一个电话。

他想，在这里，给郗媛拨电话会感觉更真实一些。

他拨通了号码，小心地听着电话里的声音。

静静地等了一阵，竟然又接通了。但这一次电话里已不是周杰伦的《七里香》，而是王铮的《想把我唱给你听》：

想把我唱给你听
趁现在年少如花
花儿尽情地开吧

装点你的岁月我的枝桠
谁能够代替你呢
趁年轻尽情的爱吧
最最亲爱的人啊
路途遥远我们在一起吧
我把我唱给你听
把你纯真的笑容给我吧
我们应该有快乐的
幸福的晴朗的时光
……

高庆生小心翼翼地听着，等待着。

突然，歌声停止了，听筒里只有静静的沙沙声。

他感觉到了，似乎还有一个声音，像人的呼吸。

他试着喂了一声。

对方没有说话。

他又喂了一声。

仍然没有人说话。

他说，你……是不是在听？

对方的呼吸似乎大了一些。

他又说，你……究竟是谁？

呼吸声消失了。听筒里又沉寂下来。

他的手里握着手机，愣愣地站了一阵。

他想，是不是郗媛……已经不能再说话了？

## 第四十三章
# 风盒还是龙盒

高庆生说，他相信，人应该是讲缘分的。有的人，你就是跟他相处得再久，似乎也总有一段不能跨越的距离，你会感到注定跟他永远走不近。但是，也有的人不用接触太久，一见面就有一种熟悉的感觉，好像已经认识了很长时间。他和郗媛就是这样。

在郗媛的父亲被火化那天，连他自己都没有想到，第一次和她一起吃饭就说了那样多的话。后来他回到殡葬服务处，心里仍在想着这件事。他对自己感到奇怪。这几年，或许是因为经常与死人打交道，他已经不太适应跟活人交往，更不习惯说太多的话。他总有一种感觉，在说过很多话之后，会有一种说不出的惆怅。他不喜欢这种惆怅。

但是，这一次不然。他不仅没有惆怅，反而觉得心里轻快了很多。

第二天突然发生了一件事。

他平时对工作一向很认真。尽管他在这里只是一个临时看守太平间的打工者，对工作却从不掉以轻心。

所以，发生这种事在以往是很少见的。事情说起来很简单，一个死者的家属认为，他为他们搞错了骨灰盒。但这个问题看似简单，倘若确有其事后果是很严重的，因为骨灰盒搞错的直接后果是骨灰被装错，一群死者家属哭哭啼啼地抱着一具陌生的骨灰回去，这的确是令人难以想象的。可是高庆生认为，这件事的责任并不在他这里。那几个死者家属是几天前的一个早晨将死者送过来的。死者就死在前面的天鹅湖医院，他当时很认真地看过死亡证明，是一个八十多岁的老太太，好像是这些人的姨母。他从他们的对话中得知，这个老太太好像留下了一大笔钱，因此这些外甥和外甥女对他们姨母的后事也就格外用心。他们一致认为，他们的姨母这一生很不容易，因此身后事要办得风光一些，让亲朋好友都看一看，他们这些晚辈确实是尽了心的。

这些晚辈在挑选骨灰盒时，他一连向他们推荐了几种高档款式都没有看中，最后却偏偏选了一只样子勉强说得过去价钱很便宜的骨灰骨。这种骨灰盒叫“凤盒”，是专为老年人设计的。老年人用的骨灰盒一般分为两种，一种是“龙盒”，另一种就是“凤盒”，前者是专为男性的老年死者设计，后者则是为女性的老年死者所专用。这些人选定了这只“凤盒”，又办理了一应的相关火化手续就忙着回去操办丧事了。但是，在几天后的一个早晨，他们却突然蜂拥着找上门来，然后就将一只骨灰盒砰地放到高庆生的面前。当时高庆生刚要下夜班，被他们这一下弄得愣住了，他看看这只骨灰盒问，怎么回事？

一个长着大黄龅牙的中年男人沉着脸说，你自己看一看是怎么回事！

高庆生看了看这只骨灰盒，并没看出有什么问题，但他的心里已经明白，这些人显然是来闹事的。做殡葬服务这一行，这种事是经常遇到的，一些死者家属往往出于某种目的，就借着为死者办理后事来闹丧，一般遇到这种情况都是尽量化解矛盾，采取息事宁人的态度。这时，高庆生就心平气和地对这个龅牙说，这只骨灰盒怎么了，有什么问题吗？

当然有问题！龅牙说，你看一看这是什么盒？

高庆生这时才发现，这竟然是一只龙盒。

龅牙啪地将一张单据拍在他的面前。

你再看一看吧，我们买的是什么盒？

高庆生已经意识到了问题的严重。倘若他们按死者姓名取出的是一只龙盒，那就有可能是连骨灰也被搞错了。当然，出现这种错误有两种可能，一种是在装骨灰时搞错了盒，另一种则是把死者的名字搞错了，也就是说，连盒带骨灰都错了。但无论是哪一种可能，责任应该都不在殡葬服务处这边，而是在火化场。所以，他告诉他们，这件事可以去火化场查一查。但龅牙立刻说，他们已去找过火化场了，可是那边的人说，问题是出在了这边。

高庆生当即对他说，这不可能，装骨灰是他们的事，问题怎么会出在这边呢。

龅牙突然瞪起眼冲他嚷道，你们这是在互相推诿！我们要让你们做出赔偿！

这时，这群家属中的几人女人就哇地一声大哭起来。她们的哭声很夸张，似乎在有意配合龅牙，同时也是在向殡葬服务处的人示威。事情闹到这一步，殡葬服务处的主任就只好出面了。这个主任姓涂，是一个四十多岁的女人。据说这个涂主任过去只是一个开丧礼车的女司机。这时，她对这几个死者家属说了这样一句话，她朝高庆生一指说，这个人并不是我们殡葬服务处的正式职工，他只是临时过来帮忙的，所以，如果出了什么差错也只是他个人的行为，与我们殡葬服务处没有任何关系。涂主任这样说，目的很明显，不过是想分清责任，把高庆生一个人推到前面来。但是，她这一次却想错了，那群死者家属立刻抓住她这句话的把柄。当龅牙得知她是主任，立刻冲到她面前说，你这样说话是没有任何道理的，我们来这里，只是冲着殡葬服务处，而这个人当时也是代表你们殡葬服务处向我们提供服务的，况且火化合同书上盖的也是你们的公章，至于他跟你们是什么关系，与我们无关！

涂主任被龅牙这样一说，立刻哑口无言了。

这时，龅牙就提出具体要求，殡葬服务处必须向他们家属做出五十万元的赔偿。

涂主任听了立刻睁大眼，说五十万元？现在就是把一个活人撞死要得了五十万元吗？

龅牙立刻转过身去，与那几个仍在哭哭啼啼的女人低声商议了一下。

然后回过头，对涂主任说，好吧，那就三十万元。

他说，一分钱都不能再少了，否则咱们就法庭上见，死者的遗体是受法律保护的！

这时，高庆生就走到这个龅牙的面前。

他对他说，六百元。

六……六百元？

龅牙冲他眨眨眼。

高庆生说只有六百元。

你……在开玩笑吗？！

高庆生说，我没心思跟你们开玩笑，这六百元是我从自己工资里拿出来的，现在作为对你们的精神补偿，不过我还要说，这件事的责任不在我们这里。

龅牙盯着他，问，你可以证明吗？

高庆生说，当然可以证明。

如果责任在你们这里呢？

我会负责任的。

# 第四十四章
# 好人还是坏人

说到这里我不禁感叹，高庆生这个人真的太难让人理解了。最后的事实证明，这件事的责任确实是在火化场那边。火化场是将骨灰盒上的名字搞错了，但死者的名字并没有错，也就是说，他们是将一具正确的骨灰装进了一只错误的骨灰盒里。在那个上午，高庆生和那几个死者家属一起来到火化场。他查了一阵之后，将最后的结果告诉了那个龅牙。他说火化场这边已承认出现了错误，并做出保证，这具骨灰肯定是死者的，不会有错，他们已经表示，如果有错他们愿承担一切法律责任，同时也愿意将这件事妥善处理，尽量达到死者家属的满意。不过，高庆生又对暴牙说，他先前答应的那六百元钱也还会一分不少照付的。他说，你们现在有两种选择，如果还坚持索赔那三十万元，可以去找有关机构投诉，找消协也行，或者就去诉诸法律，让权威部门对骨灰做出鉴定。

当然，他说，如果想省事就还是拿上这六百元钱去忙你们自己的事，他最后又对那个龅牙说，你们自己决定吧。

龅牙听了他的话，伸手接过这六百元钱，就和那几个女人转身走了。

当然，从这以后，高庆生也就再也不管殡葬服务处那边的事情了。

郗媛是三天以后再次来找高庆生的。她说，要去火化场取她父亲的骨灰，然后再办理存放手续。按照民间风俗，死者在火化三天以后要去祭奠一下，称为“圆坟”。因为上一次火化时是高庆生代她办理的手续，所以在这天早晨她就又来找他，希望还能陪她去一下。

她并没跟他客气，一见面就问，是不是刚下夜班。

高庆生说是。

她立刻说，她要去火化场办手续。

她这样说话反而让高庆生感觉很好。尽管他已不再管殡葬服务处的事，但火化场那边毕竟人头熟一些，他可以帮她在骨灰存放处挑选一个好一点的位置。于是，他就又和她一起来到火化场。办完手续已是中午，郗媛又提出要请他吃饭。他一听就笑了，说算了吧，我也没帮你做什么事，不用总这样客气，你这样，反倒让我不习惯了。

郗媛说，要不这样吧，今天算你请我。

高庆生一听脸就涨红起来，看她一眼没说话。

她看出他的心思，笑笑说别怕，只要随便找个地方就行。

高庆生只好告诉她，随便找个地方也不行，他的身上没钱。

她听了很意外，瞪着他说，怎么会这样，也……太夸张了吧？

他只好把前一天的事情对郗媛说出来。郗媛听了半天没有说话，沉默一阵，才叹息一声说，我早已看出来了，你就是这样一个人，可是……你这次真没必要这样做。

高庆生笑一下说，我既然是这样的人，也就只能这样做。

郗媛看看他，可你这样，在外面……会被人欺负的。

这天中午，最终还是郗媛请高庆生吃的饭。在他的一再坚持下，他们只是随便找了一个很小的饭馆。郗媛一边喝着酒，忽然问他，每天晚上除去守夜，还有什么事做。

高庆生笑笑说，也没什么大事，现在除去看太平间，已经很清闲了。

郗媛垂下眼，忽然说，我……看出来了，你现在的生活不太宽裕。

高庆生一时不知该怎样回答她。他并没有隐瞒自己生活的困窘。但是，做为一个男人，被一个女孩看穿这一点毕竟有些难堪。所以，他只是低头喝酒，不置可否。

郗媛突然又问，唐朝，你知道吗？

唐朝？他一时没有反应过来。

是……一家夜总会，就在离天鹅湖医院不远的大屯路上。

高庆生当然知道唐朝夜总会，这家夜总会的确离天鹅湖医院很近。他来医院上夜班时经常路过那里，看上去门面很大，也很富丽堂皇，耀眼的霓虹灯非常妖冶。

他点点头，说知道。

郗媛说，那里正缺一个守夜的，我……跟老板很熟。

高庆生立刻明白了她的意思。

她又说，你如果想去，我可以帮你说一下。

其实在刚才，郗媛一提到这个唐朝夜总会，高庆生就已猜到她要说什么了。当然，他也明白，郗媛之所以这样说一来是想感谢他，二来也是出于对他的同情。这让他感到有些不舒服。他无论到什么时候，就是再落魄也不习惯被人同情。

他告诉她，他在这边干得挺好，所以不想再换工作了。

你是不是……瞧不起那种地方？

她突然抬起头盯着他，这样问。

高庆生笑了，说，像我这样的人，还有什么瞧得起瞧不起，只要能挣一碗饭吃，干什么都无所谓。他对她说，他的意思是说，现在已经适应了这边的工作，也挺稳定。

郗媛也笑笑，对他说，去唐朝守夜也不一定非要辞去这边的工作，你可以前半夜在这边看太平间，到后半夜，再悄悄去唐朝，这样你一夜就可以挣到两份钱了。

高庆生听了有些不太相信，问她，这样……可以吗?

她说当然可以，只要你愿意干，唐朝那边我去说。她一边这样说着就举起酒杯，跟他碰了一下，然后问，知道我为什么这样帮你吗?

他说，知道。

郗媛一笑说，不，你不知道。

他听了没再说话，只是看着她。

她又说，因为……我看出来了，你是个好人。

郗媛的这句话让高庆生感动了一下。他当时看着她，在心里想，她竟然说他是一个好人。他的妻子跟他结婚这些年，还从没有说过这样的话。

# 第四十五章
# 感情的标价

高庆生说，这就又要说到他的妻子了。

他在这个中午和郗媛一起吃午饭时并没意识到，他和他妻子的关系也已经到了一个关键时刻。当然，他说，发生这样的事情应该早已在他的意料之中。

那一次出了夏勇主任那件事之后，他才真正了解了他的妻子，不仅是她这个人，也包括他们之间的关系以及他在她心目中占据的位置。高庆生说，说一句心里话，他感到很失望，真的非常失望。项警官曾经问过他，你跟你妻子的感情究竟如何，你自己有没有一个客观的评估？他当时真不知该怎样回答这个问题。如果他说他们的感情很好，那为什么还会发生夏勇主任这件事？而如果说他跟她的感情其实并不太好，他又不愿在别人面前承认这件事。要知道，让一个男人在别人面前承认这一点并不是一件很光彩的事。但是，有一点他毕竟无法解释，在他被关进去的那段日子，他的妻子确实一次都没来看过他。

他的妻子除去接受调查，简直就像个局外人一样地若无其事。

高庆生直到被放出来时才知道，他的妻子早已搬到外面去住。据说她父亲已病得很重，现在她母亲陪着从老家来这里找她，让她给治病。经医生检查他的肾病已经到了晚期，马上要住院，所以她要经常去照顾他。她一听说高庆生被放出来，立刻就在一个上午来找他。她先是问他事情最后怎样了，是不是都已过去，然后又向他抱怨说，她离开天鹅湖医院时，院方竟然将她那个月的工钱也扣掉了。高庆生已经听说，他欠医院的那笔巨额医药费，余老先生的那个女儿在回新加坡之前都已替他还清了，也就是说，他已不用再去那里打工抵债。但也正是这件事，立刻引起他妻子的极大兴趣。他妻子来找他的那个上午绕来绕去地问了他很多话，直到最后他才听明白，其实她真正关心的并不是他的情况，而是那笔钱的事。她想知道，余老先生的女儿在临走前究竟酬谢了他多少钱。

她认定，那个女人一定给了他很多钱。

但是他告诉她，没有，一分钱都没有。

不可能！他妻子立刻说，这怎么可能？！

他说为什么不可能，就是没有。

她说，她已听说了，那个女人留下了一大笔钱。

他说是的，她的确是想这样做，但是他没有要。

你没要？他妻子冷笑着问，你怎么会那样傻？

他说，人家已经替我还了那笔医药费，我还能再要人家的钱吗？

他妻子一听他这样说，鼻孔里哼一声，就转身头也不回地走了。

高庆生说，他跟他的妻子在一起生活了这些年，他还从不知道，她竟然这样爱钱。但他又说，这也并不能完全怪他的妻子。正如街上的财叔所说，贫贱夫妻百事哀。他和她一起生活这些年几乎没过过几天舒心日子。他们租住的房子是最小的，他们使用的家用电器是最低档的，他们的日常生活是最节俭的，尤其出了这一系列的事情以后，他们的生活已经节俭得不能再节俭。他妻子为此，对钱的渴望已达到神经质的程度也就不足为奇。

高庆生对我说，正如他刚才所说，就在他和郗媛吃饭的这个中午，他和他妻子的关系也已经到了一个关键时刻，或者说得再明确一点，是已经进入了尾声。起因是她父亲的肾病突然恶化，经医院诊断已转为尿毒症。尿毒症在医学上也叫慢性肾衰竭，与恶性肿瘤和血癌一样也属于不治之症。不过据医生说，要想根治办法还是有的，就是做肾移植手术，但所需肾脏必须是一个活体。目前我们的国家还没有肾库，因此，换一颗肾脏的价值也就可想而知。据称，所有的费用加在一起大约要几十万元。几十万啊，高庆生说，这个数字他就是拼命去想也想不出究竟是多少。但是，也就在这时，他的妻子告诉他了一件事。

他妻子说，有人愿意为她出这笔钱。

高庆生说，在这里还有一个细节，他一直没好意思说出口。

自从他的妻子离开天鹅湖医院，他们夫妻之间也就形同陌路，平时不要说夫妻生活，见面的机会都很少。所以，高庆生对她的行踪也就越来了解越少。只听说她渐渐地好像比过去有钱了，每天出去都把自己打扮得很漂亮。高庆生说，凭他妻子的相貌，倘若打扮一下可以想见，的确应该很漂亮。据说她好像是去了一个什么公司做文员。他想象不出，凭她的文化能在什么公司做什么样的文员。起初她对他说，有人肯为她父亲出这笔做肾移植手术的费用，他并没当一回事，这是一个说大话使小钱的时代，无数事实证明，现在社会上很多人说的话都是当不得真的，他们往往把假话说得比真话还要真实，把吝啬的话说得比慷慨还要慷慨。但是，在那个中午，就在他和郗媛坐在那家饭馆一边吃饭一边说着去唐朝夜总会守夜的事时，他的手机突然响起来。他的手机是天鹅湖医院给配备的，款式很粗糙，医院知道他平时并没有什么社会交往，所以就很放心地给了他这样一只已经过时的旧手机，为的是有什么事找他方便。他看了看手机上的来电号码，发现是他的妻子。

于是，他接通问，有什么事吗。

他妻子在电话里说，有一件很重要的事情。

他说好吧，你说吧。

他妻子似乎迟疑了一下，说电话里不太好说。

他问，什么事，不太好说？

她又迟疑了一下，说还是当面谈吧。

他想了一下说，也好，那就晚上吧。

要等……晚上吗？

你很着急是吗？

不不，也……不急。

晚上你去天鹅湖医院找我。

他故意这样说。他知道，她很讨厌他的工作。

她似乎迟疑了一下，又说，最好……还是现在谈，这件事要马上定下来。

高庆生的心里立刻咯噔一下。他们毕竟已夫妻多年，他听出，她的声音有些异样。

好吧，他说，那就现在吧。

然后，他又跟她定了见面地点，就将电话挂断了。

# 第四十六章

# 真话比撒谎难

高庆生说，他这些年虽然已经历了很多事，但毕竟还是一个很敏感的人。所以，在那个中午，他一见到他的妻子，立刻就从她的脸上什么都明白了。

她低着头，不敢直视他。

他看得出来，她的心里很慌乱。

街上的财叔曾经说过，一个女人，如果她说话时不敢直视自己的丈夫，那就说明肯定是有问题了。财叔不愧在殡葬业干了一辈子，对人间冷暖、世态炎凉都已看透了。所以，高庆生这时立刻就有了心理准备。他知道，这一天是迟早的事。现在，它终于到来了。

果然，他妻子又沉了一下抬起头说，他……已经答应了。

他也抬起头，看了看她。

她又说，就在今天上午，他已正式答应了。

她说话的声音很小，并没说明这个他是谁。

但她显然知道，他应该是知道这个人的。

高庆生的确知道这个人是谁。不过也是刚知道不久。据他妻子说，这是一个五十多岁的男人，当初也在那家生产汽车的韩资企业工作，是一个设计室的副主任。后来不知为什么就辞职出来了。这个人有很高的学历，是“文革”后的第一批硕士研究生，因此从那家企业一出来立刻又应聘到一家台资企业工作，当了高级工程师，据说年薪三十几万。关于这个男人的事，其实高庆生是早已听说过的，当初他在厂里时虽然跟这个人并不很熟，但他知道，这个人一直对自己的妻子有意。公允地说，这个人还算坦荡。这个人的妻子早已病逝，他曾经对高庆生的妻子表示，如果她肯离婚，他会给她更幸福的生活。

当然，高庆生的妻子当时也很坦荡，立刻就明确地回绝了他，而且回来后将他的这些话都告诉了高庆生。高庆生听后的第一反应就是愤怒。他相信，任何一个有血性的男人听到这种事都会感到愤怒。但他愤怒之余再想，这个男人说这样的话虽然破坏别人家庭，属于不道德行为，却也总比那些躲在阴暗角落里勾引良家妇女的道德败坏的男人要强得多。因此，他当时只是表扬了一下他的妻子，说她回来告诉他是对的，这恰恰说明她的心里没鬼。然后这件事也就过去了。但是，让他没想到的是，他妻子从天鹅湖医院出来后竟然一直是去这个男人的公司里上班。这个男人这时已在那个公司做到更高的职位，而且有了相当的权力。当这个男人得知高庆生妻子现在的境遇，立刻就让她去了他那里。

因此，在这个中午，高庆生的妻子提到这个男人时，高庆生也就并没有感到太意外。

高庆生的妻子告诉他，王磊已同意拿出三十万元，作为给她父亲做肾移植手术的费用。但他同时又提出两个方案，第一个方案是，这笔钱算是借她的，等将来有了钱再还他。而第二个方案则省事多了，高庆生的妻子说，王磊说了，如果她肯嫁给他，不仅这笔钱算是他孝敬她父亲的，手术之后，他还会为她父亲安排一系列条件更好的治疗。他妻子说到这里，两眼看着自己的脚尖，沉了片刻才又说，我已经算过了，这笔钱……我是无论如何都还不上的。

高庆生听了点点头，也表示同意。

这时高庆生也已在心里迅速地想过了，这笔钱对于他和他的妻子来说，简直就相当于一个天文数字。那个叫王磊的男人当然也明白这一点，但既然他明白，为什么还说，也可以算是把笔钱借给他妻子的呢？这就涉及一个更致命的隐患。应该说，他们这些有文化的知识分子的确比一般人要狡猾，他为他妻子提出的这两个方案其实是一回事。就算他妻子选择了第一个方案，今后跟他的关系也就不言而喻。但是，高庆生说，像他这样的男人除非跟妻子彻底办理了离婚手续，否则是绝不能容忍她跟那个男人保持这种不清不白的关系的，上一次的夏勇主任应该就是一个证明。而他也不想再发生这样的事情。

他觉得，出了那一次的事后，他已经很累了。

所以他想，与其如此，倒不如这样当机立断。

他心平气和地问他的妻子，你是怎样打算呢？

他妻子摇摇头说，我也不知……该怎样好了。

他说，你真的不知道吗?

她说，活着真难啊，好像每条路都被堵死了，倒不如死了痛快。

她这样一说，实际也就表明了她的意思。他们过去吵架时，她也经常会说类似的话，不过每当说出这种话来，后面跟着就会提出离婚。她说离婚有时像气话，似乎是在发泄，但也有时，给他的感觉却是发自内心的。尤其在他到天鹅湖医院看守太平间以后，她几乎已经不愿再跟他多说话。她说过去的日子虽然穷，但总还落一个干净，现在好了，她一见到他就能闻到一股死尸的气味，让人浑身汗毛直竖。高庆生说，他承认，太平间里由于要经常保持清洁，确实有一股消毒水的气味，可是，他身上有这种气味并不等于说他就是一个死人。他有时甚至觉得，他妻子看他的眼神就像是在看一个死人。

这时，高庆生的心里反而坦然下来。

他明白，他不可能阻止她去要王磊的那三十万元钱。换句话说，这是她父亲救命的钱，他也不可能这样做。而只要她要了这笔钱，接下来的事情也就不言而喻。

接着，他的妻子又对他说，王磊这一次终于告诉她，他之所以看中她，就是因为已将婚姻看透了，像他这样一个五十多岁的男人，又有这样的条件，按说找一个三十来岁甚至更年轻的女人也不是很难的事，但现在的年轻女人，肯嫁他这种年纪男人的又有几个能靠得住呢，如果没有别的目的，她们干嘛不去找一个年纪更相当的呢。所以，这个王磊对高庆生的妻子说，他想来想去还是觉得她这样的女人更合适。高庆生听了自己妻子的话，觉得这个王磊所说简直让他无话可说。他看上了别人的女人，说人家的女人很适合自己，这似乎很不道德，也不合情理，但是，倘若换一个角度想，他看上别人的女人是因为他有看上的资本，而且也有能力让这个女人过上一个女人应该过的好日子，而像自己这样的男人，守不住自己的女人也只能怪自己没有本事，既然你不能给自己的女人好日子过，又为什么不允许别人给呢?

# 第四十七章

# 都是钱惹的祸

因为钱，高庆生的妻子和别的男人跑了；我的前妻也是因为看不到我的钱景，和我分道扬镳。她们都没有错，她们有理由去选择更好的生活，因为如果再和我们这些垃圾股呆下去就会把青春都耗尽了。现实社会就是这么残酷，每个人都压力山大，每个阶层的人都有不同的焦虑。特别是我这个年龄段的男人最苦逼，要是不混出点样子来，就会被社会大潮拍打到岸上，晒干淘汰。而我的九零后小女友好像就不是这样的，她每天都活得开心快乐，吃喝玩乐是她的生活主题。我想我这个死气沉沉的人，或者说每天被工作压得喘不上气的快四十的老男人之所以能与她在一起就是因为她的活力四射，她有在无趣的生活中找乐子的本事，可以让我感觉到轻松自在。她从不要求我与她一起旅行，也不要求过年的时候让我陪她回家，甚至周末她都可以用所有的爱好将时间排得满满。

我的家已经被她全部占领，虽然她不会做饭不会收拾房间，但是她对于生活的热爱、对于生命的珍爱，让我从未有那种自由的感受。这就是我需要的生活状态吧。我想我也理解高庆生的前妻，也可以理解与他前妻在一起的王磊。但是王磊至少比我更光明磊落，他到了五十几岁的年龄需要的就是年轻漂亮的女人。

可高庆生或许接受不了这样的现实，因为到了他这个年龄，经历了这么多坎坷，他当然会觉得无法接受。高庆生说，这个中午，他觉得已跟妻子无话可说了。

也就在这时，他妻子又告诉了他一件关于那个王磊的事情。

她说，王磊正在办理出国手续，准备移居加拿大的温哥华。王磊已明确表示，如果她肯答应他，他就带她一起出去，甚至连她的父亲也带走，在那边为他安排一个医疗条件更好也更舒适的生活环境。这一来高庆生就更无话可说了。他只是有些奇怪，为什么与他妻子有关系的男人都想出国呢，当初的那个夏勇主任是想去澳大利亚，现在这个王磊又准备去加拿大，他们真是一个比一个更有本事。不过，高庆生想，如果他的妻子可以出国，他当然为她高兴。他真希望他的妻子能生活得好一些。他跟她结婚这些年了，几乎没给她一天好日子过。他每当想到这些，就从心里觉得对不起她。

于是，他当即就下定了决心。

他觉得，这样的话最好还是从他的嘴里说出来，这会让她感觉好一些。

他对她说，好吧，既然如此，那咱们就这样吧。

他妻子立刻睁大两眼。显然，她没想到他会这样痛快地就把话说出来。

她小心地问，你说的……是心里话？

他点点头说，当然是心里话。

她看着他，仍有些不敢相信。

他笑了笑，说你不用不相信。

他对她说，如果咱们两人还这样耗在一起，首先对你的父亲不利，他这样耗下去只有死路一条，而且现在的问题是他的病情已越来越严重，他那样躺在医院里，如果不做肾移植手术也就没有任何意义，而且你连床位费都快交不起了，照这样下去还能支撑几天呢？

然后，他就又对她说到了他们两人的关系。

他说，他们两人的关系再这样下去也像你父亲的肾脏，不会有什么好结果的，今后为了吃饭，他做的事情可能会更低贱，也更让人难以接受，可是人总要活着，要活着就得吃饭，他不干这些事又吃什么呢？但是，他不愿让她再跟着自己过这种日子了。

他一边这样说着，心里就忍不住一阵酸楚。

他对她说的都是心里话，就像在生离死别。

但让他没有想到的是，他的妻子听了这番话，却丝毫没有难过的意思。她只是眨着眼一下一下地看着他，似乎在品味他说的这些话里究竟有多少真实的成分。

然后，她又小心翼翼地问，你刚才说的，真

的……都是认真的吗？

他说当然是认真的，都是认真的。

你……不是在开玩笑？

他苦笑了一下说，你看我像在开玩笑吗？

也就是说，你确实是在……为我着想？

他说是啊，确实是在为你着想。

她盯紧他，可是……我怎么不太相信呢？

他拍拍她的肩膀。她的肩膀很性感，不仅浑圆，也非常的柔软。

他说，咱们在一起生活快十年了，我这人是什么性格，你应该知道的。

他说到这里，就不想再说下去了。

他对她说不要说了，别的话什么都不要说了。

他的妻子就不再说话了，只是两眼直直地看着他，似乎生怕他改变主意。

他又冲她笑了一下，说去吧，去找那个王磊吧，让他尽快去银行取出钱来。然后，他又说，咱爸……哦不，现在已经是你爸了，正等着这笔钱用，他还躺在医院里呢。

在这个中午，高庆生就这样看着他的妻子头也不回地走了。

高庆生这时突然想起了当年的一件事。那还是他在那家汽车厂工作时，他的妻子刚刚被分来当他的徒弟。当时别的同事都很羡慕他，说他得了这样一个年轻漂亮的女徒弟真是造化。但是，他当时却一点都没有高兴。因为他知道，她只是他的徒弟而已，除此之外不可能再是别的。他不相信她对他会有什么别的想法，而且当时他就有一种感觉，似乎他们两人之间不会有这样的缘分。后来，她在决定嫁给他之后，曾经问过他。

她说，知道我为什么要嫁给你吗？

他说不知道。他好像在做梦。

她说，这个原因，你不会想到的。

他问她究竟是什么原因。

她说其实很简单，别人都在想方设法追我，只有你却不这样做。

然后，她又问他，你为什么不这样做呢？

他告诉她，因为他觉得，在他们两人之间好像没有这样大的缘分。

现在看来，他想，他当时的感觉真的没有错。他和他的妻子确实没有这样大的缘分。他当初跟她结婚，只是一个误会，不过这误会似乎大了一些，一下就误会出十年。接着，他就觉得自己刚刚明白了一件事。他当初为了那个夏勇主任，干吗去干那种傻事呢？他差一点连自己的性命都给搭上了，现在想一想，不仅不值得，而且也太没这个必要了。就算那个夏勇主任当时是骗他妻子的，那又怎么样呢？他妻子也是一个独立的人，她也有选择被骗的权利，他们两个人一个愿意欺骗，另一个愿意被骗，他又何苦去干涉呢？况且，如果那个夏勇主任并不是骗他的妻子，而是真的对她好呢？他岂不是耽误了他妻子的一段美好姻缘？

尽管这种可能并不是很大，但也不是一点没有，他又干吗去多此一举呢？

高庆生想到这里便越发觉得，自己这一次真的是做对了。

他觉得自己活到现在，好像才刚刚活明白了。

# 第四十八章
# 与尸体共饮

高庆生决定答应郗媛，去唐朝夜总会守夜。

他说，他做出这样的决定应该与他的妻子不无关系。

在此之前，他考虑到他的妻子，的确有些犹豫。因为他还不知道，他跟他妻子的关系将会发展成一个什么样的结果，他不想在他们的关系上再雪上加霜。他很清楚，如果他的妻子知道了他竟然跑去夜总会那种地方给人家守夜，她是一定不会答应的。他妻子是一个很复杂的矛盾体。在她的身上，有着极为冲突的两种道德观念。

高庆生说，正如他在前面所说，尽管他妻子是那样一个女人，而且频频有红杏出墙之嫌，却又最不能容忍那种在夜总会里当坐台小姐的女孩。曾经有一次，他和她一起出去办事，在一个公共汽车站和两个花枝招展的女孩一起上了一辆公交车。这两个女孩满脸浓妆艳抹，浑身香气四溢，一看就知道是从事那种可疑职业的女孩，而且说话肆无忌惮，笑起来也旁若无人，彼此还不时地开着一些很下流的玩笑。当时车上的其他乘客都没表示出什么，他妻子却立刻躲到一边去，鼻孔里还鄙夷地哼出一声，搞得那两个女孩立刻跟她争吵起来，最后还险些大打出手。下车以后，他妻子仍然余怒未消地对他说，你现在是没有钱，将来哪一天有了钱，如果敢跑到夜总会去找这种女人，我绝不轻饶你！他妻子坚定地认为，一个女人如果为了钱就去做那种事，甚至是用自己身上的一些部位去换钱，那是极其下流无耻的，也是绝不可饶恕的。

所以，高庆生很清楚，他的妻子不可能允许他到唐朝夜总会那种地方去守夜，她甚至会认为，这比他在天鹅湖医院的太平间里看守尸体更令人无法容忍。不过现在好了，她终于管不到他了，他可以做自己想做的事了。其实仔细想一想，尽管她离开他是去光明正大地嫁给那个王磊，尽管她这样做是为了给她的父亲治病，但问题的实质是什么，还不是也在用自己的身体去换钱？她以这样的代价嫁给那个王磊，跟唐朝夜总会里的那些坐台小姐又有什么区别呢？高庆生不知道，他的妻子是否意识到了这一点。

但是，当他把这些想法告诉郗媛时，立刻就后悔了。

他对郗媛说出这些事，不过是想发泄一下自己心中的苦闷。但他马上意识到，他这样说是很伤郗媛的。郗媛做的也是这一行，她每晚在唐朝夜总会，也是在用自己身体上的某些东西去向男人换钱，否则她又怎么会有能力将她死去的父亲发送得那样体面呢？但让他没有想到的是，郗媛听了他的这些话却似乎并不生气。

这是在一天晚上，郗媛去唐朝夜总会上班，大概出来得早了一点，就先到他这里来看一看。郗媛在他面前对自己的职业从不隐讳，她告诉他，其实坐台小姐也是有区别的，有的小姐坐台也出台，也就是说，除去陪客人喝酒调笑，也跟着出去干更深一层的事情。也有的小姐虽不出台，但也干别的，夜总会里可以提供这种地方。还有的小姐则只是坐台，最多让客人抱一抱亲一亲，或摸一下，不过这种小姐一般是不会挣到太多钱的，而且她们大都是在前半夜做，只有前两种小姐，才会在夜里十点钟以后去上班。所以客人从小姐上班的时间就可以估计出她所做的是哪一种营生。

郗媛听了他妻子的事，只是淡然一笑。

高庆生立刻问她，你笑什么？

郗媛摇摇头，说没笑什么。

她似乎对他说的事并不在意。

她说，这种事没什么好奇怪。

他看看她，没明白她的意思。

郗媛说，这种事她见多了。然后又从鼻孔里轻轻哼出一声，说，女人么，就是这样，说话能说最好听的，做事也能做最难看的，在这个世界上，最不能相信的就是女人。

高庆生一听也笑了，说听你这样说，就像你自己不是女人似的。

郗媛点点头说，就因为她是女人，所以才更了解女人。

高庆生想对她说，其实他的妻子，过去也并不是这样。

郗媛似乎看出他要说什么，立刻冲他摇摇头。

她说，你想的不对。

他问，为什么?

她轻轻叹息一声说，你妻子这种女人，也是一种天性，比如说我，我宁愿去夜总会里当小姐，也不愿做这种下流的事情，这是为什么，就因为我身上没有这种天性。

高庆生感到有些意外，立刻盯着她问，你认为……她这样做更下流吗?

郗媛也盯着他，然后问，怎么，难道你不这样觉得吗?

几天以后，郗媛给高庆生打来一个电话。她在电话里告诉高庆生，她已跟唐朝夜总会的老板说了关于他的事，老板基本同意了，但提出要见一见他。郗媛解释说，现在社会上很乱，许多媒体记者为了挖一些花边新闻，经常带了针孔摄像机跑到夜总会来搞暗访，所以，做他们这一行的不得不防备，用人都很小心，唯恐招进什么别有用心的人来。

高庆生一听当即答应，并在电话里跟郗媛约好了时间。

但是，到了约定的这个晚上，高庆生却并没有去唐朝夜总会。下半夜，郗媛来天鹅湖医院的太平间找他时，发现他正在这里独自喝酒。

郗媛看了很生气，问他怎么回事。

高庆生这时已喝得红头涨脸，说什么怎么回事，没有怎么回事。

郗媛这时才看出来，他的情绪很低落。

于是问他，究竟发生了什么事。

高庆生慢慢低下头，没有说话。

高庆生的情绪的确很低落。就在这一天的下午，他刚刚接到法院的判决，他和他的妻子已正式离婚了。其实按规定，他们应该回户籍所在地的民政部门办理离婚手续。但这样太麻烦，于是王磊就想了这样一个办法。王磊真是很懂法律，他给高庆生的妻子出主意说，其实并不需要回户口所在地，只要在长久居住地的法院起诉就可以。于是高庆生的妻子就去了法院起诉，然后就这样判下来了。判决很简单，就他们两人的经济状况而言并没有什么可值得分割的财产，所以只要宣布解除婚姻关系也就行了。高庆生没有想到他的妻子会这样急于要跟他办手续。他原本告诉她，这种事不用急，他们只要商量好了就不会再有什么问题，她可以先去医院，安排她父亲做肾移植手术的事。他对她说，就算你有了钱移植的肾脏也未必那样现成，早一天总比晚一天要好，那可是比办离婚手续更要紧的事。

但是，他的妻子对他说，这件事也必须马上办。

高庆生直到这时才明白，这一定是王磊的意思。他对待跟他妻子的关系以及要履行的承诺就像是做生意一样，一定要见货付款，只有看到他和他妻子离婚的这个事实，他才肯拿出那三十万元。高庆生不得不佩服这个王磊。现在的高级知识分子真是不得了啊，他们不仅掌握了高科技的知识，还在社会上也历练出精明的经济头脑，可以说是能文能武，真比普通意义的商人还要厉害啊。所以，高庆生对他的妻子说，他理解她的苦衷。

就这样，他很痛快地就跟她去了法院。

但是，高庆生说，他去法院办离婚手续很痛快，并不代表他的心里就很痛快。尽管他的妻子早已跟他分居很久，他也已习惯独自一人生活，可是，在跟他妻子走出法院的大门时，他站在路边看着她，心里还是有些说不出的伤感。她站在他面前，并不敢直视他。他发现，她脸上的皮肤在阳光下已开始发皱，不再像过去那样有光泽。她已经有些老了，他在心里想。一个三十来岁的女人可塑性是很强的，倘若生活顺心，经济条件也好，再化妆得体，会像二十多岁一样。反之就很难讲了，甚至可以混同于四十多岁的女人。

高庆生想到这里，想对她说一句，祝你幸福。

但是想了想，又觉得这句话有些酸。

可这句话还是被他的妻子说出来了。

她低下头，对他说，祝……你幸福。

他笑了一下，说，我还会有幸福吗？

他说，我的幸福……已经被人带走了。

她看着他，嘴又动了动，却没再说出话来。

他又说，也好，你用我的幸福为你爸爸换了一颗肾脏，也值了。

直到这个晚上，高庆生仍在想，他没有料到，敢情他的幸福也会这样值钱。

# 第四十九章

# 为了离婚而庆祝

高庆生说，他的幸福没想到这么值钱。他这话说得真是令人回味。我不禁想我的幸福是什么呢？幸福到底用什么来衡量呢，对于高庆生的妻子而言是那三十几万的换肾钱，对于我而言就是在这个城市买一所属于自己的房子，有个温馨的家。对我的小女友呢，她要的幸福是什么呢？我真的不想去想太多，想得越多越困惑，我只想去逃避，因为我不想面对太多的困惑和压力。不知不觉又坐到了半夜，自从上次与他喝酒，知道他的酒量之后，我又要了第二瓶酒，不过因为今天喝得非常慢，所以刚刚下肚的这些酒对高庆生和我而言才只是开始。我加了一盘这里的特色凉菜拌苤蓝丝下酒，每人还添了一碗热羊杂碎汤。我们吃饭的这家馆子别看门脸小，但已经开了近十年，简陋的装修也架不住食客们的蜂拥而至，每到饭口基本上要等位，就算是这个点，客人也是络绎不绝。在这个城市，到处是特色饭馆，这家“北平老羊汤馆”也算是独树一帜。

高庆生说今晚刚好是他与前妻的离婚一周年的纪念日，他说，他本在这个晚上自己想好好庆祝一下的。没想到与我一起庆祝，就好像他刚刚与前妻离婚的那个晚上，他也是这么想的，他说当时他也在想，庆祝什么呢？他想，就庆祝他的妻子终于离开他了吗？

其实她离开他只是迟早的事情。既然如此，这样趁早离开当然更好。他为此破天荒地去了一个小酒馆，要了一盘卤花生和一盘拍黄瓜，又要了一瓶白酒，独自一杯一杯地喝起来。后来人家要打烊了，他才只好拎着酒瓶回到天鹅湖医院的太平间来。这里的太平间跟别的医院一样，是在后面一个很僻静的角落里，给人的感觉不仅凄冷，也有些阴森。但他在这里种了许多花草，还用竹竿搭起一个架子，种了一些丝瓜、吊瓜和葫芦，所以也就显得生机盎然。

按医院规定，在太平间值夜班是绝不准饮酒的，因为这样很容易误事。他也一向不在这里喝酒。他自认为是一个很讲职业操守的人。财叔曾叮咛他，干这一行的，当班时千万不能喝酒，否则在为人家打理遗体时出一点纰漏，那可是无法弥补的，而且让尸体沾了酒气对人家也不吉利。但是这一晚，高庆生拎着喝剩下的半瓶白酒回来，就坐在墙边又继续喝起来。人一喝酒就爱胡思乱想。但他这时却没想任何事，他觉得自己反而越喝越清醒，脑子里空荡荡的。就在这时，他的目光突然落到对面太平间的那两扇大铁门上。在那里，不知谁用粉笔写下了几句话。此时，这些字迹在清冷的月光下显得很清晰，似乎闪着幽幽的荧光：

酒是穿肠毒药
色是刮骨钢刀
财是惹祸根苗
气是雷烟火炮

这几句话他曾在收音机里听到过。著名评书艺人单田芳无论在播讲什么评书时，都经常爱说这几句令人感慨的话。这时，这几句话不知被谁写在了太平间的大门上，就似乎更增加了它的人生况味感。是啊，酒、色、财、气，每个人活在这世上，又有谁离得开这四个字呢，真到能离开的时候，也就躺到这里来了。高庆生想，来到这里的人，看了这几句话一定都会有所感悟的。这时，他朝铁门上看着，突然觉得喉咙里有些发涩。他想，就是这样简单的道理，有多少人一辈子都想不明白，又有多少人直到死时还在为之所困扰啊！

在这个晚上，郗媛看到高庆生这样喝酒，觉得有些意外。

她走到他的跟前，又问，究竟发生了什么事。

他慢慢抬起头，说没事……没发生什么事。

她立刻说，不对，如果没事你不会这样的。

这就是郗媛的性格。如果换了别人，遇到什么事问过几句，看人家不想说也就不会再问。但郗媛不行，她一定要问到底，直到问出一个究竟。

高庆生只好对她说了，他刚和他的妻子办了离婚手续。

他又苦笑一下说，现在，她真的已是他的前妻了。

郗媛听了半天没有说话。沉默了一会儿，忽然笑了，说有这样一种说法，你听说过吗，人生有三件事，少年丧母，中年丧妻，晚年丧子，是一个男人一生中最大的不幸。

高庆生笑了，对她说，你不要忘记我是干什么的，这样的话，我当然知道。

郗媛说知道就好，祝贺你中年丧妻。

他看看她，没明白她的意思。

郗媛又说，其实每一个人结婚，就是为了生孩子，你既然已经不想再要孩子，还结婚干什么，现在又有唐朝那种地方，什么问题都能解决，你早就该这样，轻轻松松多好。

这时，他抬起头很认真地看看郗媛，突然觉得她真可爱。

高庆生讲到这里，忽然对我说，他已经猜到我的心里在想什么。

我冲他笑一下说，我的心里在想什么，对你的讲述很重要吗？

他说当然不太重要，不过有一个问题他也要解释清楚，他和郗媛并不是那种关系，也不可能是像一般人想象的那种关系。高庆生很认真地对我说，他说的是真话，关于这个问题，后来项警官也曾经问过他。项警官甚至还警告他说，这是一个很关键的问题，这很有可能直接关系到如何为他定案。我听了立刻问，项警官说的如何为他定案是什么意思。

高庆生说，他和郗媛后来又被搅进另一个案子。

关于这个案子，他说，他在后面会详细为我讲的。

这我已经预感到了，高庆生和郗媛在后来还会遇到什么事情，否则郗媛不会死。但我无论怎样想象，也想不出这会是一件什么事。我对高庆生说，不过，这个问题我还是想搞清楚，你和郗媛，你们两人究竟是什么关系。我直言不讳地说，我对他们两人后来的关系很感兴趣。高庆生想了想，告诉我，关于郗媛，他只能说一句话，她虽然是在唐朝夜总会那种地方，虽然她做的是那样一种职业，但她的确是一个非常独特的女孩。她的这种独特，他也是随着与她接触的不断加深才一点一点感觉到的。他说，其实在他去唐朝夜总会守夜之前，他与她的关系还只停留在一般的交往上，或者说，只是殡葬服务与一个死者家属的关系，充其量他服务得周到一些，也没有超出他工作的范畴。后来郗媛作为酬谢，又和他一起吃过几顿饭，仅此而已。但是，自从他去唐朝夜总会，他和她的关系就逐渐发生了一些变化。

他说，至少他们的接触开始多起来……

## 第五十章
# 带尸气的守门人

高庆生说，他第一次到唐朝夜总会去见那里的老板，心里的确有些紧张。

他虽然来这座城市打工已十几年，却还从没有进过这种地方，在他看来，这应该是有钱人才能来的场所。在那个晚上，他按着跟郗媛约好的时间等在夜总会的门外。他一向是个守时的人，从不会迟到，但是这天他有点紧张，提前二十分钟到了与郗媛约定的这条街。他自己孤零零地站在大街上，只看到各色豪车不停地驶过，从车上下来各种时髦装扮的美女。他内心有些踌躇不安，他不知道这条路是不是该走下去。

但他想，至少郗媛应该不会害自己。

高庆生按照约定的时间走进夜总会的前厅，觉得自己好像来到另一个世界，一切都是亮闪闪的，各种奇形怪状的灯具放射出不同的颜色，映得一片金碧辉煌。他在这里等了一阵，就见郗媛从里面匆匆地走出来，郗媛身穿一条黑色的长裙，头发顺滑地垂在肩头。

她对高庆生微微一笑说她有客人，还要马上进去。然后就带他走进另一个侧门。他在这个晚上见到的并不是夜总会老板，而是一个叫峰哥的人。这个峰哥看上去很年轻，大约还不到三十岁。但郗媛事先已告诉他，这是这里的规矩，都要叫哥，他就是比他小得再多也要叫他峰哥。峰哥面无表情，身旁跟着几个穿黑色西装的人，看上去很有些派头。他见到高庆生并没有立刻说话，只是上下打量了一阵，然后才问，你过去在哪里干？

高庆生当然不能说出是在医院看太平间，他知道，这会让人家感到晦气。

所以，他只是说，在医院里，做一些杂事。

峰哥又问，听说，你还有一份夜班的差事？

这显然是郗媛告诉他的。果然，郗媛也没说他在那边具体干什么。

他对峰哥说是，所以，他每天只能后半夜过来。

郗媛立刻在旁边说，他虽然腿有点问题，但身体很好，挺合适的。

峰哥走过来，伸手抓住他的肩膀用力捏了捏，又抬脚踢了踢他那条正常的小腿，然后点头嗯一声说，好吧，每天从夜一点到早七点，六小时，钱的事有人会告诉你。

他这样说罢就带人走了。

郗媛看看峰哥的背影，告诉高庆生，他第二天晚上就可以来上班了。

郗媛说着一笑，记住，你可要感谢我啊！

她一边这样说着，还冲他挤了挤眼。

他站在那里，好半天才回过神来。他有些不敢相信，事情竟然如此简单，就这样每月又可以挣到一份薪水，这似乎也太容易了。他在天鹅湖医院那边看守太平间，还要摆弄尸体，一个月也不过才那一点工钱，难道看这里的夜总会比看太平间还要费力？

他想问一问郗媛，自己是不是听错了。

郗媛却面带歉意地对他说，没办法，钱的事，她已在峰哥那里替他争过了，峰哥说不能再多了，否则在别的兄弟面前不好说话。接着她又说，不过这里的时间很宽松，如果天鹅湖医院那边有事，晚来一会儿也没关系，夜一点正是人最多的时候，不会有人注意这里。

高庆生已听出来，郗媛这样说，似乎是觉得亏待了他。

他立刻说，他不是这个意思。

郗媛不解，眨眨眼问他是什么意思。

他说，他是觉得，这份钱挣得也太容易了。

郗媛立刻笑了，说你这个人啊，真是太实在了。

他被她说得不好意思，立刻红起脸。

郗媛说，这年月，还有挣钱比这更容易的呢。

高庆生点点头，由衷地对她了一句话。

谢谢你。

郗媛又冲他笑一下，说里面还有客人。然后就又匆匆进去了。

在这个晚上，高庆生独自往回走着心里盘算，这样，他每月的收入就可以翻一番了。

高庆生从此每月的收入的确翻了一番，工作量却并没有增加太多。在此之前，他即使没有夜总会这份工作，后半夜也是不能睡觉的，所以，他并没有感觉太累。

# 第五十一章
# 男人的小心眼

他在唐朝夜总会领到第一个月薪水的当天上午，特意去一家很大的超市买了一些水果，然后去市人民医院看望他刚刚做过肾移植手术的前岳父，也就是他前妻的父亲。他买的水果都很高级，不仅色泽鲜艳，还贴有醒目的进口标签。他的前妻看了立刻露出惊异的神色，然后有些不安地说，你买这些东西……这要花……多少钱啊。

他笑笑说，无所谓，这用不了多少钱的。

他前妻听了他的话有些疑惑，又看看他。

他知道，她一定是觉出了他的变化。

在来这里之前，高庆生特意换了一身干净整齐的衣服。他已经很久没有这样利落了，这几年，他一直被生活搞得灰头土脸。这一次，他想让他的前妻看一看他的崭新面貌。这时，他从他前妻的眼神里看出来，他的目的显然已经达到了。

他的前妻又说，你……真的没必要这样。

他问为什么。

她说，现在……我父亲已经不缺这些了。

他说，缺不缺是一回事，我买，总是我的一点心意。

她立刻就不再说话了，沉了一下，才微微点了下头。

她的心里当然明白，他跟她父亲的关系一直很好。

她又想了一下，就将他拉到一边低声说，她正要给他打电话。

他问她，有什么事。

她说，天鹅湖医院已经答应将扣发的工钱还给她，但她现在已用不着了，所以，想让他去领回来。她说，你用吧，现在……你毕竟更需要这笔钱。

高庆生的心里很明白，她之所以这样说是出于愧意。从她身上的穿着和她父亲床前堆放的那些食品可以看出，她现在的生活跟过去相比确实已有很大改观。当然，这也让他感到一些安慰。他想，如果是这样，那他跟她离婚也就算值了，她现在总能过上好日子了。

但他立刻告诉她，他也不需要这笔钱，他现在的生活也已经有了改善。

她有些不相信，抬起头看看他。

他说真的，他现在每月已经能挣到两份薪水。

她听了越发惊讶，立刻冲他睁大两眼。

他告诉她，他现在每天夜里可以做两份工作，前半夜仍在天鹅湖医院看太平间，到后半夜，则去唐朝夜总会那边守夜。然后，他又问她，唐朝夜总会你知道吗，对，就是天鹅湖医院西面，大屯路上的那一家，很大的一个夜总会，那里面有很多三陪小姐呢。

他这样说当然是故意的。他能想象出她听过之后的反应。但是，出乎他的意料，她的反应很平淡，只是低下头略微想了想，然后才说，一夜做两份工，肯定很辛苦。

他愣了一下，一时语塞。

她又说，你要注意身体。

直到这时，他才终于意识到，他跟她的关系真的已经彻底变了。

她忽然又看看他，好像有什么话要说，但迟疑了一下却没说出口。

他毕竟曾跟她夫妻多年，所以立刻就看出来了。

他问，你还有什么事吗。

她连忙说没事了，你回去吧。

他想了想，说不急。

他们这时是站在病房外面的楼道里。他想进去，再看一看她父亲。

她立刻又说不用了，你还是……走吧。

他的心里明白了，很可能是王磊马上要来了。她不愿让他见到他。他忽然觉得有些可笑，他也太拿自己不当外人了，现在她父亲跟他还有什么关系呢？就连她跟他都已没有任何关系了，说得近一些还算是朋友，而实际上，已经形同陌路了。这时，她终于把实话说出来。果然，她告诉他，王磊马上就要来了。她说，王磊是一个醋意很大的人，他听说过她过去在天鹅湖医院跟夏勇的那件事，所以现在，就盯她盯得很紧，总是不知什么时候就突然来医院。她对他说，如果他现在来了，看到你，肯定会不高兴的。

高庆生当然知道，她是不敢让王磊不高兴的。

他点点头，想对她说，是啊，你还是当心一些才好，人家毕竟是用三十万元买来的今天这个日子，你得对得起人家这三十万啊。但是，他又觉得这样说似乎太刻薄了，所以才没有说出口。就在这时，他发现，他前妻脸上的表情突然变了，她张大嘴，朝他身后看着。他慢慢回过头，才发现，他身后正站着一个男人。他立刻认出来，他应该就是那个王磊。当年他们毕竟在一个厂里工作过，即使不认识，也有一些面熟。

这时，他正盯住他，很认真地看着。

然后，他问，你就是那个高庆生吧。

高庆生点点头，说对，我就是高庆生。

王磊皱了一下眉问，你来这里干什么？

高庆生觉得他这样盘问他很没道理。当初是他乘他岳父病危之机闯进他生活的，然后将他的家庭破坏掉，又把他的妻子夺走了。现在，他却又摆出一副理直气壮的样子来捍卫自己的利益，他想对他说，你有什么权力这样盘问他？如果从李璐这里论我还是你的前辈！但是，他考虑到他的前妻。他发现她正眼巴巴地看着他，样子有些可怜。当然，他明白，他现在无论怎样做她都无话可说，这件事说到底是她亏欠他的。但他毕竟还不是一个记仇的人。

于是，他向这个王磊伸出手。

他笑了笑说，你就是王磊吧？

王磊立刻被他弄得有些不知所措，看了看他伸出的这只手，一时不知该不该来握。

高庆生又冲他笑笑说，听说你为病人花了很多钱，谢谢你了。

你……谢我？

王磊立刻听出来了，他这话里似乎有些恶意。

高庆生不等他再说什么，又看了他前妻一眼就转身走了。他已经走出很远，仍能听到王磊在跟他的前妻大声嚷着什么，似乎很生气。

在这个上午，高庆生从医院里出来，突然感到有些茫然。

过去他没有钱，每天除去摆弄死人，下了班几乎无事可干，也无处可去。但他现在手里有一点钱了，却仍然感到无处可去。而且，有了一种更孤独的感觉。

晚上，他来天鹅湖医院上班时心里仍然有些闷闷不乐。他梳理了一下自己的情绪，觉得闷闷不乐并不是因为遇见了那个王磊，而是失落。他感到很失落。他的前妻对他去唐朝夜总会那种地方做事竟然反应很淡漠，他原以为她会指责他，会痛斥他，至少说一些不冷不热的挖苦话。但是，她都没有。她对此竟然置若罔闻。他直到这时才意识到，他们是真真地结束了，从关系到感情，一切都不复存了。

他第一次感到，心里空荡荡的。

# 第五十二章

# 大秃头和系主任

高庆生说，他很快就适应了唐朝夜总会这里的工作。

那个峰哥分派他的工作说是守夜，其实只是在门口照看一下进出的客人。夜总会门前有一个很大的停车场，但由于每晚来的客人实在太多，汽车总是停不下，就需要有人疏导。此外，如果有时间再用拖把拖一拖前厅的地面，或擦一擦玻璃转门。高庆生一直有些疑惑，峰哥让他做的这些工作似乎多此一举。按说照看门口的停车场应该是保安的事，而做前厅卫生也有专职的清洁工，他这个位置，总让人感觉有些多余。但是渐渐地，他就明白了这其中的奥秘，他这个守夜人不过是峰哥安置在前面门口的一双眼睛，比如哪个客人喝醉酒闹事，哪个客人想趁乱溜账，最重要的是来了什么特殊的客人，或有什么相关部门的人来搞夜间突查等等，都是他要注意的事情。他的手里有一只特殊的无线电发射器，他只要按一下，峰哥那里立刻就会知道。峰哥特意叮嘱他，一般出事都是在后半夜，所以，他要特别注意。郗媛也曾提醒过他。她说，尤其凌晨三点左右，最容易出事，所以这时一定要提高警惕。

据郗媛说，峰哥对他的工作还比较满意。

高庆生自从有了夜总会这边的工作，对天鹅湖医院那边的事也就更加尽心。他甚至对殡葬服务处的领导说，如果他们需要，他还可以帮他们做事，比如值夜班。他对他们说，反正他每晚都在太平间这里守夜，顺便为他们值一值夜班只是捎带的事。殡葬服务处的领导被他的真诚打动了。他们想一想，其实上一次的事也真的不是高庆生的责任，他不过是在殡葬处这边提供服务，火化场将骨灰盒搞错了，跟他又有什么关系呢？当然，更主要的还是殡葬服务处里没有人愿意值夜班。来这个城市打工的人很难讲清楚，他们一边抱怨找不到收入好一点的工作，生活成问题，可是有的工作却又不愿干，比如像这种殡葬业。高庆生的态度很让殡葬服务处的领导感动。于是他们商议了一下，就又恢复了他的工作。

如此一来，高庆生每月也就可以挣到三份薪水了。

每天前半夜，高庆生都是将殡葬服务处这边所有的事情都处理停当，然后一过午夜十二点就将大灯关掉，只留下门口的一个小灯。这样一来也就等于告诉外面的人，服务处已停止工作，倘若有什么事，可以第二天再来。在此之前，高庆生到夜里是从不关灯的，不是因为胆小，而是感觉不好，他总觉得这种地方还是应该明亮一些，一暗就显得太阴森，也让人感觉压抑。但是自从他关灯，也确实起到一些作用，不仅是其他地方转来的死者，就连前面天鹅湖医院急诊室里的护士也以为他休息了，所以再有死者，也就等到天亮再推过来。如此一来，高庆生到了午夜一点也就可以放心大胆地去唐朝夜总会那边上班了。

这个时候，唐朝夜总会这边的狂欢也已进入高潮。来这里消费的人们都已喝得酒酣耳热，有的在卡拉OK机上抱着麦克风大吼大叫，也有的躲在KTV单间的角落里搂着小姐寻欢作乐。每到这时，高庆生总会有一种奇怪的感觉，他从阴森幽暗的天鹅湖医院太平间来到这灯火通明的唐朝夜总会，似乎是从世界的这一端突然来到另一端。有时他甚至会这样设想，如果让那个太平间里的那些尸体都爬起来，跟他一起来到这唐朝夜总会，也让他们这样唱歌跳舞及时行乐，那会是一个什么场面？而倘若让这里的这些人跟他回去，穿上百年衣裳铺金盖银地躺到天鹅湖医院的太平间里，那又会是一种什么景象？尽管他知道，这是一个荒诞不经的想法，但他却总是忍不住会这样想。也许就因为这样想得太多了，唐朝夜总会的这种灯火通明就总让他有一种诡异的感觉。他每天夜里奔走在两个这样的地方之间，而且可以挣到两份这样的钱，这本身就是一件很荒诞的事。有的时候，他站在唐朝夜总会的门口，看着那些进进出出的人们不仅觉得荒诞，甚至有些好笑。

高庆生来唐朝夜总会上班，和郗媛见面的机会反而少了。

郗媛前半夜比较清闲，但高庆生还在天鹅湖医院那边值夜班。到后半夜，他来到夜总会这边顶班，郗媛却又开始忙碌起来。郗媛有很多熟客，因此每晚点她的客人也就很多，有时她实在忙不过来，甚至要几个台子来回穿插着坐。但是，郗媛说，坐这样的台不过是感情投资，为了多结识几个客人，陪他们喝一喝酒或唱一唱歌，并不能挣什么钱。

郗媛的意思高庆生当然明白，他也知道她是靠做什么挣钱的。

高庆生发现有几个客人，都跟郗媛的关系非同寻常，其中一个由于每次来都是开着一辆路虎牌吉普车，所以被这里的小姐们戏称为“路虎”。据猜测，这个“路虎”很可能是在什么比较特殊的部门工作，至少与特殊部门有些关系；他自己当然不会说，但他那辆路虎吉普的车牌号却给他露出了马脚，根据牌照的字头看，这应该不是普通车辆。还有一个秃头，样子很胖，脸上的皮肤却很白皙，嘴上总叼着一只木制的烟斗。这种烟斗在今天已不多见，小姐们看着好玩儿，因此在背地里就都叫他“大秃头”。据说这个“大秃头”是卖水产品的，所以身上总散发出一股海腥气味。但他做的生意却很大，曾有一个了解他的客人说，他的生意几乎控制着一个具有相当规模的水产品市场。还有一个绰号叫“系主任”的年轻人。这个年轻人的样子的确像一个系主任，戴着一副黑框眼镜，头发梳得一丝不苟，见人总是笑眯眯的。但是，据高庆生观察，这个“系主任”却很神秘，似乎夜总会里的人都有些怕他，就是峰哥见了他也很客气。郗媛每晚无论多忙，只要这三个人来了，宁可不要小费也会立刻扔下别的客人过来。

# 第五十三章
# 横丝肉与大秃头

那个“路虎”倒不太张扬，每次来了都不声不响。倒是“大秃头”，很有些霸气，每次来都是一脸专横跋扈的样子。一次他来到夜总会，郗媛只是晚过来了一会儿，他立刻就将一瓶洋酒摔到了墙上，碎玻璃碴儿将领班的额头都划破了。待郗媛赶过来，他却仍然不依不饶，一定要问郗媛，为什么来得这样晚。郗媛没办法，只好告诉他，那边的那个客人也是老朋友，不肯放她过来。“大秃头”一听立刻站起来，说要过去看一看这客人究竟是谁。但就在这时，那边的客人却自己过来了。这也是一个常来唐朝玩的熟客，身材很高大，而且长着一脸的横丝肉，好像是专门倒卖烟酒的。横丝肉推门进来，见“大秃头”并没有惧怕的意思，就径直朝他走过来。他问“大秃头”，就是你，一直催丽丽过来？

丽丽，是郗媛在夜总会里的名字。

“大秃头”看看他，并没有说话。

横丝肉伸手在“大秃头”的光头上拍了拍，说你还不知道我是谁吧？

“大秃头”仍然看着他，没有说话。

横丝肉这才有些满意，点点头，然后对郗媛说，好吧，下回再跟你算账。

但是，就在横丝肉刚转身的一瞬，“大秃头”突然伸手在他的头上抡了一下。事后郗媛告诉高庆生，当时谁都没有看清楚是怎么回事，只听叭的一声脆响，横丝肉的头顶上立刻就冒起了一个血柱。这血柱喷射的力量相当大，几乎是一下就喷到了屋顶，接着横丝肉晃了晃，才慢慢转过身。直到这时，大家才发现，“大秃头”的手里不知什么时候正拎着他的那只烟斗，而且正有一缕鲜血从那上面一滴一滴地流下来。“大秃头”看着横丝肉，面无表情地说，大概你也不知道我是谁吧，告诉你，还从来没有人敢在我面前这样说话。

这时，横丝肉捂着头，血正从他的指缝里流出来。

“大秃头”从沙发前的茶几上拿过一叠餐巾纸，啪地拍到横丝肉的头顶上说，赶快滚吧，下次再让我看见你，就把你切成一块一块的跟那些烂鱼烂虾一起卖掉。

横丝肉显然已疼得没了力气，他倒退几步，赶紧捂着头出去了。

但是，就是这个“大秃头”，见了比他瘦弱也比他年轻的“系主任”却立刻一点脾气都没有了。起初“大秃头”并不知道这个“系主任”的厉害。一次他好像喝了很多酒，刚刚从哪个洗浴中心出来，带着几个人来到夜总会时已是凌晨两点多钟。领班一看是“大秃头”，当然不敢怠慢，连忙安排他去了平时常去的包间，然后就赶紧去叫郗媛。当时郗媛正跟“系主任”在一起，当然不能扔下“系主任”来陪“大秃头”。领班一连去催促了几次，却仍不见她过来。就这样，“大秃头”等得不耐烦了，发起了脾气。他立刻让领班带路去找郗媛。领班起初不敢去，但想一想，觉得自己要拦是肯定拦不住的，倒不如让这两个客人自己解决，于是就对“大秃头”说，大家都是这里的常客，最好不要伤和气，再说跟峰哥也都是朋友，即使有什么事也最好去外面说，不要影响这里营业，更别妨碍别的客人。“大秃头”立刻掏出一张百元钞票拍在领班的脸上，说放心，就是看在峰哥的面子上我才不会闹事。

领班听了点点头，就带着“大秃头”来到“系主任”这边的包间。

“系主任”正跟郗媛说笑，见“大秃头”闯进来，只是看看他。

郗媛一见立刻变了脸色，连忙起身过来，想拦住“大秃头”。

“大秃头”一把将她推开，走到“系主任”的面前。

他问，你就是那个鸟系主任？

“系主任”问，你是谁？

“大秃头”立刻哈哈大笑起来，说我是谁，你不知道吗？

“系主任”摇摇头，说不知道。

“大秃头”说好吧，如果你真的不知道，那今天就让你知道知道。

但是，不知为什么，尽管“大秃头”把话说得很大，但这一次却并没有太放肆，只让一起跟来的几个人砸了几只酒杯，又将茶几上的东西划拉到地上，然后就带上人扬长而去。当然，他也幸好只做了这些，否则后果就更难想象了。“大秃头”一连两个多月没再露面。后来听说，他遇到了很大的麻烦，水产摊被一群来路不明的人砸得一塌糊涂，自己的秃头上也缝了十几针，一条腿还打上了夹板。而那个“系主任”再来夜总会时，却仍然若无其事。据郗媛说，尽管这个“系主任”经常来这里，但是就连她也搞不清他究竟是干什么的，只觉得这个年轻人很阴，即使笑时，给人的感觉也似乎在冒着寒气。

高庆生告诉郗媛，他在来这里之前，真的没想到在这个世界上竟然还有这样的地方，无论是这里的人还是事，他都感到很陌生。

郗媛听了只是冲他笑笑。她说，在这里待一段时间就会习惯了。

郗媛每晚除去应酬客人，偶尔有了空闲，也过来看一看高庆生。

她有时还会拎来半瓶客人喝剩下的洋酒，坐在他的值班室里，一边跟他一起喝着，一边聊一聊天。每到这时，高庆生的心里就会放松下来，也非常的愉快。这当然不言而喻，天鹅湖医院阴暗潮湿的太平间跟这灯火辉煌、莺歌燕舞的唐朝夜总会相比，自然是后者更令人愉快，况且还是和郗媛这样的一个女孩在一起喝酒。

# 第五十四章
# 黑夜里的阳光

高庆生这时已很久没跟女人接触了，不要说做那种事，就连近距离说话都没有过。这当然也有他自己的原因。自从他的前妻给他带来一个接一个的麻烦，他觉得自己已经讨厌女人，即使在生理上，似乎对女人也不再渴望。此外，他这几年一直过着昼夜颠倒的生活，已经习惯于独自在太平间里摆弄那些尸体。但是，自从来到唐朝夜总会，或者说得更具体一些，是自从认识了郗媛，他就觉得自己的生活突然又明亮起来。他每当和郗媛一起聊天，就觉得如同从天边飞来一束阳光。可是，他又总觉得这阳光过于柔软，柔软得就像烟雾一样，似乎随时都会被风吹散。

为此，他总是感到忧心重重。

他真希望这阳光能在他的黑夜里多停留一些。

高庆生说，那好像是一个圣诞节的晚上，唐朝夜总会里比平时更加热闹。

如今的中国人似乎对一些外国人的节日更感兴

趣，比如情人节、愚人节、圣诞节、万圣节等等。在此之前，高庆生真不明白这究竟是怎么回事，仅仅是中国人的崇洋媚外心理在起作用吗？这样的解释似乎太过简单。但是，自从来到唐朝夜总会，高庆生才终于明白，人们喜欢这些外国人的节日其实都是商家在操纵。人们只要过这样的洋节就要消费，而只要消费商家就有钱赚，况且有兴致过这种洋节的也多是一些年轻人，他们正是当今社会最活跃的消费群体，因此商家每到这时也就故意推波助澜，将节日气氛搞得有声有色。

唐朝夜总会早在圣诞节前的很多天就已在外面的玻璃幕墙上喷了各种白色的圣诞图案，还模仿着外国人的样子在门外做了两株不伦不类的圣诞树，装上一闪一闪的彩灯。但是，到了这一晚，来夜总会玩的客人却大多是一家一家的，很少有人再来找坐台小姐。这一晚，高庆生来夜总会这边上班也晚了一些。不知为什么，偏偏在这样一个夜晚，殡葬服务处那边很忙，到午夜十二点时一连送来几具尸体，都是刚刚死的，似乎要赶在圣诞节的这个晚上一起去投胎。就这样，他一直忙了很久，等将殡葬服务这边的事办妥当，再赶到夜总会就已是将近两点钟。

高庆生刚刚来到值班室，郗媛就来找他。

她问他，为什么来得这样晚。

高庆生心里一惊，以为峰哥找他。

于是连忙问，是不是有什么事。

郗媛说没事，只想跟他聊聊天。

她说，刚才已经来找过他几次。

他这才稍稍松了口气，说脱不开身。

她问，有什么重要的事，脱不开身？

他告诉她，今晚天鹅湖医院那边很忙。

郗媛一听就笑了，说，今晚活人忙，死人也忙。

他说是啊，死人虽然不过圣诞，可他们也是人。

郗媛忽然叹息一声，说死人的事，更不能耽搁。

这时高庆生才发现，郗媛显然已喝了很多的酒，身上的衣服也有些凌乱。她的情绪似乎不太好，手里拎着半瓶 XO，对他说，还要和他一起喝。她将手里的酒瓶冲他晃了晃，说这瓶洋酒是刚才宰一个客人的，今晚一共让他买了三瓶酒，“芝华士”、“轩尼诗”，还有这瓶“人头马”。她笑着说，不宰白不宰，那些客人都太有钱了，他们兜里的钞票比烂纸还多。

然后，她就慢慢走过来，站到他的面前。

忽然，她伸出手，在他的脸颊上抚摸了一下。

他问她，你今晚怎么了？

她摇摇头，就流下泪来。

高庆生立刻感到有些不安，不知她发生了什么事。在他的记忆里，郗媛很少流泪，当初她父亲火化，她在向遗体告别时都没有哭。她曾经对他说过，人在难过的时候不一定非要流泪，应该还有别的表达方式。她说她从小就是这样，难过时很少流泪。

这时，他看看她，觉得她的情绪的确很低落。

他对她说，你不要再喝酒了，你喝得够多了。

没有，我……并没有喝多少。

她使劲摇着头，很认真地说。

她想了一下，又说，其实人活着，什么事都当不得真的。

高庆生说是啊，如果事事都当真，别说活着，恐怕气都喘不过来了。

郗媛听了他的话，睁大两眼看着他，反而流出更多的泪来。

她突然说，你……跟别的男人不一样。

高庆生说是吗，哪里不一样？

郗媛说，男人都是靠不住的，他们的话更不能相信。

高庆生说，可是，我也是一个男人。

你不一样，她说，所以我才说，你跟别的男人不一样。

郗媛说着，又喝了一口酒。所以，我做这一行的目的很明确，就是为了挣钱，那些客人谁都不要跟我谈什么感情之类的东西，我也不相信他们的这些鬼话，我的时间都是割成一段一段卖给他们的，明码标价，童叟无欺，即使节假日也绝不打折。

她这要说着，忽然扑哧一声又笑了。

她的话，让高庆生感到很意外。

高庆生说，在这个夜晚，他和郗媛一边这样说着话，突然又想起了自己的前妻。

如果说他的前妻这次改嫁给那个王磊是因为她的父亲，为了用王磊许诺的那三十万元去给她父亲做肾移植手术，那么当初在天鹅湖医院呢，她跟那个叫夏勇的医生搞到一起又是为了什么？所以，他的心里很明白，她离开自己是早已注定了的事情，即使这一次她父亲的肾脏没出问题，别的什么事也会出问题，就算她父亲不出任何问题，她在其他方面也还是会出问题，哪怕都没有问题，她也照样会离开他，而且，离开得也照样是那样的坦然，那样的义无反顾，那样的心安理得。

高庆生还记得她在与他最后分手时的眼神，没有一点伤感。

他想到这里真有些不解，难道他的前妻还不如郗媛这样的女孩吗？那么，她又为什么一直反感坐台小姐？她自己就没意识到，其实她的所作所为还不如一个坐台小姐吗？

这时，高庆生对郗媛说，人做事，未必都是自己想做的。

什么意思？

也就是说，都是有原因的。

她听了很认真地看看他，你看太平间，是不是自己想做的事呢？

高庆生立刻笑了，说，我要说的也正是这件事。

他对她说，一个正常的人，谁又愿意整天去跟死人打交道呢？

可是，她对他说，你照样也做了，而且做得挺好。

是啊，他点点头，可是我心里的感受又有谁知道呢？

高庆生告诉她，这种感受，真的是无法说出来的。

他这样说着，心里突然感到一阵酸楚。

他立刻把话岔开了，问她，怎么不去陪客人。

郗媛说今晚客人很少，再说，她这一晚也不想再做了。

高庆生知道，其实这一晚来夜总会玩的客人并不少，只是寻欢作乐的不多。因此，夜总会的门口也就不会发生什么事。他已看见了，几个保安闲得无聊，都躲到角落里喝酒去了。

郗媛忽然对他说，她想去街上走一走。

# 第五十五章
# 在雪白的圣诞夜来到太平间

高庆生听了有些迟疑，吃不准能不能出去。

他在这里虽然只是一个临时工，但身份毕竟与郗媛不同。郗媛是坐台小姐，并不算这里的员工，所以想干什么也就不受这里规定的限制。他却不行，他是要在这里领薪水的，这里的制度很严明，倘若工作时间随意离开，会被视为脱岗。

郗媛看着他，忽然扑哧笑了。

她问他，你知道，你这个人可爱在什么地方吗？

高庆生摇摇头，觉得这是个让他无法回答的问题。他不仅不知道自己可爱在什么地方，甚至从来不知道，自己在别人的眼里竟然还可爱。

他对她说，不知道。

你真的不知道吗？

他老老实实地说，真的不知道。

好吧，那我就告诉你吧。

高庆生看着她，等着她说出来。

你可爱就可爱在这个认真上，你无论做什么事，都太认真。

高庆生也笑了，感到心里一阵温暖。

于是，他点头说好吧，他可以陪她出去走走，但不能太远。

在圣诞节的这天夜里，高庆生和郗媛来到街上。

夜里的街上总是笼罩着一层薄雾，昏暗中一切都清晰可见。高庆生对这时的街景很熟悉。每天午夜一点，当他从天鹅湖医院的太平间沿着这条街走向唐朝夜总会时，就像是走在一个无人的黑暗世界里。在这个世界，一切都是铅灰色的，一切都悄无声息。他感觉这就像是一条时间隧道，能从太平间的那个世界通向夜总会这一边的世界。此时，他的身边正走着郗媛。他几乎能闻到她身体里散发出的年轻气息。由于她的存在，他突然感觉这条街道明亮起来，似乎充满了灿烂的阳光，一切的一切也都在这阳光下闪烁出熠熠的光彩。

这时，高庆生感觉到，薄雾将这个圣诞之夜笼罩得像雪一样白。

雾气如同雪花一样无声地飘着，似乎与空气磨出沙沙的声响。

高庆生用力吸一口这清凉的空气，感觉很好。他觉得这空气中似乎也有了一种独特的味道，像鲜花，一缕淡淡的幽香。郗媛的脚步有些凌乱，偶尔踉跄一下，他连忙扶住她。她的嘴里一直在不停地说话，搞不清是自言自语，还是在向他诉说着什么。

后来，他听了一阵才听清楚，原来她是在讲述着自己的事情。

她喃喃地说，也许是因为一直和父亲一起生活，她对那个早已离开她十几年的母亲已经感到无所谓了。她从来都没有想念过她。在她的意识中，母亲早已变成了一个陌生的女人。她说，带她母亲走的那个老男人不知是做什么的，后来母亲将她的妹妹接走以后，她妹妹曾给她写过信。据她妹妹在信上说，母亲在那边的生活并不快乐，那个老男人不知为什么，经常打母亲，有几次她的母亲甚至想过要自杀。她妹妹说，其实母亲早已后悔了，她曾经偷偷对她说过，她真后悔不该抛弃她的父亲。但是，她这时已无颜再回去了。

郗媛一边这样说着，就有些哽咽了。

她说现在好了，她父亲已经没有了，只剩下她一个人了。

她一边说着就停下来，转过身，趴在高庆生的肩上抽泣起来。

高庆生想劝一劝她，却又不知该怎样劝。于是，他对她说，人么，当初来到这个世界就是一个人，将来离开这个世界还是一个人，无论与你多亲近的人，都不会跟你走一生的，也无法跟你走一生，所以，一个人并没有什么可怕的，一个人挺好。

他这样说着已经感觉到了，他是在劝她，也是在劝自己。

郗媛忽然停止了哭泣，慢慢抬起头，朝路边看去。

她说，怎么……来到了这里。

这时高庆生才发现，他们不知不觉已经来到太平间门口。

她朝那边看着，对他说，我想……进去……待一会儿。

高庆生立刻说不行，今晚不行。

郗媛问，为什么？

高庆生说，今天主任在。

高庆生并没有骗郗媛。就在他刚才临出来时，那个姓涂的女主任摇摇晃晃地来到殡葬服务处。她说刚刚在一个饭局喝多了酒，回不了家了，所以来值班室凑合一夜。

郗媛说不是，她不是说去值班室。

你想去哪？

去……太平间看一看。

高庆生一听险些笑出来。一个女孩子，这样深更半夜的竟然想去太平间，这真是闻所未闻。他告诉她，太平间那种地方更是不好随便去的，人死之后，尸体会释放出一种有毒的气体，在医学上叫尸毒，健康的人闻了，会对身体造成伤害。

郗媛却摇摇头，固执地说，她不怕。

高庆生无奈地说，看来，你今天真的喝多了。

郗媛一听笑了，说是啊，也许真的喝多了。

她问他，你知道喝多了是什么感觉吗？

他也笑了，说，怎么会不知道。

她说，一切都变得轻飘飘了，好像也无谓了。

突然，她盯着他说，让我进去……看一看吧。

高庆生想了一下，问她，你真想进去？

她很认真地点点头，说是。

她说，你不会相信，我长这样大，还从没进过太平间。

他说这有什么奇怪，如果没事，谁又会来这种地方呢。

他一边这样说着，心里在想，其实带她进去看一看也没有什么不可以，或许反而更好，这毕竟是人生的终点，只有看到了这个终点，或者更具体一点说，只有看到人在这时安安静静又无欲无求地躺在这里的样子，心里才会踏实，也才更知道该怎样活着。

他这样想着，就掏出钥匙，走过去打开了太平间的两扇铁门。

# 第五十六章

# 停尸床上的春天

高庆生说，在这个圣诞节的夜晚，他就这样为郗媛将太平间的铁门打开了。

太平间的铁门是用两块铁板焊制的，很厚重。高庆生一直想不明白，这里停放的不过是一些尸体，为什么要把门搞得这样结实？但后来街上的财叔告诉他，尸体更要妥善保管，万一丢失一具可不是闹着玩的，这种事以往不是没有发生过。财叔说，现在社会这样乱，做什么生意的都有，所以，也就什么事情都有可能发生，尸体弄出去也能卖钱呢。

这时，高庆生打开铁门，一股独特的消毒水气味立刻扑面而来。

他走进太平间，随手打开了电灯。太平间里安装着两种灯，一种是普通的照明电灯，另一种则是专门用来消毒的紫外线灯管。这种灯管的颜色给人的感觉很不好，颜色是蓝幽幽的。所以，为了让灯光柔和一些，高庆生就特意将这两种灯都打开了。

然后，他回头对郗媛说，进来吧。

让他没有想到的是，郗媛竟毫不迟疑地就走进来。

她朝四周环顾了一下，有些失望地说，没有人啊。

太平间里确实没有人。停放的尸体都已拉去殡葬服务处那边存放，又没有新的尸体送来，所以这时，就只有几张空荡荡的停尸床。这种停尸床比普通的床要高一些，而且为了结实都是铁制的，床面也是一块很光滑的铁板。这样抬放尸体会方便一些，而且遇到那些因意外事故而死亡的破损尸体，会留下一些污渍，清洗起来也更容易。

郗媛伸手在床上摸了一下，说，这种床……可真凉啊。

高庆生立刻提醒她，最好不要用手摸。

她问，为什么？

他说，这种床，不干净的。

郗媛却笑笑说，床没有干净的。

她一边这样说着，又做出了一个更令他吃惊的举动，她竟然轻轻一跳就坐到床上去，然后，就慢慢地仰身躺下了，一边躺着还冲他挤挤眼。

她说，试一试，看是什么感觉。

高庆生对我说，郗媛这时的神态，他至今还记忆犹新。现在想来，他简直有些怀疑，她在这个圣诞夜这样躺到停尸床上，跟后来发生的事情是不是有什么必然的联系？

郗媛在这个夜晚就这样在那张停尸床上躺下来，然后轻轻地舒展身体，很放松地长长舒了一口气，她说，真舒服啊，简直就像躺在一条船上。

可是……她说，这条船又要漂向哪呢？忽然，她歪过头来看着他问。

他也看着她，不知该怎样回答。

她又说，这铁床，还有些热呢。

他不太相信，伸手摸了一下。

她突然伸出手，把他的手抓住了，然后，轻轻地放到自己的身上。他这时才感觉到一股温热，不是这铁床，而是她的身体。她已将他的手放进了她的衣服里。他感觉到了，她的里面竟然没戴胸罩，而且，连内裤也没有穿。这时，她已将外面的衣服脱下来，又打开了里面的衣服。就这样，他看到了她的身体。

她的皮肤很白，像是落了一层薄雾。

她轻声对他说，你来吧……上来吧。

他看着她，突然有些不知所措了。

她的身体真的很好看，起伏的轮廓也很优美，细腻的皮肤不仅滑润，被紫外线灯管一照还映射出一层冰冷的光泽。这让他想起以往处理过的那些尸体。尸体往往会有一种玉石一样的光润，这种光润的温度似乎飘忽不定，说不出温暖还是冰冷。他的手在她的身体上轻轻抚摸了一下，他发现温度竟然退去，退得无声无息，像渐隐的灯光。

她忽然笑了，说，你大概已经很久没碰过女人了。

他被她说到了痛处，脸有些发热。

放心吧，我不会向你收钱的。

她一边这样说着，又伸手一拽，就将他拽上去趴到她的身上。

他趴到了她的身上，感觉真像是趴在一块玉石上，但这玉石又非常的柔软，而且正在一点一点地被他重新焐热起来。这种温热的柔软很让他感动。接着，他就开始激动起来。他就这样激动着，一边激动，还忍不住流出了眼泪。他感觉到了，他身下的郗媛也在流泪。她的身体里竟然非常的冰冷，他一进入，浑身不禁战栗了一下。

他毕竟是一个已有多年婚史的男人。在他的想象中，郗媛既然做的是这种职业，在做这种事时也就一定很熟练，甚至非常的职业和专业。但是，让他没有想到的是，她这时却生涩得像个处女，笨拙中还有些手忙脚乱。这时，他的脑海里忽然冒出一个奇怪的念头，他想抽身不再做了。但是，他却又有些不忍心。郗媛的身体一直在下面鼓励地扭动着，他听到停尸床正在他们的身下发出嘎吱嘎吱的声响。

突然，郗媛用两根细长的手臂揽住他的腰，呜呜地哭起来。

她的眼泪也是热的，滴落到他的手臂上，有些发烫。

这时，他感到了一阵凉意。回头看一看，那两扇铁门不知什么时候敞开了一道缝隙。一缕白得耀眼的夜色，正像雪花一样无声地从门缝飘进来。

# 第五十七章
# 圣诞夜血案

高庆生说，也就在这个圣诞夜里，发生了一件让他和郗媛都没有想到的事情。

他们在天鹅湖医院的太平间时，并不知道，唐朝夜总会这边已经出了事。起因又是那个“大秃头”。“大秃头”在夜总会里闹起事来。当然，他闹事又是因为郗媛。郗媛并没有告诉高庆生，就在那天夜里，她刚刚跟“大秃头”发生了一点不愉快。其实在此之前，高庆生已经感觉到，郗媛对“大秃头”越来越冷淡。她曾经对他说过，这个“大秃头”迟早会给她惹出更大的麻烦，所以，她宁愿不挣他的钱也不想再跟他有任何来往。但是，她又说，“大秃头”这个人也并不好惹，所以她还不想得罪他。在这个圣诞夜里，“大秃头”是自己来夜总会的，身边并没有带人。他事先已给郗媛打来电话，说是要来这里跟她一起过圣诞夜。但郗媛并没有答应他，推说自己还有别的事，分不开身。

“大秃头”立刻在电话里问，什么事。

郗媛说，有事就是有事，确实走不开。

"大秃头"说，是不是还有别的客人？

郗媛有些不耐烦地说，是又怎么样？

"大秃头"一笑说，他倒要看一看，这个人是谁。

然后就将电话挂断了。

郗媛对"大秃头"这样的态度，"大秃头"的心里当然明白，是因为那个"路虎"的事。就在不久前的一个晚上，"大秃头"刚刚跟"路虎"发生了冲突，而且一下就让"路虎"在唐朝夜总会里彻底消失了。那天晚上，"大秃头"是和"路虎"同时来到夜总会的。他们同时停好车，同时走进夜总会的前厅，同时要了各自的包间，然后又同时告诉领班，让丽丽到自己的包间来。他们直到说了这句话，才又同时回过头来彼此看了一眼，接着就都头也不回地去自己的包间了。这时郗媛已知道他们两个人来了。其实郗媛是最怕他们同时来的，因为她知道，如果换了别的客人，她还可以来回穿插着同时坐台，但这两个人不行，他们是绝不允许她这样做的，也就是说，尽管他们出手都很大，小费给得很多，她也只能选择其中一个。在那个晚上，郗媛最终还是选择了"路虎"。因为郗媛知道"路虎"的背景，所以，她不想让他不高兴。郗媛这样决定之后，就过来跟"大秃头"打招呼。她并没有直接告诉"大秃头"自己要去陪别的客人，只是对他说，夜总会里刚刚又新来了一个小姐，人长得很漂亮，又乖巧，今晚可以让她过来陪他，保证能让"大秃头"高兴。

不料"大秃头"却眯起眼说，不行，他就想让郗媛过来。

郄媛立刻明白了，“大秃头”是在存心跟“路虎”较劲。

于是，就只好对他说，今晚她真的有事，确实抽不出身来。

“大秃头”点点头说，好吧，你去忙吧，我不怪你。

然后又向她挥了挥手，说去吧，你去吧。

在那个晚上，郄媛直到从“大秃头”的包间里出来，心里仍在疑惑。她搞不清楚“大秃头”这一次怎么会这样好说话。但是，就在她来到“路虎”的包间不久，房间里的电话就响起来。按惯例，包间里的电话客人是不接的，一般都是夜总会有什么事跟小姐联系。但只有“路虎”除外，他的包间每次响电话，都是由他亲自来接。

这时，他伸手抓起电话，问是谁。

对方说，你就是那个“路虎”？

“路虎”立刻明白了，笑了笑。

他说，你就是那个“大秃头”？

“大秃头”说对，知道就好。

“路虎”问，有什么事。

“大秃头”说，我找丽丽。

丽丽就在我这里，你找她什么事？

你不用管什么事，让她来我这里。

你知道自己是在跟谁说话吗？

我给你打电话，当然是跟你。

“大秃头”这样说着，还用力打了一个哈欠。

“路虎”沉了沉说，你这样跟我说话，想过后果吗？

“大秃头”哦了一声，说没想过，不过我今天倒要看一看。

在这个晚上，郗媛最终也没有过去。

“路虎”见郗媛有些怯色，就对她说，不要怕，这是他跟“大秃头”之间的事，跟郗媛没有关系。“路虎”又说，现在社会上黑恶势力太猖獗了，他早就听说过这个“大秃头”，这一次，他倒要跟他较量一下，看一看他究竟有多大本事。

但是，“大秃头”在这个晚上却并没有来跟“路虎”较量。不知为什么，他在自己的包间又坐了一阵，喝了一杯酒，然后就结账走了。但他临走时，还是又来到“路虎”的包间，推开门对他说，大概，你还不知道我是怎么回事。

“路虎”冲他点点头，说，我确实不知道。

然后又问，你是怎么回事呢？

“大秃头”说好吧，你很快就会知道的。

“路虎”笑了笑说，你好像在威胁我。

“大秃头”说就算威胁吧，你记住今天这个日子。

“路虎”眨眨眼，今天这个日子有什么特别吗。

“大秃头”说很特别，以后，你不会再来这里了。

他这样说罢，就关上门走了。

郗媛一见立刻追出来，叫住“大秃头”问，你刚才的话，是什么意思。

“大秃头”站住了，转过身看着郗媛，问她，怎么，你替他担心了吗？

郗媛说，这不是为谁担心的事，他是我的客人，你不要坏了我的生意。

“大秃头”一听冷笑着说，我平时在你身上花了那么多的钱，难道还不够吗？你现在竟然这样对我说话，难道为了别的客人，你就不怕我不高兴吗？

郗媛说好吧，你如果不想让我陪别的客人，也可以。

“大秃头”看着她，问，怎么样？

郗媛说，你可以每天把我包下来。

“大秃头”一愣，就转身走了。

# 第五十八章
# 人间蒸发的路虎

但是，让郗媛没有想到的是，“路虎”自从那个晚上以后，竟然真的就像蒸发了一样，再也没来夜总会里露过面。后来才听别的客人说，他已被上级查办了。“路虎”确实是在一个什么特殊的机构里工作，而且好像还身兼要职。因此他每次出来从不带人，只是独自开着他那辆路虎。但这一次，突然有人举报了他，说他利用手中职权，长期与唐朝夜总会的老板勾结，不仅经济关系不清不楚，还经常在那里跟坐台小姐鬼混。这件事很快就反映到上级的纪律监察部门，“路虎”就这样被停职审查了。

郗媛听说了这件事，当然立刻就明白了是怎么回事。但她并不敢当面去问“大秃头”，更不敢指责他什么，所以也就对他敬而远之，更加冷淡了。

在那个圣诞节的夜晚，“大秃头”跟郗媛通过电话之后，时间不大果然就过来了。但是，这时郗媛已和高庆生一起从夜总会里出来。所以，“大秃头”并没有找到郗媛。“大秃头”上一次跟“路虎”较劲，虽然把“路虎”整垮了，但在心里仍对郗媛憋着一口气。这时一见郗媛又在躲自己，就故意装成喝醉的样子，开始在夜总会里寻衅滋事，一会儿说陪他的小姐不懂事，一会儿又说给他上的洋酒是假的。后来索性就在包间里又摔又砸地闹起来。

“大秃头”这样闹了一阵，峰哥就带着人过来了。

峰哥对付这种闹事的客人自然是有一些办法的。他来到“大秃头”的包间，先是心平气和地对他说，既然常来这里玩，大家说起来也算朋友，况且圣诞夜也是好时候，应该高兴，最好不要闹出不愉快，如果有什么不满意可以说出来，什么事都好商量。但是，“大秃头”并不知道峰哥是怎么回事，所以也就不买账。他不仅没有收敛，反而借着酒劲将手里的一只酒杯朝峰哥扔过去。峰哥把头朝旁边一闪，没有被这只酒杯打中。酒杯立刻撞到他身后的墙上，啪的一声碎了。这时峰哥的脸色就难看下来。

他掸了一下身上的碎玻璃，对“大秃头”说，朋友，这就是你不对了。

“大秃头”说，你用不着跟我来这一套，我就不对了，你又能怎么样？

峰哥仍然心平气和地说，如果闹得大家都不好看，那可就没意思了。

“大秃头”说好吧，我今天就想没意思，我最不怕的就是没意思。

峰哥说，你误会了，我不是这个意思，我只是想提醒你，不要花钱买麻烦。

“大秃头”立刻冷笑一声说，实话告诉你，我今天晚上还就想花钱买麻烦。

峰哥就不再说话了，回头看一起跟来的几个人，只说了一句，这个客人喝醉了，让他醒醒酒吧，再这样闹下去会影响别的客人。然后就转身出去了。“大秃头”却理解错了，以为是峰哥怕他了，立刻追到门口不依不饶，说你不要走，我的话还没说完呢。

峰哥回头对他说，我还有事，你有什么话，就对他们几个说吧。

这时，峰哥带来的那几个人就已沉着脸走到“大秃头”的跟前。

“大秃头”看看他们，立刻意识到有些不妙。

他向后退着说，你们……你们想干什么？

这几个并不说话，抓住他一用力就抬起来。

“大秃头”的身材虽然高大，也很有一些蛮力，但毕竟敌不过这几个人。他就这样被从包间里抬出来，一直抬到夜总会的大门外面，然后，那几个人一用力就将他扔到了地上。如果“大秃头”就这样起身离开夜总会，也许就不会有后来的事了。但他并没有立刻走。他觉得自己还从来没受过这样的气，因此一股恼火立刻就冲上了头顶。他从地上爬起身，拉开架式就冲着那几个人扑过来。但“大秃头”还是把这几个人估计得过低了，他们都是峰哥特意从社会上网罗来的，而且经过了严格的筛选，来夜总会就是专门看场子的，所以，他们对待“大秃头”这种人当然也就不在话下。

在这个圣诞夜晚，他们正愁没有什么事情可做，这时一见“大秃头”还这样没完没了地闹事，立刻就都来了兴致。他们当即将“大秃头”围在当中，然后你一拳他一脚地打起来。他们打得非常讲究，一招一式看上去都很地道，如同是在打一只巨大的沙袋。“大秃头”就像是一只皮球，被这几个人打过来又打过去，他很快就被打得晕头转向，鼻孔和嘴里也淌出血来。“大秃头”终于狂怒起来，他还从来没有受过这样的侮辱，以往无论是在他的水产品市场，还是在街头，都是他将别人打成这样，这时，他就像是一头发了狂的动物，突然大声嚎叫着就冲其中一个人扑过来。他的叫声非常大，也很尖利，在夜晚的街上一直传出很远。

恰在这时，一辆夜巡的警车刚好从附近开过，听到这可疑的叫声立刻就朝这边开过来。那几个峰哥手下的人一见来了警车，都迅速地丢下“大秃头”回夜总会里去了。两个警察从车上跳下来，走到“大秃头”的跟前，将他扶起来问，发生了什么事。“大秃头”一边擦着脸上的血说，没事，没什么事。

一个年轻些的警察说，没事？没事你怎么弄成了这样？

“大秃头”说，是他自己不小心，滑了一跤摔破的。

年轻的警察说，刚才那几个人呢，他们又是怎么回事？

“大秃头”说，他们见他摔成这样，想过来帮他。

年轻的警察摇摇头说，你知道我们是干什么的吗？

“大秃头”说知道，你们是警察。

年轻警察说，既然知道我们是警察，你就应该说真话。

“大秃头”说，他说的是真话，确实没发生什么事。

年轻的警察说，我可以告诉你，无论你现在说与不说都是没用的。他一边这样说着就掏出对讲机呼叫起来，说他们现在的方位是清水街唐朝夜总会的门口，这里刚刚发生了一起群殴事件，虽然伤人不太重，但情节很恶劣，很可能与黑恶势力有关，请求局里派人增援。“大秃头”一见事情要闹大了，就爬起来说自己已经没事了，去医院包扎一下就行了。然后就要转身走掉。但那个年轻警察立刻过来将他拦住说，你不能走。

一边这样说时，已经又有两辆警车开过来。警车在夜总会的门前停住，跳下几个警察，先是简单地询问了一下情况，然后立刻就将夜总会的大门封住了。夜总会里的客人听到外面的警笛响，不知发生了什么事，一些正跟小姐寻欢作乐的客人一下都慌了手脚。

也就是在这时，高庆生和郗媛刚好从外面回来了。

# 第五十九章
# 夜总会之夜

在这个圣诞节的夜晚，高庆生和郗媛从天鹅湖医院的太平间里出来时，发现外面的雾气已渐渐消退。他们又在街上走了一阵。郗媛仍还不想回夜总会。她就像一个孩子似地在街上跑着，笑着。她说今晚不想回夜总会了，什么都不想干了。但是，高庆生立刻提醒她说，她可以不回去，但是他却不行，他必须马上赶回去了。

郗媛固执地说，你也不要回去了。

她说，有什么事，她去对峰哥说。

高庆生说不行，如果这一晚夜总会出了什么事，他是有责任的。

郗媛说，你能有什么责任，你不过是在大门口为他们守夜。

高庆生说，正因为是给人家守夜，他才有脱不掉的责任。

他对她说，不要忘记，当初，我可是你介绍来的。

郗媛就是听了他这句话，才轻轻叹息了一声。

她说好吧，我们……回去吧。

高庆生和郗媛回到唐朝夜总会时已是下夜将近三点钟。高庆生为了避人眼目，让郗媛自己先进去。但她进去没多大一会儿，立刻又匆匆地跑出来。

她告诉高庆生，里面真的出事了。

这时高庆生已经看到，门口有几辆警车正一闪一闪地停在那里。

他问她，具体出了什么事。

郗媛说不知道，好像是夜查。

高庆生立刻意识到，一定是发生了什么特殊的情况。据说这家夜总会的老板与有关部门的关系一向很好，又是在圣诞节这样的夜晚，如果没有极特殊的情况警方是不会来夜查的。他想，这一晚出了这样的事，偏巧他又不在，如果追究起来他肯定有脱不掉的干系。于是，他告诉郗媛，先等在外面，他进去看一看再说。然后就朝里面走进来。

这时，一个身穿警服的人走过来，伸手把他拦住了。

对方沉着脸问，你，是干什么的？

高庆生说守夜的，他在这里守夜。

对方看看他，又问，干什么去了。

他说买烟，刚刚出去买了一包烟。

对方又问，刚才怎么没看见你？

他说时间太晚了，转了几条街才买到。

接着，他又试探地问，出了什么事？

对方没再说话，又上下打量了他一下。

正说话时，峰哥阴着脸朝这边走过来。

他对那个警察说，他确实是这里守夜的。

警察这才点一下头，示意他可以进去了。

高庆生跟着峰哥来到里面，心里在想着如何向他解释。

但峰哥却并没说什么，只问了他一句，刚才去哪了。

他连忙说，出去买一包烟，没想到这一会儿就出事了。

峰哥没再说什么，就转身走开了。

这时夜总会里已井然有序。警察将所有的客人和坐台小姐分开站在两边，然后又将男客人和女客人分开。男客人由男警察询问登记，女客人和坐台小姐则由女警察询问登记。这些男女警察显然经常检查这类娱乐场所，都是很有经验的样子，无论如何向他们解释，他们立刻就能分辨出谁是普通客人或者嫖客，谁是坐台小姐或者来这里消费的女客人。这时，两个女警察不知在哪个包房里搜出了一堆可疑物品，正举给那些坐台小姐看，问是谁的。那些坐台小姐则显出更有经验的样子，她们处变不惊，面不更色，或低着头不开口，或若无其事地嚼着口香糖左顾右盼，还有的索性抽起烟来。应该说，唐朝夜总会里的小姐都是见过一些世面的，所以警察很难唬住。

这时，峰哥又朝高庆生走过来。

他低声对他说，今天没事了，你先回去吧。

高庆生立刻明白了峰哥的意思。他是怕警察问到他，搞不好又多一张嘴漏风。于是点点头，就转身朝门外走去。但就在这时，他突然看到了郗媛。郗媛正被一个警官模样的人带进来，然后就让她站到那些坐台小姐的中间。事后他才知道，原来就在他进来的这段时间，郗媛等了一阵有些不耐烦，就走到夜总会的门口，伸头朝里面张望。也就在这时，一个警官发现了她。这个警官立刻走过来，将她叫住询问，你在这里干什么？

郗媛吓了一跳，回头看看这个警官，一时不知该如何回答。

她想了一下才说，找人，她来这里是想找一个人。

警官问，已经这样晚了，来这种地方找什么人？

郗媛说，一个朋友，不知他是不是在这家夜总会里。

这时，警官从郗媛的装束就已猜到她是干什么的了。

于是不动声色地说，既然来了，就进去吧。

郗媛连忙说不用了，也许……他不在这里。

她一边这样说就想转身走开。

但警官却立刻伸手拦住她，说他们正在搞夜查，请配合一下。

就这样，郗媛只好跟着这个警官走进来。这个警官很轻易地就证实了自己的猜测。他带着郗媛走进夜总会时，突然向前厅的一个服务生问，你认识她吗？

服务生看看郗媛，很老实地点点头，说认识。

警官哦了一声，又问，她叫什么？

服务生说不清楚，只知道她叫丽丽。

警官又点了点头，看看郗媛。

他问，你还有什么要说的吗。

郗媛说，我……不叫丽丽。

警官说好吧。然后，又朝前面指了指，说你可以站到那边去了。

快天亮时，郗媛就和夜总会里的坐台小姐们一起被警察带走了。

# 第六十章

# 又见项警官

高庆生对我说，其实他还是很喜欢这个城市的。他是一个地道的东北人，从小生活在东北平原。那边四季分明，每年一到十月份就开始进入秋季，十一月下旬就已有了初冬的感觉。北方的冬天不仅寒冷，也很干燥，满眼都是铅灰色的，人们走在街上都要穿上厚厚的棉衣，看上去很臃肿的样子。但在这个城市，冬天的阳光也非常明亮，对于自己而言只要穿一件薄薄的棉衣就可以过冬了，即使在腊月里，走在街上也不是那么寒冷。高庆生说，这种感觉让人很舒适。他总在想，将来如果有一天能挣到一笔钱，不用再像现在这样整天为吃饭奔忙，这个城市还真是一个理想的生活地方。但是，每当他遇到了什么不顺心的事，就又会自然而然地怀念起东北的家乡。他这些年也曾经回去过一两次。让他没有想到的是，他回到东北之后，由于在这边生活惯了，竟觉得自己已不再是东北人，而回到这边又摆脱不掉自己是一个外地人的感觉，好像永远也无法融进这个城市。

高庆生说，这种感觉让他很苦恼。

高庆生告诉我，也许正是这个原因，才使他与那个项警官一见如故。项警官曾经对他说过，他也是一个东北人，而且也曾有过这种感觉。

高庆生没有想到还会跟项警官打交道。自从出了夏勇主任那件事以后，他就再也没有见过他。当然，他也不想再见他。这倒并不是因为项警官本人，他只是觉得，一见到他就又会想起很多事来，他已经不愿再去想那些事了。但这一次，他还是决定来找项警官。因为他已打听到，处理这一次事的，正是项警官工作的那个派出所。

他想，也许项警官能为郗媛说一说话。

高庆生在一个早晨来到项警官工作的派出所。这里似乎一切都没有变，只是比过去更整洁了。他一走进来，立刻就认出那个正在值班的警察是警员郭亮。警员郭亮正忙着为几个居民办理户籍手续。他一抬头，立刻也认出了高庆生。

于是就冲他笑着问，又有什么事啊?

高庆生也冲他笑了笑，故意说，来你们这里，就一定要有什么事吗?

他说了这句话立刻又感到有些好笑。派出所毕竟不是普通的公共场所，如果没有事，当然是谁都不会来这种地方的，这就像他那里的太平间，谁会没有事跑到那里去呢?

警员郭亮问，你是想找项警官吧?

高庆生点点头，说是找他。

警员郭亮立刻朝里面歪了一下头，说他在，你进去吧。

高庆生忽然有一种感觉，看到警员郭亮很亲切，似乎是曾经打过交道或共过事的老朋友。这种感觉给了他一些信心。他想，应该没有问题，项警官一定会帮他这个忙的。他还记得，上一次那件事结束之后，项警官在送他出来时曾很真诚地对他说，今后如果有什么事需要帮忙，只管来找他，他会尽力的。然后，他又开玩笑地说，不过最好不要再有事。

在这个早晨，项警官见到高庆生反应并不强烈。不过从他的眼神里可以看出来，还是很亲热的。高庆生发现他比过去更沉稳了，肤色也有些黑，这一来也就更显成熟。他正坐在办公桌前看一份什么材料，抬头一见是他立刻站起来，说来来，快坐下。

然后，他问，今天怎么想起来这里，有什么事？

高庆生并没有立刻说出来意，只是冲他笑了笑。

项警官拿过烟盒，抽出一支扔给他。他连忙拿出自己的烟，递给他一支。项警官接过看了看，一下笑起来，说好啊好啊，你现在已经吸这个牌子的烟了，看来生活不错嘛。

高庆生立刻有些不好意思，说也不是太好，勉强吧。

项警官又问，听说你去了天鹅湖医院？

高庆生说是啊，不过这一次不看活人了，改看死人。

看……死人？

对，是看太平间。

项警官一听笑了，说，也挺好。

高庆生能感觉出来，项警官对自己的事似乎知道得并不少。他想，这样也好，省得他再一样一样具体对他说了。他真的不想再说这些事。

说吧。项警官说，有什么事。

高庆生看看他，故意绕了一个弯子。他问，你经常去清水街那边吗？

项警官似乎立刻有些明白了，问，哪方面的事？

高庆生迟疑了一下，一时不知该怎样对他说出来。

项警官显然意识到，可能是一件比较棘手的事情，于是很认真地说，我这个人的脾气你是知道的，如果是我能办的事情，你再说出来，否则不要开口。

高庆生咬一咬牙，就还是把郗媛的事对他说出来。

项警官听了立刻问，她是一个三陪女吗？

高庆生点点头说，就算……是吧。

项警官沉下脸说，你怎么跟这种女孩搅到了一起？

高庆生连忙说，不是……不是像你……想象的那样。

项警官盯着他问，那又是怎么样？

高庆生张张嘴，真不知该怎样对他解释。

项警官轻轻喘了一口气，对他说，我知道你已经离婚了，你当然应该再有新的生活，可这并不等于就可以胡来，你这样的人，应该再找一个正经女人过日子。

高庆生又想了一下，对项警官说，你的意思我明白，可这件事……很复杂，跟你一句话两句话也无法讲清楚的，我只能告诉你，这件事真不像你想象的那样，如果你还相信我，就帮我这个忙。他说，她现在就在这里，你能不能……让她尽快出来。

为什么？项警官问，你为什么要这样做？

高庆生说，她……跟别的小姐不是一种人。

项警官笑了，显然对他的这种说法不以为然。

他说，做这种营生的女孩，应该都是一样的。

高庆生索性说，她在我最困难的时候……曾帮助过我，这个理由总行了吧？

嗯，项警官点点头说，如果真是这样，那么好吧，我先去问一问再说吧。

但他立刻又说，不过先说好，只能先去问一问，我可不敢打任何包票。

## 第六十一章

# 整理尸体

项警官这一次真的为高庆生帮了这个忙。

当天下午，项警官就给高庆生打来电话。他先在电话里告诉他，他这时还在所里，事情已经有了些眉目。高庆生听了立刻有些感动，他上午去时看得出来，项警官的工作很忙，但他为了帮自己这个忙，竟然一直到现在还耽在所里，这说明他拿自己的事真当一回事了。

项警官在电话里说，我再问你一遍，这个叫郗媛的女孩，真的没有别的事吗？

高庆生问，你所说的别的事，是指什么？

比如吸毒、贩毒、偷盗、团伙，或者……

高庆生立刻说，你相信我会跟这种人打交道吗？

这不是相不相信的事，我只问你，有没有？

高庆生没说话，他觉得这是个没必要回答的问题。

好吧，项警官这才说，你别误会，我必须先问清楚。

高庆生说，当然没有，她除去在夜总会，没有别的事情。

那好吧，项警官说，我已经跟所里打过招呼，她很快就可以出去了。

项警官说着又哼了一声，我还从没办过这种事呢！

高庆生立刻说，真谢谢你，我……真的很感谢你。

好了好了，你以后好自为之吧。

项警官这样说罢，就把电话挂断了。

这天夜里，高庆生没再去唐朝夜总会那边上班。他想，唐朝遇到这样的事，最近一段时间恐怕不会再开业了。傍晚时，他给峰哥打了一个电话，问他那边的情况如何。峰哥在电话里的声音还是那样没有表情，但让高庆生没有想到的是，峰哥竟然告诉他，夜总会这边已经没事了，今天先停业一天，将内部整理一下，明天照常开业。高庆生听了简直有些不敢相信，夜总会在昨晚被警方查成那个样子，几乎被搞得天翻地覆，怎么可能说开业就又开业了呢？当然，小姐是不成问题的，尽管那些小姐还都被关在派出所里，但别处的小姐听到消息立刻就会跑来补充位置。如今在这个城市里，当小姐的女孩比想当“超女”的女孩还要多。夜总会和小姐的关系很奇怪，他们相互依存，就像鱼和水。夜总会为小姐们提供场所，而小姐们则为夜总会增添内容。从这一点说，也就更像是电视台与“超女”的关系。

高庆生收起电话想，幸好今晚不去夜总会上班，就是去他也无法脱身。殡葬服务处那边刚刚送来一具尸体，明天就要拉去火化，所以，他还要连夜整理一下。这是一具因为在建筑工地出事故而死亡的尸体，破损很严重。高庆生一般在接手尸体时不喜欢问死者生前的事，这会让他感觉不好。他一向认为尸体就是尸体，没有从前，更没有生前，这样工作起来会更坦然一些。但这具尸体已经损坏成这样，因此就还是引起他的一些注意。据说这是一个安徽籍的中年人，好像还是一个专搞建筑施工的包工头。他在别的地方欠了许多工人的血汗钱，就又跑来这个城市继续做老本行。在出事的这个下午，他是来工地与监理单位的代表谈什么事。其实他在当时完全可以从楼里的楼梯上去，工地虽然很乱但还算安全。但他却偏偏选择了乘坐运输建筑材料的土电梯。这种土电梯的构造很简陋，看上去就像是一只提篮，上面拴了一根钢丝绳，在钢丝绳的另一端是一只卷扬机，开动的时候只要一扳电闸这只简易提篮就会被卷扬机嘎嘎吱吱地提起来。

由于这种土电梯的安全系数很低，因此按有关规定是绝对禁止带人的。但这个包工头在这天中午刚刚喝过酒，他一定要乘坐这个土电梯上去，他甚至红头涨脸地威胁那个操纵土电梯的工人说，如果他再不答应，他就要扣掉他的工钱。这一来那个工人就不敢再说话了，只好让他上去。起初这架土电梯还算运行正常，但是升到四楼时，突然发出一阵奇怪的声响，这个包工头也听到了，就在他伸过头去想看一看是哪里出了问题时，土电梯的一边突然轰隆一声塌陷下去，接着，这个包工头就像一袋水泥似的从土电梯的架子上叮叮哐哐地掉下去，就那样磕磕碰碰地一直摔到了地上。待人们闻声赶来将他从架子里弄出来时，大家都吓了一跳。这个包工头的脸由于一路落下来挂到许多地方，已经被挂得面目全非，看上去五官已经模糊不清，而更让人感到奇怪的是，他的身体也好像短了一截，却又看不出究竟是哪里出了问题。最后还是他的一个老乡在旁边发现了缘故，这个包工头在从上面掉下来时，落地的一瞬一定是脚朝下，因此两条腿一下都被戳到身体里，一直戳到了脚踝，只还剩下两只脚露在了外面的大腿根部。

尽管高庆生在太平间里工作了这样长时间，应该说破损成什么样的尸体都见到过，但这具怪异的尸体送来时还是让他吃了一惊。他原本是不为这种尸体整容的，虽然他已掌握了这方面的技术，但总觉得摆弄这样的尸体在心理上不太舒服。可是死者的那个老乡对他说，这个包工头的家属跟施工方的官司已经打输了，人家说他早已违约在先，而且又不按工地的规章制度办事，所以不能承担任何责任。而这个包工头在生前又一直以手头没钱为由拖欠了人家很多工程款和工人的工钱，现在突然出了这样的事，不仅谁都不肯来伸手相助，还有很多人追着讨债，而他的家里人也不清楚他究竟有没有钱，如果有钱又都藏在了哪里，所以这个死者现在实际是身无分文。死者家属流着泪央求高庆生说，他们现在已经没有钱去请专业的整容师，可是又总不能让他就这样破破烂烂地走，所以，还请高庆生给帮一下忙。高庆生看着他们的眼泪，最后想一想还是答应了。他先让死者的母亲和妻子回避一下，然后让他兄弟和那个老乡帮着按住死者的上身，抓住一只脚用力一拉，就将一条腿硬从死者的腹腔里扯出来，接着又扯了一条腿。高庆生为这具尸体修复面容将近花了三个小时的时间。他先用针线将死者面部破损的皮肉都重新缝缀起来，缺失的地方再重新补上一些石膏，这样看起来，遗容就被相对完整地固定下来。然后，高庆生又为他的脸上涂抹了一些油彩。待将他的面容整理好，高庆生才发现，这是一个刚到中年的男人，大约只有四十岁，他竟然长着一张很端正的面孔，但从眉梢到嘴角还带着一股狡猾的精明气，似乎直到这时仍还在心里盘算着什么账。他的家属对整理出的遗容很满意，将尸体推去殡葬服务处的冷柜存放后，临走时一定要塞给高庆生五十元钱。高庆生看着这几张揉得已经很皱而且显得脏兮兮的钞票，对他们说，不用了，还是给死者留着吧，后面火化时还要用钱的。

这时郗媛来找高庆生。高庆生看一眼还没有关上的冰柜，连忙告诉郗媛不要进来，让她先去值班室等一等。高庆生平时从不让郗媛来殡葬服务处这边找自己，这边的尸体很复杂，什么样的都有，尤其像刚刚整过容的这具尸体，一般人看了在生理上很难接受。

高庆生送走了死者家属，转身来到值班室。郗媛正等在这里。

郗媛一见他就笑笑说，真看不出来，你还有这样的本事。

高庆生听了感到奇怪，问她自己有什么本事。

为尸体整容啊，郗媛说，那样一具尸体，经你的手一收拾就像是活着一样。

高庆生立刻问，你……刚才看到了？

郗媛又一笑，才告诉他，其实她早来了，刚才一直站在后面看着。

高庆生没再说话。他没想到郗媛竟然也能看这种场面。

郗媛又说，走吧。

他问，去哪？

她说吃宵夜。

高庆生没动。他想告诉她，他刚刚做完这种事，怎么可能吃得下宵夜。

郗媛似乎看出来了，说也可以不吃东西，我请你喝酒，这总行吧？

高庆生这时真想喝一点酒。于是又想了一下，还是点头答应了。

# 第六十二章

# 为什么要去夜总会

郗媛在这个晚上将高庆生拉出来。天鹅湖医院前面拐角的地方是一个街心花园，花园的旁边有一家叫“西耶那”的快餐店，虽然是中国人开的，但从门面的颜色到招牌的设计风格都和“麦当劳”如出一辙，里面的食品也都是模仿的美国口味。今天的中国人，模仿别人的本领和勇气简直大得令人难以想象，只要有钱可赚，什么都敢学，全然不顾及自己的脸面和尊严。高庆生和郗媛曾经来过这里一次。据郗媛说，这里确实比“麦当劳”便宜很多。

这一晚，高庆生和郗媛来到“西耶那”快餐店，在一个角落里坐下来。

高庆生问她，你没事了？

郗媛笑笑说，没事了。

高庆生点点头，说没事就好。

郗媛看他一眼说，这就是我今天要请你喝酒的原因。

高庆生问什么原因？

郗媛说，我已经猜到，肯定是你。

高庆生笑笑说，其实我也没做什么。

郗媛忽然叹息一声，说唉，话是这样说，可是让我怎么谢你呢。

高庆生看看她，似乎想说什么，沉了一下才说，有件事，我一直……想问。

郗媛点点头，说我知道你要问什么。

是啊，高庆生索性直截了当问，你为什么一定要干这个？

郗媛慢慢低下头，说，你想听真话，还是假话？

高庆生说，当然想听真话。

如果是真话，我告诉你，这也是没办法的事。

没办法？

我现在……很需要钱。

高庆生听了半天没有说话。他觉得郗媛这样说并不算是什么理由。在这个世界上，又有谁不需要钱呢，可是，难道因为需要钱就可以什么事都去做吗？高庆生曾在一张报纸上看到过一篇文章，好像是一个开什么商店的人写的，文章里有这样一句话：我们需要钱，但是，也更需要脸，如果必须在这两者中间选择其一，那么我宁愿选择后者，因为我毕竟还是一个真正的人，如果没有前者不能活下去，而倘若没有后者，则无法活下去。

郗媛一定是看出高庆生的心里在想什么，又轻轻叹息了一声。

她告诉他，有一件事她始终没有对他说，她现在真的很艰难。她的母亲和妹妹都来这个城市找她了，现在一直跟着她生活。她母亲虽已彻底离开了那个老男人，却什么也没有得到，就这样两手空空地带着她妹妹来了，而她妹妹的身体很不好，有慢性妇科病，所以她不仅要养活她们，还要想办法多挣一些钱，为她妹妹治病。

郗媛叹息一声说，她已经算过了，这需要一大笔钱。

高庆生说，郗媛曾经告诉过他，来夜总会里玩的客人也是各种各样。在今天，大概没有什么地方能比这里聚集的人品种更加齐全。夜总会还不同于那些洗浴中心或别的什么可疑场所，跟一般的歌舞厅也不一样，来这里消费的当然多是一些普通的正经人，有做生意的，也有收入较高的打工者，还有无业的有闲阶层，更有身肩要职的当权者，可以说是鱼龙混杂。而这最后的一种人，也就是那些身肩要职的当官者，又往往最难伺候。他们来这里吃喝玩乐当然都不是自己花钱，而且背景也极其复杂，尽管他们表面都是道貌岸然，不动声色，但你说不准他们在暗中会与什么人有牵连，所以，了解个中底细的人也就深知，其实这种人更可怕，与他们打交道也就更要格外小心。

郗媛曾对高庆生说过这样一件事。她说据一个在一起做的姐妹说，当初在另一家夜总会做时，一天晚上，突然来了几个客人。他们并不像是做什么大生意的，但出手都很大，一晚的消费几乎接近两万元。后来结账时，那几个客人提出要记账。但收银台的人说不行，这里没有这样的规矩。后来将夜总会的老板找来，老板也不同意，告诉他们这里从来都要一单一结，没有挂账的先例。这时，其中一个客人只说了一句话，他微微一笑说，他们无论在哪里，一向都是挂账的，还从没遇到过当时就要结清的。其实这句话里已经有了些意味，既可理解为他在说他们以往的消费方式，也可以理解为是在暗示这个夜总会的老板。但是，不知这个老板反应迟钝还是太认死理，却并没有理睬他这番话。于是，这几个客人没再说什么，当即掏出手机打了一个电话，很快就有人带着支票过来把账结清，然后几个人就头也不回地走了。这个夜总会的老板也没当一回事，过后很快就忘记了。但几天以后，这家夜总会突然就被查封了，而且抄出了许多违禁物品。像夜总会这种地方，倘若稍稍认真查一下又有哪一家没一点问题呢。于是，这里的老板当即就被刑拘，后来还判了两年劳动教养。所以，郗媛对高庆生说，在这种地方真正可怕的还是这种人。

# 第六十三章
# 遭遇马局长

高庆生对我说，郗媛这一次出事是从元旦开始的。

出事的起因，是一个叫马局长的男人。这个马局长高庆生是早就听说过的，只是从没见过这个人。出事是在元旦的前一天晚上。这天晚上由于是元旦前夕，高庆生就比往日提前一些来到唐朝夜总会。峰哥在前一天已经特意叮嘱过他，元旦这个晚上客人肯定很多，也比较杂，夜总会又刚刚恢复营业不久，所以要多加小心。不过在这个晚上，高庆生来到夜总会时感觉还算正常。他先在门口转了转，然后就回到值班室，歪在靠椅上想休息一下。

也就在这时，郗媛神色慌张地走进来。

高庆生连忙起身问她，发生了什么事。

郗媛告诉他，她刚刚得罪了马局长。

马局长？高庆生问，你是说……那个长脸的马局长？

对，郗媛点点头说，就是他。

高庆生立刻意识到，郗媛又要有麻烦了。这个马局长在夜总会里很有名气，几乎所有的人都知道他。据说他是一个什么局的副局长，但虽然只是副职，手中的权力却很大，相传这座城市里的很多企业的大工程都归他管，所以，他也就经常被人请来这里玩，在小姐们的面前出手也很大。但不知为什么，这里的坐台小姐却都不愿陪他，一听说这个马局长来了就都纷纷东躲西藏。高庆生曾经问过郗媛，这是为什么。郗媛却不肯说，再问只是笑，她说，你也是结过婚的男人，有些事应该明白的。高庆生知道，这个马局长一直想坐郗媛的台，但郗媛却总是推说有事脱不开身，始终不肯去。其实高庆生早就提醒过郗媛，对这个马局长总这样躲着不是办法，搞不好会将他惹恼。他对郗媛说，这马局长跟那个“大秃头”可不一样，一旦闹出事来恐怕不好收拾，所以，如果有什么话最好还是当面跟他讲清楚。

在这个元旦的晚上，高庆生问郗媛，是不是马局长又要坐她的台，她不肯去。

郗媛点点头，说是。

然后她问高庆生，你知道这里的小姐为什么都不愿坐他的台吗？

高庆生当然不知道，他从没有听人说起过。

他问郗媛，究竟为什么。

郗媛这才告诉他，其实这个马局长并不姓马，就因为他的性欲太强，简直像一头驴，而叫驴局长又不太好听，所以大家背地里才都叫他马局长。而且，这个马局长还有一个怪癖，跟小姐做那种事时一定要在后面，一边使着劲，还要让小姐学猫叫，他说只有这样才会感到刺激，做起来也才更有劲。郗媛说，据说这里过去曾有一个小姐，学猫叫学得很像，所以马局长每次来了都喜欢找她，但后来不知为什么，这个小姐突然不肯再叫了，马局长在一天晚上怒不可遏，竟然将这个小姐光着身子就从包房里踹出来，而且不让她穿衣服，就那样在众目睽睽之下精赤条条地站在楼道里。也就从那一晚以后，这个小姐就离开了唐朝夜总会，没有人知道她去了哪里，后来再也没有人见过她。郗媛对高庆生说，她始终不明白那个马局长为什么一定要让小姐这样学猫叫，不过在她看来，这种事是无论如何也做不到的。她说，她既然做了这一行，就免不了要干这种事，但是，让她学猫叫却不行，如果硬逼着她这样做，她宁愿将自己身上的东西一样一样割下来卖掉。

高庆生问她，刚才是怎么回事。

她说，这天晚上，她并不知道马局长来了。刚才点她的是一个陌生男人，但她来到一个包房里，一看竟然是马局长。马局长正坐在角落的沙发里搂着一个小姐，一见她进来就拍拍那个小姐，让她走开，然后笑着说，好啊好啊，能坐上你的台可真不容易啊，这唐朝里的小姐我差不多都轮过来了，还就是差你没轮到呢。马局长这样说着，似乎已从郗媛脸上的表情看出她心里在想什么，于是就又心平气和地说，现在，我要告诉你两件事：第一，你来我这里坐台，我是绝不会亏待你的，你可以去问一问别的小姐，这一点她们都清楚；第二，如果你不想坐我的台也没关系，我绝不勉强你，你可以马上就走。

郗媛立刻看着他问，你说的，是真话?

马局长微笑着点点头说，当然是真话。

郗媛连忙说，我今晚……还真有一点事。

马局长说好啊，如果这样，你就去忙吧。

郗媛连忙说了一声谢谢，就起身出来了。

这时，刚才在马局长身边的那个小姐追出来提醒郗媛，说她要闯祸了。郗媛当时没有反应过来，问她为什么。这个小姐将郗媛拉到一边说，你如果不想坐马局长的台，刚才可以想办法不进去，可是一旦进去了就只能做，再怎么样也要忍着，否则这个马局长会认为自己很没面子，他可是什么事都做得出来的。

郗媛一听也有些担心，于是问这小姐，该怎么办。

这小姐摇摇头，说你已经出来了，再怎么样也不好补救了。

高庆生听郗媛这样说了，立刻也有些为她担心。郗媛刚才对他说的关于过去那个小姐的事，他也曾听这里的人说起过。不过他想，这个马局长再怎样说也是个局长，还不会做出太过分的事。于是就安慰郗媛说，也许……不会有什么事吧。

郗媛点点头，说但愿吧。

然后就又匆匆地出去了。

# 第六十四章
# 郗媛的哭泣

高庆生说到这里，忽然低头沉默了。

我立刻有了一种预感，郗媛大概就是在这一次出事了。

但是，我并没有问他，只是静静地等着他继续往下说。

果然，高庆生又迟疑了一阵才抬起头说，让他没有想到的是，几天以后的一个晚上，郗媛竟然还是答应了这个马局长。在这个晚上，高庆生来夜总会接班时，一走进值班室发现郗媛正在这里等他。她一见高庆生就站起来，似乎想说什么，但犹豫了一下，又把话咽回去。高庆生这时还并没有想到是马局长的事。他以为郗媛又想和他一起出去。于是立刻告诉她，晚上不能再出去了，他说上一次出去大概峰哥知道了，一连几天脸色都很难看。

郗媛却摇摇头，说她并没想出去。

高庆生看看她问，那有什么事？

我……已经答应他了。

她慢慢垂下头，喃喃着说。

答应谁？

马局长。

高庆生被她说得有些摸不着头脑。问她答应了什么。

郗媛又张了张嘴，还是没有把话说出来。

高庆生有些着急了，问她究竟是怎么回事。

郗媛这才说，就在刚才，她已答应马局长，今晚去坐他的台。

高庆生听了立刻松出一口气，反而放下心来。

他想，郗媛这样做也好，会省去很多麻烦。

他问，你已经，想好了？

郗媛点点头，说想好了。

她说就在刚才，马局长打来电话，问她今晚怎么样，有没有空闲。她想了一下，就还是答应了。马局长一听很高兴，说他现在正在一个饭局上，一会儿完了事就过来。

高庆生听了心里还是有些不解。他想问郗媛，为什么这一次突然答应了马局长。郗媛似乎看出他在想什么，于是告诉他，她这一次答应马局长，也是经过认真考虑的。她的妹妹和她母亲一起来这里以后，还一直待在家里。她妹妹由于身体不好，干不了太重的工作，可是，又总不能让她长期这样闲在家里。郗媛说，她无论如何也不能让她妹妹再来这种地方，所以，她想求那个马局长，为她妹妹找一份好一点的工作。高庆生听了立刻感觉到，郗媛真是太幼稚了。她应该明白，在那个马局长的眼里，她不过是一个做这种营生的女孩，他除去在夜总会里坐她的台，拿她开一开心，不会也不屑再跟她有任何来往，他怎么会为她帮这样的忙呢？

但他想了一下，还是没把这些话对她说出来。

郗媛却已经看出来，于是点点头，说她明白。

但是，她又说，除此之外，她已经没有别的门路了。

高庆生摇摇头说，可是这马局长，也并不是一个门路。

我……只能试一试了，郗媛声音不大地说，大不了……

她垂下头，没再说下去。

沉了一下，她又对高庆生说，我来是想告诉你，一会儿我进去了，如果两个小时还没有出来，你就往房间里打个电话，说峰哥要找我，这样我就可以借机出来了，马局长跟峰哥的关系很好，而且，他也不想得罪峰哥那种人，所以不会说什么的。

高庆生听了提醒她，既然知道这个马局长是什么人，千万要当心。

郗媛点点头，就起身出去了。

高庆生说，在这个晚上，他并没有把这件事太放在心上。他想，既然郗媛做的是这一行，她每晚总要陪客人的，即使不陪这一个也要陪那一个，不陪马局长也要陪牛局长或别的什么局长，因此，他认为，陪谁不陪谁也就无所谓。他虽然并不认识这个马局长，但对这种人还是有一些了解的。他知道这些官员跟“大秃头”那种人有着本质的区别，尽管每晚也来这种娱乐场所寻欢作乐，白天在工作单位却还要一本正经，还要在台上讲话，还要布置各项工作，还要保持一种廉洁形象，因此，他们绝不会像“大秃头”那样轻易就在夜总会里闹事的。当然，他就是想闹事也未必亲自出面，不过为了一个坐台小姐，他还不值得这样兴师动众。

但是，高庆生说，他这一次还是把事情想简单了。

大约到了后半夜时，高庆生正坐在值班室里似睡非睡，忽听外面有些动静。这动静很轻，但在夜总会里传出的噪杂声音背景下，还是能听得很清晰。他走出来一看，竟然是郗媛。郗媛正低着头，坐在门口花坛的石栏上。高庆生有些奇怪，觉得她去马局长那里还并没有两小时。他连忙走过来，这时才发现郗媛的脸上满是泪水。

他问，怎么回事？

郗媛慢慢抬起头，看看他，却并不说话。

高庆生有些心急，问她到底发生了什么事。

她又低头抽泣了一阵，才说，我……学猫叫了。

她一边这样说着，就嘤嘤地哭起来。

高庆生的心立刻像被狠狠地拧了一下。也许在别人看来，一个这样的坐台小姐，在做那种事时被客人逼着学几声猫叫是无所谓的事情。但高庆生知道郗媛心里的感受，这比别的任何事都会让她感到难以接受。这时，他只觉得两眼发黑，似乎浑身的血液一下都冲到了头顶。但他想了想，又没有任何办法，他不过是这里的一个守夜人，每月从人家手里领取那一点点薪水，而且在前半夜，还要看守着那个装满死人的太平间，他除此之外没有任何本事，他看着伤心至极的郗媛，自己的心里也感到伤心至极。他知道，他是没有任何能力保护她的。他伸出手，轻轻地抚摸着她的头发，一张嘴，就觉得有几滴眼泪滚落进来。

泪水有些冰冷。他用舌尖舔了一下，咸咸的，还有些苦涩……

# 第六十五章

# 红酒如血

高庆生对我说，其实很多事情在发生之前都是有征兆的，只是没有引起你的注意，或者是你对它的意味没有充分认识，直到它真正发生了，有了结果，也就已经成为现实。现实往往是不可改变的，任何人都无法改变，你只能接受它，不管你是否愿意。他说，记得小时候，有一天家里的玻璃茶杯突然自己炸裂了，啪的一声脆响，许多碎片飞溅得到处都是。当时家里人都并没有当一回事。但邻居一个吴奶奶却提醒他的母亲，说一只玻璃杯好端端地就这样炸裂总不是好事，最好还是当心一点。果然，没过多久高庆生的父亲就出事了。他的父亲是在一场车祸中死的。当时他父亲是跟随厂里的卡车去外地拉什么货物，但司机由于疲劳，一边开着车一边打了一下瞌睡，就这样跟一辆迎面开来的卡车撞在了一起。车上的三个人有两个受了伤，唯独高庆生的父亲被巨大的惯性甩得从驾驶室里飞了出去，一直飞出很远才重重地摔在路边。据说当时的情形很惨，高庆生父亲的身体由于受到猛烈撞击，连内脏都流了出来。也就从这以后，高庆生的母亲就将家里的杯子都换成了塑料的。她说，她永远都不会再相信玻璃。

高庆生说，郗媛这一次的事情竟然又是这样。一天晚上，他正坐在夜总会的值班室里，突然一只空酒瓶啪地就自己炸裂了。当时的声音非常响，也很清脆，他甚至看到一块玻璃碎片挂着呼啸的风响从眼前飞过，然后砰地插到了门上。

于是，他立刻就又有了一种不祥的预感。

出事是在三天以后。在这个出事的夜晚，高庆生和郗媛一起喝了一些酒。他们喝酒大约是在午夜的十二点左右。

当时高庆生还在天鹅湖医院这边的殡葬服务处，正为几个刚刚送来尸体的死者家属办理存放手续。这几个死者家属由于悲痛欲绝，说话办事都颠三倒四，所以将高庆生也搞得有些手忙脚乱。也就在这时，郗媛来找他。郗媛说想和他一起出去喝酒。他本想告诉她，他在这种时候是不能喝酒的，他要尽快将这边的事情处理完，然后还要去唐朝夜总会那边接夜班。但他想了一下，却并没有这样说。他知道郗媛这几天的心情一直很不好。尽管她告诉他，那个马局长已经答应为她妹妹安排一份工作，但这也并没能冲淡她阴郁的情绪。据郗媛说，马局长对那一晚郗媛的表现还算满意，因此当郗媛向他提出，能否为她妹妹的工作想一想办法时，马局长立刻就满口答应了。马局长说，根据郗媛所说的情况，她妹妹要想进机关当公务员恐怕不太可能，就是让她去了也不可能考上，不过他认识的公司企业很多，如果在下面安排一份工作应该还不成问题。高庆生当时听了虽有些将信将疑，但他知道郗媛为此付出的代价，而且心情还一直很不好，因此也就并没把自己的顾虑对她说出来。

在这个晚上，高庆生将手里的事情收拾好，就锁了大门和郗媛一起出来。

他们走过对面的街角，又来到那家“西耶那”快餐店。

快餐店里是不卖酒的，白天还有一些啤酒，到了晚上则连啤酒也没有了，大概是怕客人酗酒闹事。但郗媛自己带了一瓶酒，是一瓶“黑方”。她告诉高庆生，这瓶洋酒是从夜总会里拿出来的，马局长说过，如果她想喝酒，只管拿就是，可以记到他的账上。

高庆生对我说，在这里有一个很重要的细节。

在这个深夜，就在他和郗媛刚刚坐到快餐店里时，马局长曾给郗媛打来一个电话。后来在马局长死后，他的老婆对警方说，是郗媛第一次坐了马局长的台，拿了他很多小费，因为尝到了甜头才在出事的这天夜里又主动给马局长打电话，将他勾引来唐朝夜总会的。其实根本不是这么回事。高庆生说，郗媛在这个时候是这样一种情绪，她心里的真实想法是如果不为她的妹妹，躲避马局长还怕来不及，又怎么会主动去给他打电话呢？高庆生说，当时他和郗媛坐在快餐店里，亲眼看到是马局长给郗媛打来的电话。马局长还在电话里说了这样一句话，他说这时已等在夜总会里，如果郗媛半小时之内还不到，他曾经说过要给她妹妹安排工作的那些话就不算数了。这句话显然带有要挟的意味。也正是因为他说了这句要挟的话，郗媛才不得已站起身，回唐朝夜总会去了。郗媛在临走时对高庆生说，她真的不想再坐马局长的台了，但是，为了她妹妹的事，她只能去。

高庆生说，直到这时，他仍没意识到会出什么事。

# 第六十六章
# 湿冷的嘴唇

他在这个晚上又回殡葬服务处看了一下，然后就匆匆赶来唐朝夜总会。他走在路上时，已在心里做出一个决定。他突然觉得郗媛真是太可怜了，所以他想，他这次一定要保护她，绝不让她再去学什么猫叫。他来到夜总会时刚好是一点钟。他始终盯着前厅里的那只电子挂钟。大约凌晨两点左右，他就往马局长的包间里拨通电话。让他没有想到的是，接电话的竟然是马局长。这让他立刻感到有些反常。

马局长在电话里的声音很大，似乎正在发火。

他气咻咻地问，谁？什么事？

高庆生一愣，竟然没说出话来。

马局长又嚷道，他妈的说话！

高庆生这才说，我是……前台，有事找丽丽。

马局长用力哼一声，啪地就将电话挂断了。

高庆生立刻感到事情有些不妙。他稍稍想了一下，就又把电话拨过去。

这一次接电话的又是马局长，他吼着说，你他妈的到底有什么事?

高庆生说，是峰哥要找丽丽，峰哥说，让她马上到楼下来。

马局长说峰哥算个屁！去把你们老板叫来！让他马上来!

高庆生已经听出来，马局长的声音里带着浓重的酒气，而且背景中似乎还有郗媛哭泣的声音。他立刻有了一种不好的预感。这时他最担心的是郗媛的处境。他已顾不得多想就直接朝楼上跑来。他跑到马局长的房间，没顾上敲门就直接闯进来。这时，他看到郗媛光着身子，马局长正揪着她的头发拼命往沙发上按，嘴里一边嚷着：叫啊叫啊，你给我叫啊!

高庆生就是看到这个场面，心里的怒火才一下爆发出来。他突然感到浑身都在颤抖，两眼发黑，耳朵里也在嗡嗡作响，似乎整个人随时都会爆炸一样。他朝房间里看了看，立刻冲过去抓起放在茶几上的一把水果刀。这支水果刀是不锈钢的，虽然并不锋利，但在房间里幽暗的灯光下却闪出冰冷的光泽。他感觉到，这把冰冷的刀子正在他的手里发抖。他已经决定，要把它插在马局长的身上，不管是哪里，总之一定要插在他的身上。这时马局长已经愣住了。他没料到这房间里竟然会突然闯进一个男人，而且一进来就不顾一切地扑过去抓起了刀子。他一定是在高庆生的脸上看到了杀气。他大概还从未见过这样的杀气。

他立刻向后退了一步，瞪着高庆生问，你……要干什么?

高庆生盯着他，并没说话，突然向前一跃就扑了过去。但他由于一条腿短了一些，因此扑得就有些偏。就在他朝马局长转过身来的一瞬，突然听到了啪的一声脆响。这个声音是从马局长的头顶上发出来的，在此之前，高庆生绝没有想到人的头颅竟还能发出这样的声响。马局长似乎愣了一下，面孔立刻扭歪了，扭得五官几乎都皱到了一起。他的头顶就像是一只被踩瘪的乒乓球，明显地塌陷下去一块，一股红红白白的东西立刻从那里汹涌地冒出来。

接着，他又晃了几晃，然后就软软地瘫倒下去。

直到这时，高庆生才看到了正站在马局长身后的郗媛。

郗媛的手里仍然举着一只红酒瓶子，黏稠的红酒正从瓶口汩汩地流出来，顺着她光滑的手臂流到赤裸的身上，又沿着赤裸的身体像血一样地流淌下来。

她平静地对高庆生说，这里没有你的事，人是我杀的。

这时，高庆生看到，躺在地上的马局长翻起两个很大的眼白，已经断了气。

高庆生立刻感到一阵慌乱。他知道，外面的服务生随时都有可能进来。只要服务生一看到这里的情形夜总会立刻就会大乱起来。他不知所措地看着郗媛，一时竟说不出话来。郗媛这时却显得异常平静。她已经穿上了衣服，又将自己的身上稍稍整理了一下。

然后，她对高庆生说，这里所有的事情，都跟你没任何关系。

她这样说罢，又把他朝外推了一下，说走吧，你赶快走吧。

高庆生并没有自己走，而是拉着郗媛一起从房间里出来。他们若无其事地跟站在楼道里的服务生打了招呼，又若无其事地下了楼梯。然后，高庆生把郗媛送出前厅，又在门口招手叫过一辆出租车，让郗媛坐上去。郗媛临上车时，突然在高庆生的脸颊上用力亲了一下。高庆生感觉到了，郗媛的嘴唇湿冷，一股寒气随之吹到他的脸上。

她轻轻地在他耳边说了一句，再见。

# 第六十七章
# 为郗媛送行

高庆生讲到这里，忽然问我，人死之后究竟会不会有灵魂。我知道他希望得到什么样的回答，于是想了想对他说，大约是在数年前，我曾在一份美国的《基督教科学箴言报》上看到过这样一则消息：根据欧洲一个科研小组的研究发现，每一个人在他生前都会存在一个属于自己的生物场，这个生物场几乎包含了他所有的生命信息。据此，这个科研小组的科学家们认为，很多年前，法国一个叫拉瓦锡的科学家曾经创立了“物质不灭定律”，后来这个定律又被爱因斯坦发展成为著名的“能量守恒定律”，根据这个定律，如果一个人的生物场确实是存在的，而且是物质的，那么这个场在他死后也就不会消失，而且由于遗留物质的不断作用，这个人的信息也就会不断重现。

我告诉高庆生，这应该就是人们常说的所谓灵魂。

但我立刻感觉到，也许这样的解释太过抽象了。

高庆生听了想一下，告诉我，他也相信人死之后会有灵魂。

他说，人们相信灵魂的存在也许是因为对死的惧怕，但他却从不怕死，正因为不怕死，他才从来没有怕过尸体。他在殡葬服务处见到过各种各样的尸体，男人的或女人的，老人的或孩子的，完整的或不完整的，其中有很多还曾经过他的手做了整容处理，所以在他看来，尸体与活人几乎没有什么区别，只不过是差一口气。但是……他说到这里就慢慢低下头，沉了一下才又说，当他看到郗媛的尸体时，心里还是像被狠狠地扎了一下。他无论如何没有想到，郗媛这样一个活生生的女孩，真实的女孩，竟有一天也会变成一具冰冷的尸体。

郗媛的尸体，是几天以后的一个上午在她的住处被发现的。

在此之前，唐朝夜总会已被封闭起来。警方接警后赶到现场已是凌晨四点多钟。如果不是因为一件偶然的事，大概马局长的尸体还要被发现得晚一些。马局长的房间一般是不被打扰的，如果过了凌晨三点还没有退房，服务生就不会再进去了，因为马局长走时从不结账，服务生只要等到白天再去打扫就可以。但在那个出事的凌晨，由于服务生看到丽丽已经乘坐出租车走了，所以就以为马局长也已经走了，于是便去打扫那个房间。待推开房门，才发现马局长已经横躺在地上。

警方经过向前台了解，立刻得知这一晚陪死者的是一个叫丽丽的三陪小姐，接着又调查清楚，这个叫丽丽的女孩真实姓名叫郗媛。死者的死因也很快就确定下来，是被钝器击打头部，造成颅骨塌陷至死。凶器也很快就在现场找到，就是那只还沾有一些血迹的红酒瓶子，并立刻在上面提取到几枚郗媛的清晰指纹。根据这些带血指纹的朝向和位置，警方很快就确定下来，应该就是郗媛手持这只酒瓶将马局长残忍杀害的。据门口的保安回忆，在事发的这个凌晨，他们看到郗媛和看守大门的高庆生从楼上不动声色地下来，然后高庆生在门口叫了一辆出租车，郗媛就坐上去走了，接着高庆生也不见了。但是，警方问遍夜总会里所有的人，却都说不出郗媛究竟住在哪里。夜总会里的其他坐台小姐对警方说，这个叫丽丽的女孩平时很少跟她们来往，更不谈自己的事。就在这时，峰哥又向警方提供了一个重要情况，说郗媛与这个看守大门的高庆生关系应该非同一般，因为当初高庆生就是她介绍来这里的。

就这样，警方立刻又将注意力集中到高庆生的身上来。

警方是在当天上午找到高庆生的。

当时高庆生正陪一个死者的家属去火化场办理火化手续。

这一天不知为什么，等着火化的尸体很多，几乎排起了长龙，因此火化场里也就挤得到处是人。这个死者是一个将近九十岁的老人，所以家属也就已不太悲痛，他们请高庆生跟来，不过是想尽快把这里的事办完，然后好去忙自己的事情。高庆生只好利用自己平时在这里的关系，总算将一切手续都办妥了。他刚走出业务厅，突然看到一辆响着警笛的警车风驰电掣般地开进火化场。他立刻意识到，这应该是来找他的。于是，他就在一个明显的地方站住了。

果然，这辆警车在他面前划了一道孤线，然后发出刺耳的刹车声停下来。从车上跳下两个警察，面无表情地来到他的面前。

其中一个问，你就是高庆生？

高庆生说是。

另一个问，你认识郗媛吗？

高庆生说，认识。

什么关系？

朋友。

什么朋友？

普通朋友。

只是普通朋友吗？

只是……普通朋友。

好吧，请你跟我们去一下。

去……干什么？

你应该知道干什么。

我……不知道。

请你协助我们调查。

调查什么？

两个警察对视了一下，又看看高庆生。

一个警官说，你如果再这样问下去，就说明真有问题了。

我问一问不行吗？高庆生说，难道我不能问吗？

另一个警察看看他，你真不知道，我们找你什么事吗？

高庆生看看这两个警察，就不再说话了。

警察又问，今天的凌晨三点左右，你见过郗媛吗？

见过。

在哪里？

唐朝夜总会。

为什么事见的？

不为什么事，我在那里值夜班。

可是有人看见，她乘坐的出租车，还是你为她叫的。

这时另一个警察走到他面前说，你最好还是对我们说实话。

在这个上午，高庆生直到被带去公安局，仍然没向警方说出郗媛的具体住处。高庆生知道，郗媛在夜总会里做事并没有告诉她的母亲和妹妹，所以平时为了方便，就并没有跟家里人住在一起，而是自己单租了一处住房。他这时不知道郗媛回去之后怎么样了，他估计她刚刚经历了这样的事，一定很疲惫。他想为她多争取一点时间，让她休息一下。当然，高庆生的心里很清楚，即使他不告诉警方，警方也能找到郗媛的住处。他只是不想让他们找到得那样快。但是，高庆生在这个上午很快感觉到，应该出了什么不同寻常的事情。那两个正在向他调查的警察突然被另一个警察叫出去，他们在外面嘀咕了一阵之后，其中一个警察就回来对他说，他们有事先出去一下，不过调查还没结束，所以，他还不能回去。

他们这样对他说罢，就开着一辆车匆匆走了。

接着，高庆生就听说，是郗媛在家里出事了。

在这个上午，警方通过其他途径很快就寻找到了郗媛的住处。但是，当他们赶到那里时，才发现郗媛已经死了。她将住处的门窗关得严严的，然后打开煤气灶，就躺到床上去了。当警方发现她时，她真的是面若桃花，脸色粉红得竟像是熟睡一样。

据说人在煤气中毒之后，脸色都会这样好看。

# 尾　声

高庆生的故事讲到这里，我仍然在想着一个问题，那个电话究竟是怎么回事？既然郗媛已经死了，她为什么还可以接听电话？难道她的灵魂真的还在吗？

我想，这似乎是一件不可思议的事情。

我想了一下，还是向高庆生提出这个问题。

高庆生睁大两眼很认真地看看我，却并没有回答这个问题。他迟疑了一下才对我说，在这个阳光迷茫的上午，他从郗媛的住处出来，心里也在想着这件事情。他拿出电话，又拨通了郗媛的电话号码。他想，这一次，如果她又接听了电话，他一定要问一问她，她为什么要走这一步，难道就真的没有别的路可走了吗？他设身处地地为她想了一下，觉得她还是有路走的，这是一个呼吸着的城市，一个生长着的城市，也应该是年轻人的城市。在这里，似乎生活中的一切都可以被融化掉，每个人都可以任意地改变自己的一切。高庆生想，郗媛又为什么一定要这样做呢？这时，他忽然想到，郗媛曾对他说过，她坚信轮回，她相信人死之后还会转世，她一直想把自己尽快死掉。就像是一只虫蛹，快一些让自己破蛹成蝶。高庆生想，现在她做到了，她肯定已变成一只鲜艳的蝴蝶，正落在哪个花瓣上。

电话没有接通。连彩铃的声音也没有了。

听筒里，只有单调的嘟嘟声一直在响着，只是在非常遥远的地方，似乎隐隐地还在响着《七里香》的音乐，但由于太遥远，缥缥缈缈、时隐时现。

高庆生说，他觉得，这是这世界上最令人心碎的声音。

他抬起头朝四周看了看，阳光白茫茫的。他突然觉得，在这个时候，自己也已经无处可去，即使殡葬服务处也不能去，因为在白天，那里没有属于他的地方。

应该只有太平间了。他想，这个时候，只有太平间属于他。他又来到天鹅湖医院的太平间，打开那两扇沉重的铁门。突然，他觉得一股清新的沁人心脾的香气扑面而来。房间里很明亮，似乎每一张停尸床上都绽放出一簇鲜艳的花朵。他的眼前渐渐迷蒙起来，仿佛这明亮的灯光变成了阳光，有许多蝴蝶正在花丛中翩翩飞着，几乎可以听到翅膀扇动的沙沙声。

我听高庆生讲到这里，也不禁流下泪来。

这时，我忽然想告诉他，有一种蝴蝶理论已被科学证实，一只南美洲的蝴蝶，当它轻轻扇动翅膀时，就会在亚洲这里引起一场风暴……

**图书在版编目（CIP）数据**

零点风暴 / 刘飞著 .—北京：作家出版社，2015.10
ISBN 978-7-5063-8433-9

Ⅰ . ①零…　Ⅱ . ①刘…　Ⅲ . ①长篇小说—中国—当代
Ⅳ . ① I247.5

中国版本图书馆 CIP 数据核字（2015）第 261730 号

**零点风暴**

**作　　者**：刘　飞
**责任编辑**：田小爽
**装帧设计**：薛　怡
**出版发行**：作家出版社
**社　　址**：北京农展馆南里 10 号　　**邮　　编**：100125
**电话传真**：86-10-65930756（出版发行部）
86-10-65004079（总编室）
86-10-65015116（邮购部）
**E-mail:zuojia @ zuojia.net.cn**
**http://www.haozuojia.com**（作家在线）
**印　　刷**：中煤（北京）印务有限公司
**成品尺寸**：130×210
**字　　数**：185 千
**印　　张**：10.5
**版　　次**：2016 年 1 月第 1 版
**印　　次**：2016 年 1 月第 1 次印刷
ISBN　978-7-5063-8433-9
**定　　价**：32.00 元